飞船返回记

中国载人飞船返回搜救的故事

王朋 著

人民出版社

推 荐 语

　　作为工程总设计师，我最为关心的是上升段和返回段航天员的安全问题，上升段有逃逸等补救措施，而返回段没有，应该在技术上考虑得更加周全。世界航天史上空难事故在上升段和返回段发生的最多，所以我们要吸取国外教训，想尽一切办法确保航天员的安全。该书介绍了上升段逃逸救生措施、返回段应急救生技术和正常返回技术，表述通俗易懂，是本很好的科普书。该书描述了载人航天 13 次回收任务，叙述精准详细，是部很好的科技史料。中国载人航天 30 年，迄今为止，我们的航天员一直是安全的，我们应再接再厉，竭尽全力，保持下去。

王永志

中国工程院院士　中国载人航天工程首任总设计师
国家最高科学技术奖获得者

　　本书作者自载人航天工程立项就一直参与工程总体设计工作，参加了从着陆场最初的勘察到历次神舟飞船飞行任务，本书是他对这一段历史的真实记录，全书资料翔实，详细描述了载人航天工程实施 30 年以来全部 13 次载人飞船返回和回收过程，体现了工程总体规划的奥妙、返回回收设计的缜密、飞行任务实施的艰辛、载人航天成功的不易。本书还兼具很强的科普性，系统地描述了飞船返回技术、地面测控技术、交会对接技术、搜索回收和救援技术，作者在讲故事的过程中看似不经意间就向读者轻松地讲清楚了其中的科学原理和技术路径，科普寓教于有趣的阅读之中，爱国寓教于真实的叙事之中，感动寓教于悲壮的奉献之中，让读者在潜移默化中知晓了载人航天许多鲜为人知的故事。

　　如果你想了解载人航天工程是怎么干成的，如果你想知道每次飞船搜索寻找的真人真事，如果你想探寻每个航天员返回地球的历史细节，此书是一个很好的读本。

周建平

中国工程院院士　中国载人航天工程总设计师

本书通过一个个故事，阐述了航天员的生命安全是靠工程总体、火箭、飞船、测控、搜救等科技人员的设计来保障的，航天员的成功返回是用全国众多领域参试人员的共同努力、艰辛付出换来的，中国载人航天 30 年的辉煌成就是靠航天人的聪明才智一点一滴、脚踏实地干出来的。我深深感到，是祖国和人民用智慧的双手把航天员送上了太空，而这一次次的成功背后所呈现的是中国航天人的无私奉献与牺牲。此书是中国载人航天返回史的一个鲜活记录。

中国首飞航天员 中国载人航天工程副总设计师

作者参与了我国载人航天工程的建设，参与了此前我国每一艘载人飞船的回收工作，是我国载人航天历史的见证者。作者详细生动地讲述了载人航天工程 30 年间每一艘飞船回收亲身经历的故事，近距离展现了着陆场建设和任务实施的过程，极具历史价值。作者以深厚的专业素养和丰富的工作经验，总结提炼、深入浅出地讲述了回收搜救领域的知识。该书既是一部飞船回收着陆生动的科普文献，也是从事回收和搜救工程师的专业教材和经典案例，既具有科普价值，也具有工程实用价值。作者通过回收搜救的侧面，讲述了我国载人航天工程从无到有、从小到大的艰辛奋斗历程，生动地展现了载人航天精神。该书是一本不可多得的好书。

感谢人民出版社出版这部作品，给了我国载人航天工程一个宣传的窗口。感谢作者精心撰写的作品，使广大读者能够了解我国载人航天工程建设者的无私奉献。

载人飞船系统原总设计师 巡天空间望远镜平台总设计师
中国载人航天工程副总设计师

序

从 1992 年载人飞船工程立项到 2022 年，中国载人航天整整走过了 30 年。经过 30 年的砥砺前行，中国载人航天走过了不平凡的历程。从无人飞船到飞天圆梦，从太空漫步到交会对接，从空间实验室到空间站，从小规模空间科学探索到大规模太空应用，中国载人航天在不断地见证着跨越，在不断地创造着奇迹，在不断地实现着突破，在不断地续写着辉煌。

每一次跨越都带着无尽的艰辛，每一次奇迹都包含着众多的"第一"，每一次突破都带来了航天技术上的提升，每一次辉煌都带给祖国人民欣慰和自豪。这些跨越、奇迹、突破、辉煌，描绘出一幅幅航天人默默奉献、酷爱科学、无畏艰险、飞天圆梦、驻足太空的壮丽画卷，勾勒出一串串中国人彰显智慧、自信自强、不甘落后、永不言败、航天强国的豪迈足迹。

回想工程立项时中国航天界陈旧不堪的设施基础和青黄不接的人才环境，再看当下完备的测试制造厂房、先进的海陆天测控网和雄厚的人才队伍，再睹中国航天员已雄步太空，再望空间站已环游地球，我们一张"蓝图"执着绘制了整整 30 年，不能不让人感慨万千。

1949 年中国人民站起来了，2022 年中国载人航天"三十而立"了。中国航天人真的不再被瞧不起了，中国航天人真的有实力说"不"了，中国人真的在许多技术方面已经走在了世界的前列。

从 1999 年试验飞船首飞到 2021 年 9 月神舟十二号返回，中国载人航天已执行过 20 次飞行任务，其中有 5 次无人飞船飞行、7 次载人飞船飞行、1 次新试验飞船飞行，共 13 次飞船返回舱寻找回收、12 名航天员 17 人次安全健康返回，次次充满着悬念、险阻和喜悦。

作者是工程总体设计人员和任务实施直接参与者，参加了历次飞船返回搜救回收工作。他从亲身经历的点滴细节出发，再现了 13 次飞船返回寻找和航天员搜救历程，讲述了工程研制中许多鲜为人知的故事，描述了航天任务中许多真实的人和事，是亲历者写航天。本书作为工程的一个缩影，透露了顶层规划的奥妙，折射了总体设计的精巧，反映了工程研制的艰辛，展现了任务实施的不易，探究了航天精神的源泉，彰显了中国航天人的情怀，再现了中国航天人实现飞天梦想和驻足太空的辉煌历史。

该书史料翔实，从总体规划设计到历次任务实施，从宏观事件到微观细节，从国外航天历难到国内航天艰辛，从试验飞船到首次载人，从飞船到空间站，从发射应急到正常返回，可以说内容颇丰、全面真实。该书专业科普并茂，不仅描述了载人航天技术细节，也科普解释了技术内涵，浅显易懂，生动有趣，是一本不错的科普书。该书故事性强，能够让人感觉身临其境，能够让人轻松阅读。

13 次飞船返回，只是中国载人航天工程奋斗 30 年辉煌历史中的一小部分。该书通过返回搜救中的一件件小事，影射出中国载人航天突破历史的一件件盛事；通过飞天之梦、空间站梦的实现，助力着 14 亿多中国人强国梦、复兴梦的实现。

此书值得一读。

沈学骏

中国工程院院士

原国防科工委副主任

中国载人航天工程原副总指挥

2022 年 6 月 25 日

目　录

第 一 章

亲历者讲航天故事

2022 年是中国载人航天工程实施 30 周年，中国载人航天从"诞生"到"而立"，从创业之初的筚路蓝缕到如今的成就非凡，载人航天全线工作者不断刷新着中国人的"太空高度"，实现了中国载人航天的跨越式发展。图为中国载人航天重器震撼亮相国家博物馆"伟大的变革——庆祝改革开放 40 周年大型展览"。

强化使命担当　勇于创新突破　努力建设世界一流航天发射场（来源：央视网）

2022年是中国载人航天工程实施30周年。中国人常说"三十而立"。30年前，中央决策实施载人航天工程，并确定了我国载人航天"三步走"的发展战略。第一步，发射载人飞船，建成初步配套的试验性载人飞船工程，开展空间应用实验；第二步，突破航天员出舱活动技术、空间飞行器交会对接技术，发射空间实验室，解决有一定规模的、短期有人照料的空间应用问题；第三步，建造空间站，解决有较大规模的、长期有人照料的空间应用问题。

当前，中国载人航天已全面迈入空间站时代。三十载岁月，中国载人航天从"诞生"到"而立"，从创业之初的筚路蓝缕到如今的成就非凡，载人航天全线工作者不断刷新着中国人的"太空高度"，实现了中国载人航天的跨越式发展。30岁的中国载人航天，风华正茂。

天地有大美。这是古人说过的一句话，既是慨叹，又是渴望，美在眼底，美又在天边。

是啊，在那遥远的地方，在我们无法到达的天际，又有着什么样的美景呢？这是绵延耳边几千年的疑问。

中国为什么要送人进驻太空？

太空中有神秘，太空中有风险，太空中有未知，但太空中也有资源，太空中有人类的未来。为了探知这种神秘和未来，人类不惜冒着巨大的风险，从古时便开展搭建各种"登天之梯"，盼想领略那震撼心灵的美景。辗转时光之河，这种强烈的求知欲推动着人类飞天探梦之舟从纯粹的梦想走向离地的可能，从众多次失败划向无数次成功，从一个近地的环绕抵达又一个深空的彼岸。

有的船刚一出发，便被不明的狂风暴雨打得支离破碎，比如明朝的

月下棹神舟，星夜赴天河。秋夜星河灿烂，其中最亮的那组"星"，无疑是中国空间站。图为神舟十三号飞行乘组太空出舱的美丽画面。

万户飞天，陶成道想借着火药的威力把自己送上天空，但终因知识的局限而未果。

有的船奋力划行，无奈水急河深，使尽浑身解数也只能行至中途，比如俄国的齐奥尔科夫斯基，一个只上过小学三年级的双耳失聪的中学教师，穷尽一生精力，创建了火箭飞行理论，却没能亲眼看到火箭将飞船送上太空。

虽然他们不是成功者，但正是通过他们的努力，才让后人行得更远。

第一枚火箭升空，第一颗卫星上天，第一艘飞船进入太空，第一名航天员遨游苍穹，第一座空间站在太空搭建，第一个人登上月球，第一个探测器登陆火星……

人类可以在太空遥观地球，欣赏壮美的山河和日出日落；可以站在月球上，领略无声的黑白世界；可以通过安放在太空中的天文望远镜，看到300多亿光年外的遥远星系。

人类用一双双智慧之眼，发现了更多的太空美景，并萌生了更大的渴望——我们能否在太空中找到适合人类生存的另一处家园？

一位在空间站工作过的美国航天员曾经说过，如果让各个国家的总统到太空中遨游一次，地球上将会减少许多战争。

中国倡导和平利用太空。中国的航天员进入太空，就是要代表中华民族去攀登新的科技高峰，体会大自然的浩瀚，领悟宇宙的广阔，探知宇宙的神秘，探索地球以外的资源，真正实现科技兴邦、航天强国。中国载人航天，就是代表人类去提升感知宇宙真谛的能力，去拓展新的地外疆域，是人类飞天探梦中精彩的华章。

中国和世界主要航天国家载人航天道路的差异

苏联载人航天走过的道路

1961 年 4 月 12 日，发射东方一号载人飞船，苏联航天员尤里·加加林成为人类进入太空第一人[①]。1965 年 3 月 18 日，发射上升二号载人飞船，列昂诺夫成为世界第一名在太空行走的航天员[②]。苏联实施过载人登月计划，1967 年"十月革命"50 周年之际，苏联想进行一次载人月球飞行，但未能实现。1968—1970 年用质子号火箭发射了四个不载人空间舱（改进的东方号载人宇宙飞船）绕月飞行并返回地球。苏联火箭首席设计师科罗廖夫设计了重型运载火箭 N1，因他去世早（1966 年去世），后继者设计能力受限，再加上赶进度，苏联从 1969 年至 1972 年四次发射 N1 火箭均告失败，登月用的火箭成为泡影，苏联只好放弃载人登月。1969 年 1 月 16 日，联盟 4 号飞船和联盟 5 号飞船进行交会对接试验[③]。1971 年 4 月 19 日，发射世界第一个空间站——礼炮 1 号[④]。随后发展了三代空间站，第一代是礼炮 1 号至 5 号，第二代是礼炮 6 号（1977 年 9 月 29 日发射）和礼炮 7 号（1982 年 4 月 19 日发射），第三代是和平号空间站（1986 年 2 月 20 日开始发射组装，运

---

① 中国载人航天工程网：《世界载人飞船大事记（上）》，见 http://www.cmse.gov.cn/kpjy/htzs/xtfc/200809/t20080910_37285.html。

② 中国载人航天工程网：《世界载人飞船大事记（上）》，见 http://www.cmse.gov.cn/kpjy/htzs/xtfc/200809/t20080910_37285.html。

③ 中国载人航天工程网：《世界载人飞船大事记（上）》，见 http://www.cmse.gov.cn/kpjy/htzs/xtfc/200809/t20080910_37285.html。

④ 中国载人航天工程网：《世界载人飞船大事记（上）》，见 http://www.cmse.gov.cn/kpjy/htzs/xtfc/200809/t20080910_37285.html。

行 16 年）①。1988 年 11 月 15 日发射暴风雪号航天飞机②。

美国载人航天走过的道路

1961 年 5 月，美国发射水星 MR3 飞船，实现首次载人亚轨道飞行③。1965 年 6 月 3 日，发射双子星座 4 号飞船，实现美国首次太空行走④。1966 年 3 月 16 日，发射双子星座 8 号飞船，与不载人的阿金纳目标飞行器对接，首次突破轨道交会对接技术⑤。1969 年 7 月 16 日，发射阿波罗 11 号载人飞船，7 月 21 日两名航天员登上月球，航天员阿姆斯特朗成为世界上第一个踏上月球的人⑥。1973 年 5 月 14 日，发射天空实验室 1 号⑦。1981 年 4 月 12 日，发射第一架航天飞机——哥伦比亚号⑧。

1998 年 11 月 20 日，美国、俄罗斯等国开始建造国际空间站。

中国载人航天工程的发展历程

中国的载人航天规划分三步走：第一步是研制"神舟"载人飞船，

---

① 中国载人航天工程网：《世界载人飞船大事记（下）》，见 http://www.cmse.gov.cn/kpjy/htzs/xtfc/200809/t20080910_37286.html。

② 中国载人航天工程网：《暴风雪号航天飞机》，见 http://www.cmse.gov.cn/。

③ 中国载人航天工程网：《世界载人飞船大事记（上）》，见 http://www.cmse.gov.cn/kpjy/htzs/xtfc/200809/t20080910_37285.html。

④ 中国载人航天工程网：《世界载人飞船大事记（上）》，见 http://www.cmse.gov.cn/kpjy/htzs/xtfc/200809/t20080910_37285.html。

⑤ 中国载人航天工程网：《世界载人飞船大事记（上）》，见 http://www.cmse.gov.cn/kpjy/htzs/xtfc/200809/t20080910_37285.html。

⑥ 中国载人航天工程网：《世界载人飞船大事记（上）》，见 http://www.cmse.gov.cn/kpjy/htzs/xtfc/200809/t20080910_37285.html。

⑦ 中国载人航天工程网：《世界载人飞船大事记（上）》，见 http://www.cmse.gov.cn/kpjy/htzs/xtfc/200809/t20080910_37285.html。

⑧ 中国载人航天工程网：《哥伦比亚号航天飞机》，见 http://test1.cmse.gov.cn/kpjy/htzs/sjht/200809/t20080910_37434.html。

突破载人航天技术；第二步是实现出舱活动，研制空间实验室，突破交会对接技术；第三步是研制空间站。第三步空间站又分关键技术验证和建造两个阶段。中国载人航天已接近完成第三步第一阶段，从神舟一号到神舟十二号，从天宫一号到天宫二号，从长征七号首飞、天舟一号到天舟三号，从长征五号 B 首飞到空间站核心舱发射，已执行 20 次飞行任务，目前正在按照既定计划，一步一个脚印，一步一个跨越，有条不紊、紧锣密鼓地开展后续空间站建造工作。

写这本书的缘由

上述 20 次飞行任务中，有 5 次无人飞船飞行、7 次载人飞船飞行、1 次新试验飞船飞行，共 13 次返回舱寻找回收，12 名航天员 17 人次安全健康返回，次次充满悬念、险阻、泪水，但最终都收获了满满的喜悦。

我有幸参加了历次飞船返回搜救回收工作，为了满足读者了解中国载人航天的夙愿，我从亲身经历的点滴细节出发，叙述了 13 次飞船返回寻找和航天员搜救历程，讲述了工程研制中许多鲜为人知的故事。本书作为中国载人航天工程的一个缩影，透露了顶层规划的奥妙，折射了总体设计的精巧，反映了工程研制的艰辛，展现了任务实施的不易，探究了航天精神的源泉，彰显了中国航天人的情怀，再现了中国航天人实现飞天梦想的辉煌历程。

2022 年是中国载人航天工程实施 30 周年。能够参加该项工程的总体规划设计和历次任务实施，见证每一次历史突破的辉煌时刻，我感到光荣与自豪。

2022 年 5 月 2 日，习近平总书记给中国航天科技集团空间站建造青年团队回信，向航天战线全体青年致以节日的祝贺，他希望广大航天青年弘扬"两弹一星"精神、载人航天精神，勇于创新突破，在逐梦太空的征途上发出青春的夺目光彩，为我国航天科技实现高水平自立自强再立新功。习近平总书记的回信，鼓舞了载人航天全线工作者，激励着新一代航天人奋勇向前。

生逢荣光盛世，肩负时代重任。载人航天是我们伟大祖国的荣耀，也是每一个航天追梦人的荣光。

第 二 章

飞船返回舱的应急搜救和正常回收

飞船应急返回分为上升段应急返回和运行段应急返回两种情况，上升段应急搜救区又分陆地和海上。图为应急搜救打捞船。

航天员群体先进事迹报告会（来源：央视网）

　　载人航天工程与其他航天工程相比，一个很大的特点是，人在遨游太空后要返回地球。何时返回？返回到哪儿？如何搜救？这些都是工程极其关注的问题，也是涉及面最广的问题。这些问题需要"工程总体"（工程总体是指工程两总和载人航天工程办公室；工程两总是指工程总指挥、副总指挥，总设计师、副总设计师）作出顶层规划设计，在此基础上，具体问题则需要着陆场系统来回答和解决。

对于载人航天来说，火箭发射拉开了航天员远征太空的序幕，而再入大气层降落地球家园，完成从九天外的荣归则标志着一次空间任务的结束。着陆场系统是载人航天工程的组成系统之一，在工程实施过程中担负着重大职责，其中包括对飞船再入轨迹的捕获、跟踪和测量，搜索并回收返回舱，对舱内有效载荷进行处置及对航天员出舱后进行医监医保、医疗救护和紧急护送等。

经过数十年的发展，中国逐步形成了由主着陆场、副着陆场、陆上应急救生区和海上应急救生区等构成的着陆场系统，并经受了历次航天任务的实战考验，保障了载人航天工程的顺利推进。

着陆场系统的任务

着陆场系统负责飞船返回舱的返回测量、返回舱的搜索寻找和航天员的营救。着陆场系统既要考虑飞船正常情况下的返回，又要应对各种异常情况下的返回。正常返回时要考虑是陆地返回，还是海上返回；是选择一个着陆场，还是要有备份着陆场。若异常返回，需要考虑的情况就更多了，从火箭起飞发射，一直到飞船返回地面，各个飞行阶段均有可能出现故障，例如，火箭发射上升段可能出现异常而需要马上逃逸，飞船入轨后可能出现失火而需要立即返回，制动离轨后可能出现控制系统异常而需要弹道式返回，等等。

针对上述各种返回情况，工程总体需要组织着陆场、飞船、航天员等相关系统进行着陆场勘察和选择，着陆场系统设计了各种应急处置方案，确保任何情况下都能够找到飞船返回舱并有效营救航天员。

着陆场选在哪儿？

载人飞船和空间实验室阶段

要完成飞船返回舱的搜索寻找和航天员的营救，工程总体首先考虑的就是飞船返回舱在正常情况下落在哪儿的问题，即如何选择我国的载人航天着陆场。着陆场的选择十分复杂，它不仅涉及众多技术问题，还涉及综合协调等多方面问题，不仅与航天员的安全、发射场位置、运行轨道倾角和高度、返回制动点位置、返回舱返回技术、返回走廊、着陆伞降落方式、飞船科学实验与应用、国内国外测控通信网布局等有关，还与我国经度纬度覆盖范围、大陆的地形地貌地质、平原与山川的分布、海洋与国界的限制、社会交通、人文、气象、陆上着陆海上溅落的搜救能力等极为相关，故着陆场的选择堪称是综合科学的典范。

选择着陆场的首要问题是：在陆地上落？还是在海上落？苏联的飞船选择在陆地上落，而美国的飞船选择在海上落。

苏联地处高纬，经度跨度190°，即使是俄罗斯，其经度跨度也有150°，国土辽阔、平原多、草原广，可选择面积大，着陆场可选择在轨道的弧顶处。具体而言，着陆场设在拜科努尔发射场东北方向，相距500公里至1000公里的一片草原上，选出的着陆场东西方向可达500公里，南北方向可达700公里，返回机会多、效果好，同时其空军力量强、预警能力强、搜救力量强，故选在陆地降落是合理的。

美国大都地处中低纬度，无法像俄罗斯那样在陆地上方便地选择着陆场，但地球上海洋面积比陆地面积要大得多，低纬、高纬都有，且美国的海军力量雄厚，故美国将水星号飞船、双子星号飞船、阿波罗飞船的着陆场均选在了海上，甚至美国的返回式卫星也选择在海上溅落，有

美国大都地处中低纬度，无法像俄罗斯那样在陆地上方便地选择着陆场，故美国将水星号飞船、双子星号飞船、阿波罗飞船的着陆场均选在了海上。

时直升机在其溅落前便在空中回收。

中国陆地大都处于中低纬度，经度跨度仅 60°，且大部分地区是山区、高原、丘陵，平原较少，故在陆地上选择像俄罗斯那么大、那么平坦广阔的着陆场很难；而如果选择在海上，只能在近海选，但海上溅落后能否快速找到并捞起返回舱、保证航天员的安全？这又是个问题。由此可见，相比俄罗斯和美国，中国选择着陆场的难度是相当大的。

选择在海上，中国的海岸线也较长，溅落区选择灵活，高、低轨道倾角都可适应，正常和应急情况返回舱都可在海上溅落，但飞船系统、航天员系统和着陆场系统的专家认为，在海上回收时航天员出舱后容易呛水，返回舱在高海况下容易进水，长时间漂浮有问题；海况复杂，海上搜救力量弱，搜救时间长，打捞作业困难；陆上飞机救援受限，陆上直升机增援，因其航程短，搜救时间短，因此，选择在海上回收风险大、困难多，特别是在载人航天初期，对航天员的安全是不利的。1961年7月21日，美国发射水星MR4飞船，进行第二次载人亚轨道飞行，历时15分37秒[①]。返回时，返回舱溅落在大西洋海面。由于电路短路，座舱舱门突然开启，当航天员格里索姆中校打开应急出口时，海水已经进到舱里。航天员用力挤出了舱门，然而航天服上的氧气进口阀未关闭，服装进水，他沉入海里，喝了很多水。5分钟后，他被直升机紧急救到舰船上，返回舱则沉入海底。面对如此错综复杂的着陆场选择，工程总体根据确保航天员安全这个标准，通过分析、论证和比较，放弃了在海上溅落返回的设想。

在陆地上选择着陆场也是困难重重。如果飞船轨道倾角为50°~60°，可选择河南省等中原地带，而中原人多、房多、树多，同时返回机会少，故此方案不理想；如果倾角低于41°，航天器对地观测范围受到太多限制，上升段航迹将穿过日本岛，这样就要求倾角最好大于42°，而倾角大于43°，其轨道弧顶又过了中国北部边界，返回舱返回轨迹跨过蒙古国，故轨道倾角选择42°左右比较适宜，对应的着陆场可望在轨道弧顶部进行选择。但能否选出一块令人满意的着陆场？运载火箭系统需要研究42°倾角的射向内经过的城市、上升段海上经过的岛屿及相应的安全性；测控通信系统需要考虑42°倾角对应的上升段测控站布局、运行段国内国外测控站布局、海上测控船布局、返回测量链安排；着陆场系统要考虑上升段陆上应急救生区划分、上升段海上溅落区设置、运行

---

① 中国载人航天工程网：《世界载人飞船大事记（上）》，见 http://www.cmse.gov.cn/kpjy/htzs/xtfc/200809/t20080910_37285.html。

段应急救生区域分布、返回走廊是否安全、着陆段测量设备布局，更重要的是在全国范围内能否选出适合飞船返回舱降落的区域？

着陆场选择需同时考虑以下几个方面：一是着陆场的范围要大于飞船返回落点偏差范围；二是返回机会较多；三是返回测量有保障，满足返回舱落点预报要求；四是着陆区内无高山、大江河、大流沙、沙包，地势平坦；五是着陆场区应离国境线较远，最大落点偏差不能落在国外，应急情况下允许返回舱在国外着陆；六是场区内人口稀少，房屋和高大树木少；七是没有旗、县以上的城镇，没有大中型工矿企业、高压电线，远离大中型城市和铁路干线；八是着陆场气候条件要好，最好着陆场附近有机场；九是着陆场周边地区地形、地貌好，弹道式再入时航天员能安全着陆。

通过对 42° 纬度线附近的内蒙古中部四子王旗地区、河套鄂尔多斯地区、内蒙古西部发射场东风地区和内蒙古东部通辽地区的多次勘查，对其地形、地貌进行了分析和比较，最终选择内蒙古中部四子王旗地区作为主着陆场。考虑到气象相关性小、地势平坦开阔、返回机会多、测控设备可充分利用等因素，选择东风地区作为副着陆场。

主着陆场位于内蒙古乌兰察布盟的阴山山脉大青山北麓，穿过赛汉塔拉（苏尼特右旗）的集宁—二连浩特铁路线以西，四子王旗旗府以北，国境线以南地区，地势南高北低并逐渐向西北倾斜，海拔 1000~1200 米，平坦开阔，属沙质草原。场区东西宽约 370 公里，南北长约 230 公里，根据任务需要，从中可以选出几块区域作为着陆区。区内有几条时令河，湖泊小而少，平时几乎无水。该区属中温带大陆性气候，干燥、少雨、多风，昼夜温差大，这种地势地貌十分适合作为着陆场。

副着陆场位于内蒙古阿拉善盟额济纳旗的中南部地区，即弱水河以东，额济纳旗旗府以南，场区的南部是巴丹吉林沙漠的一条小沙带，东部渐渐进入巴丹吉林沙漠。场区东西平均宽约 120 公里，南北长约 190 公里，从中可以选出几块区域作为着陆区。该地区属温带干旱荒漠气候，冬季干冷，夏季炎热，少雨，多风。该区域恰好处在升轨返回主着陆场的途中，如果主着陆场气象不好，可选择落在副着陆场。

中国载人航天着陆场的选择和确定是曲折的、复杂的，从 1992 年 3 月到 1996 年 10 月，从河北的衡水地区到河南的中原地带，从内蒙古中部的四子王旗到河套的鄂尔多斯，从内蒙古西部的额济纳旗到东部的通辽地区，从敦煌到塞北阿克赛罗布泊，从黄泛区到硬戈壁，从平原到草原，跨越巴丹吉林沙漠、浑善达克沙漠、库布齐沙漠、科尔沁沙地，穿过大青山、祁连山、贺兰山、桌子山，经过 7 次勘测，空勘飞行 23 个架次，跨越 22600 多平方公里，地勘行程 27200 多公里，结合大量的轨道计算和优化调整，最终选出了符合中国国情的载人航天着陆场。

从神舟一号到神舟十一号，全部飞船均降落在四子王旗。

空间站阶段

中国进入空间站阶段，人们会问："空间站着陆场选在哪儿?"

我们在工程初期设置了两个着陆场，一是考虑飞行时间短，说哪天回，一般是确定的，因为难以保证着陆场气象条件，故需要考虑气象因素的备份；也考虑到经验不足，需要留有余地。

到空间站阶段，情况发生了变化，即空间站一般是比较可靠和安全的，即使一个舱体出现问题，航天员也可以把出问题的舱关掉，在其他舱内继续工作、生活；假设三个舱体都不行了，我们还有飞船一直停靠在空间站上作为救生艇；再退一步，发现救生艇也出问题了，我们还可以再打一艘飞船上去救生；另外，现在气象预报的精度也提高了。所以说，航天员返回的时间更加灵活，可以在几天甚至更长时间内进行调整，这样，原来副着陆场气象备份的用途就没有了，可以等到好天气时返回，换句话说，就不需要两个着陆场了。万一航天员突然生病或发生需要紧急返回的情况，怎么办呢？我们在地球陆地上设置了十几个应急救生区，能够保证航天员在任何一圈都有返回陆地的机会，但这属于应急返回。着陆场的任务是保证正常返回，即为了正常返回，设置一个着陆场就够了。

如果只选一个着陆场，最好的办法是在原来的两个着陆场中选。两个着陆场各有千秋：四子王旗的优点是已经历了 11 次飞行任务的考验，实践证明是可行的，效果是好的，前后弹道式返回扩大区内危险地形较少；缺点是需要有一支搜救力量长期待命，按空间站运行时间、载人飞船任务次数看，地面和空中搜救力量几乎必须常年待在野外。东风场区的优点是可以依托酒泉卫星发射中心，便于长期搜救值守，没有搜救任务时，搜救人员不太受影响，可以正常工作生活。但缺点是任务经验少，另外如果选这儿，轨道倾角还得适当调低些。

从技术上讲，原来东风场区存在的返回测量问题因中继卫星系统的出现和不断完善已能解决，经场区扩大并针对东风场区进行倾角微调，任一着陆场都具备飞船安全返回的条件，总之，两个着陆场均可作为空间站阶段载人飞船着陆场。

从管理上讲，一是长期依托问题，东风占优；二是无论选哪个，东风都要保留一支搜救力量完成待发段、上升段的应急搜救任务，如果选东风，一支搜救力量就可兼顾着陆场正常回收和应急搜救，可合二为一；三是从场区管控考虑，东风地区经济活动发展相对较慢，场区管控易，四子王旗地区经济活动发展较快，场区管控相对较难。

经过权衡，最后空间站任务的着陆场选在了东风地区。

故障模式和正常模式

俄罗斯为了应急救生和正常返回投入了大量的人力、物力，建立了寻找救生系统，搜救任务就是寻找、确定飞船返回舱落点、给航天员提供帮助、送航天员回家、处置返回舱，由国防部统一领导指挥，设立搜救所，飞船返回舱可能降落的地方有发射场、上升段、运行段、正常返回着陆场，由防空雷达发现飞船，由航空、海上、地面等力量完成搜救任务。例如有一次飞船飞行任务，俄罗斯为应对上升段陆上应急，每500公里设一个救生点，共设了7个点，覆盖3500公里，配置直升机179架、飞机110架，搜救人员4500名。俄罗斯为回收任务投入的搜救力量：飞机有安-12、安-23、伊尔-22、图-154、伊尔-76等，共26架；直升机有米-6、米-8，共57架；地面车辆有3辆搜索撤离车，5辆越野车；有1个20人组成的技术小组、7个专家组成的医疗队（5人/队）、18个伞兵队（随机调配）、由44名高层医生组成的各种专业的医生队。以上人员、设备要在一定的地点集中训练、演练，时刻准备着执行任务，在整个飞行任务返回过程中，一直处于战备状态。

美国为了飞船回收和航天员营救，也投入了大力的人力、物力，例如有一次任务共投入了3艘航母、126架飞机，设置了16个应急救生点，动员了26000余人。

我国的载人飞船飞行也要经过发射段、运行段和返回段。飞船发射前，北京任务联合指挥所向有关单位、外交部、交通部救捞局、中国搜救卫星任务控制中心、民航总局和其他应急搜救单位通报发射窗口、飞行计划等信息，命令每个参试单位进入待命状态，通知空军和民航总局启动净空程序。飞船发射后，根据不同的故障模式和正常模式，在不同的应急救生区和正常着陆场，北京任务联合指挥所启动相应的应急搜救流程和正常返回回收流程，搜索救援航天员、回收返回舱和有效载荷。

上升段应急救生

发射场确定为东风着陆场，轨道倾角定为 42°，则发射上升段对应的走廊便已确定，即火箭要先经过陆上，穿过巴丹吉林沙漠，经过宁夏、甘肃、山西、河北、山东、江苏，从青岛南侧连云港北侧飞越黄海并进入轨道。在此期间火箭需要经历最大动压区、抛逃逸塔、助推器分离、火箭一二级分离、整流罩分离、火箭二级发动机关机、游机关机、箭船分离等众多关键环节，任何一个环节或时段如果发生意外，飞船随时要做好逃逸准备，落点会在陆上，也会在海上，故着陆场系统要考虑陆上和海上的应急救生问题。

陆上应急救生

发射上升段是出现航天故障的高发时段，甚至在还没发射前都有可能出现意外。

1983 年 9 月 27 日，苏联发射联盟 T10A 载人飞船，两名航天员坐在待发射的飞船内[①]。点火前 85 秒，火箭推进剂出现泄漏，火箭底部突然起火，拜科努尔发射场司令斯米宁、飞船总设计师斯乌什金科夫在地下控制室通过潜望镜看到起火后，立即按下紧急逃逸按钮，因只有两人同时按才有效。但地面控制中心与飞船联系的电缆被烧断，控制人员马上通过遥控发出逃逸指令，逃逸发动机点火，逃逸塔携带飞船刚离开火箭，火箭就爆炸了，发射台顿时成为一片火海。返回舱落在距离发射台

---

① 中国载人航天工程网：《世界载人飞船大事记（下）》，见 http://www.cmse.gov.cn/kpjy/htzs/xtfc/200809/t20080910_37286.html。

4.5 公里处。此时，值勤的安-24 飞机和通信中继飞机已在空中，发射场附近机场上的三架直升机机翼开始转动，安-12 飞机运载的救援车也准备完毕。爆炸发生仅 40 秒后，第一架直升机起飞，按照安-24 飞机的命令，飞往飞船降落地点。直升机在距离落点还有 30 公里时收到了返回舱信标信号，当返回舱带着降落伞着陆时，直升机也同时降落。第二架医疗救护直升机紧接着起飞。所有这些工作都是在伸手不见五指的黑夜中进行的，凭借直升机驾驶员的冒险精神和熟练技术，事故发生后 30 分 45 秒，两位航天员就被救回来了。

1975 年 4 月 5 日 14 时 03 分，苏联发射联盟 18A 飞船[1]，准备与礼炮 4 号太空站对接，但火箭发射后 123 秒，即第 3 级点火不久，火箭飞行到 144 公里高度时，制导系统发生故障，火箭产生翻滚并偏离预定飞行轨道，飞船在地面控制下立刻逃逸，返回舱落到 1200 公里外、海拔 2200~2400 米高的山上，这里全是原始森林，树高 20~40 米，完全没有路。当时天气很差，5 级大风，云层 500~700 米，能见度仅 10 米，温度-5℃。14 时 38 分，一架安-24 飞机飞到降落点附近上空，但直升机没到。过了 14 个小时，直到第二天凌晨 4 时直升机才到。幸运的是，返回舱降落伞挂在了深涧（一线天）边缘，主伞爆炸螺栓幸好没有爆炸（设计上是应该爆炸的），才使返回舱一直挂在山坡上，没有掉进山涧。直升机没有办法降落，只好降在 4 公里外的一块平整一些的地方，山上积雪深 3 米，人无法步行进入。又过了两个小时，第二架直升机赶到，用绳子把搜救人员放下去，搜救人员打开返回舱舱门，将两名航天员救出，送至巴尔脑尔市。第三架直升机把留在现场的救援人员救走。之后天气急剧恶化，四天内直升机无法接近现场，一星期后才去了一批直升

---

[1] 中国载人航天工程网：《世界载人飞船大事记（上）》，见 http://www.cmse.gov.cn/kpjy/htzs/xtfc/200809/t20080910_37285.html。

机，下去一批人，用横锯砍伐了许多树，开辟了一块平地，4月15日，来了一架米-6直升机，把返回舱吊到附近一个城镇，再用安-24飞机运走。前后历时10天。

从以上例子可以看出，发射上升段随时可能会出现各种故障，地面搜救工作必须考虑充分、准备到位。

中国载人飞船发射时，从发射场到海边，火箭陆上航迹共1860公里，考虑到地形、地貌、行政区划分、直升机航程限制等因素，从首次发射试验到第六次飞行试验，上升段陆上共划分了四个应急救生区，即东风、银川、榆林、邯郸，分别布几架直升机，一旦出现应急情况，飞船落在哪个区，哪个救生点的直升机先起飞进行搜索营救。其他搜救力量根据需要前往增援。

随着飞行任务次数增多，火箭可靠性不断提高，工程经验逐渐增加，从神舟七号飞行任务开始，开始简化陆上搜救力量，即将四个应急救生区划分为三个，节省了搜救力量。

飞船返回舱装有三种搜索信标机，一种是243MHz信标机，原用于飞机失事时的搜索寻找；一种是406MHz信标机，是国际海事搜救系统（GMDSS）的国际救援示位标，原用于海上船只出事时的搜索寻找；一种是短波信标机，主要用于超视距搜索。243MHz信标机装在飞船的舱门和大底上，如返回舱落地后是直立，则用舱门天线，如落地后是躺倒的，则根据情况判断，哪个天线朝天性更好用哪个。406MHz信标机和短波信标机装在返回舱侧壁和大底（弹射天线）上，使用方式同243MHz信标机。实践证明，短波作用距离近，效果不好，从神舟七号任务开始，取消了短波信标机。飞船返回舱上还装有闪光灯，便于夜间搜寻。

上升段在各点待命的直升机均装有243MHz信标接收机，起飞后在适当的距离会接收飞船返回舱发出的信标，直升机便归零飞行（即按照信标接收机仪表盘指针指向零度飞行），找到目标后便择地降落，实施救援。

布在火箭航迹两侧的还有两架搜索飞机，在应急时便迅速起飞。飞机上装有 243MHz 信标机和 406MHz 信标机，根据北京航天飞行控制中心（简称"北京中心"）的预告飞往落点，发现目标时便空投伞兵。伞兵携带便携式信标接收机进行搜索营救，利用便携卫星通信终端与北京通信。如果没有收到返回舱信标信号时，直升机根据返回舱落点预报，在预报落点附近上空进行目视搜索。

根据陆上应急救援的需要，在上升段沿途选出几家医院，承担航天员的医疗救护任务。

海上应急救生

海上应急救生遇到的情况会更加复杂。

1962 年美国水星 7 号飞船返回时，由于返回舱温控失调，引起舱内温度上升，导致定向系统失灵，造成返回舱着陆点偏差 400 公里。搜索营救船只在海上找了 3 个多小时，才赶到现场将航天员救起[①]。

中国载人飞船发射时，火箭飞行约 350 秒以后，如果发生意外致使飞船逃逸，飞船返回舱将会溅落在海上，如果让飞船自由散落，在海上的散落范围将是 5200 公里，即从连云港北部海面一直到赤道附近，寻找起来需要动用很多搜救力量。

苏联的飞船海上可能落区尽管只有 3500 公里长，但最初仍布置了 7 艘舰船、110 架飞机，4000 多人。

---

① 中国载人航天工程网：《世界载人飞船大事记（上）》，见 http://www.cmse.gov.cn/kpjy/htzs/xtfc/200809/t20080910_37285.html。

海上应急救生遇到的情况会更加复杂。图为航天员坐在返回舱内经过海上 24 小时漂浮试验后出舱的情景。

我国暂时不具备那么强大的海上力量。有些设计人员因而提出：海上搜救措施代价太大，干脆不开展海上搜救了，把有限的财力物力集中在提高火箭可靠性上，最大限度地减少出现这种危险的可能性。但世界上最可靠的火箭故障概率仍大于 1%，这与航天员的安全性要求相比存在数量级上的差距。

放弃海上搜救航天员，不符合确保航天员生命安全的基本要求，是不可行的。若在广阔的海域中布置大量的海空力量，既不符合国情也难以实现。是否另有两全其美的办法呢？1992 年上半年，载人飞船工程技术经济可行性论证初期的一天，北京空间机电研究所李颐黎研究员搭王永志（时任载人飞船工程技术经济可行性论证组组长）的车一起上班，路上王永志谈到了海上搜救难处，问有没有办法压缩海上搜救投入的办法？李颐黎说："搜救船去找人可以说是大海捞针，太难了，飞船总体正在研究计算，看可否利用飞船的动力系统，控制飞船就近飞向预先设定的海上应急搜救区，在附近等候的舰船可能很快就会找到目标。"王永志一听，感觉这可能就是海上救生的出路，决定把力量集中在完善和落实这一方案上。经过反复核算证明，飞船系统提出的"利用飞船动力选点再入"的海上救生方案完全可行，利用这种想法，考虑到飞船实际能力，结合航天员可承受的过载水平，专家们设计了三个海上救生区：A 区位于黄海和东海海面；B 区位于一岛链和二岛链之间；C 区位于马里亚纳群岛以东、关岛以北的太平洋洋面。"飞船选点再入"一下子把 5200 公里缩小到 2115 公里，每个区各布设 1艘救捞船，这样，在一天时间里便可搜寻打捞落在上述海域里的返回

飞船返回舱的大底装有海水染色剂，返回舱落在海上后会自动释放染色剂，将海水染成绿色，随着海洋的流动，会让远处的船只或天上的飞机发现。图为返回舱溅落大海释放染色剂试验。

舱，既减少了搜救力量配置，节省了大量经费，又提高了搜救效率和航天员海上救生可靠性。"飞船选点再入"的海上救生方案是充分考虑国情的产物，在国际上绝无仅有，是中国航天人的创举，是具有鲜明中国特色的技术创新。

救捞船上装有超短波搜救信标接收机，可以发现飞船返回舱所在方向和位置。飞船返回舱的大底装有海水染色剂，返回舱落在海上后会自动释放染色剂，将海水染成绿色，随着海洋的流动，会让远处的船只或天上的飞机发现。返回舱的整体比重比海水小很多，故返回舱溅落海上时不会下沉。由于大底沉，故返回舱落在海上时像不倒翁，基本是直立的，舱门朝天，便于营救。为了在舱门打开之前就可获取地球的空气，在飞船上设计了通气阀，落地或落海后会打开，使航天员在舱门没有打开时也能够呼吸大自然中的氧气。

为了在海上快速搜索发现溅海的飞船返回舱，除北京中心根据测控网测量数据计算给出落点预报外，在岸边还事先安排了搜索飞机和直升机，出现情况后立即起飞，利用搜索信标机，在较大范围内快速搜索寻找，一旦发现目标，会立即报告北京中心，通知海上搜救船只。为了更快搜索返回舱，部分打捞船上装有舰载直升机，在适当距离范围内，会起飞搜寻，帮助尽早发现返回舱。在空中观察时，白天的海水染色剂及晚上的闪光灯会更加醒目。

海上打捞遇到的情况是多种多样的，海况可能有高有低，打捞设备就要考虑各种情况，设计多种打捞方案。低海况时，打捞船到达返回舱海域后，可以先放下小救生筏，蛙人爬上返回舱，打开舱门，协助航天员出舱，移至救生筏，转移至打捞船，然后再想办法打捞返回舱。高海况时，救生筏不管用，为此专门设计了打捞网，连人带返回舱一同打捞上船。

根据海上应急救援的需要，在青岛、上海、广州选出几家医院，承担从海上营救回来的航天员的医疗救护任务。

运行段应急救生

飞船顺利入轨后，其发生故障的概率比上升段和返回段都小得多，但有时也会出现故障。

飞船出现的故障中，有些故障可以排除，有些故障不能排除，地面指挥控制中心会分析判断飞船是否需要提前返回，是否需要立刻返回。如果飞船入轨后太阳电池帆板没有如期打开，或飞行期间发生失火，或舱体漏气、舱压急剧下降，这些致命故障都需要飞船尽快返回或立刻返回。此时如果飞船不在测控区内，航天员可以根据当时的实际情况，自主决定是否立刻返回。

1967 年 4 月 23 日，苏联联盟 1 号飞船载着一名航天员，执行第一次与礼炮 1 号太空站对接任务[①]。飞船进入轨道后，随即出现一系列的故障，右侧太阳电池帆板未展开，航天员试图打开太阳电池阵，但没有成功，飞船因此供电不足。无线电短波发射机也出现故障不能工作。最糟糕的是，姿态控制系统也不能正常工作，飞船姿态不能得到很好的控制，姿态处于不稳定状态。地面控制中心决定中止飞行任务，飞船紧急返回。飞船飞行至第 17 圈，自动控制失败，航天员于第 19 圈手动控制才实现返回。由于飞船姿态控制失效，不能采用升力控制返回方式，只能采用紧急状态下使用的弹道式返回方式。再次进入过程还算顺利，但在下降至约 7 公里高度开伞时，由于返回舱姿态失稳，致使降落伞绳缠

---

① 中国载人航天工程网：《世界载人飞船大事记（上）》，见 http://www.cmse.gov.cn/kpjy/htzs/xtfc/200809/t20080910_37285.html。

绕在一起，主降落伞未能打开，而备用降落伞又与引导伞发生缠绕，也未能打开，返回舱以近百米每秒的速度坠落在乌拉尔地区奥尔斯克以东65公里处，航天员当场牺牲。

1994年1月，联盟TM17号飞船即将返回，搜救大队在杰兹卡兹甘降落场待命，降落前36小时，飞控中心突然决定在卡拉干达着陆。卡拉干达距离杰兹卡兹甘500公里，气温-30℃，道路全被2.5米深的雪覆盖了，在杰兹卡兹甘待命的救援、医务人员150多人，还有救援装备，怎么办？8架直升机只能坐40人，其余人决定乘车前往。前进的路被雪封了，天气又冷，还是晚上，如果不能在返回舱着陆前赶到，就算搜救大队失职。十万火急之时大队指挥员发现不远处有铁路，当即决定丢掉装备，步行去拦截火车，坐火车前往，最后在着陆前6小时赶到了现场。

为了应对飞船的应急返回，着陆场系统必须考虑在地球上寻找不同的区域，作为应急救生区。

美国水星号飞船飞行时，在全世界各大洋预设了32个着陆区，最多时动用了171架飞机和28艘舰船，要求在指令舱溅落于主着陆场后的两个小时内快速搜索指令舱，连接漂浮气囊、打开舱门、救出航天员。

阿波罗飞船飞行时，美国设置了四个着陆场，分别设在日本立川附近的东太平洋区、夏威夷群岛附近的中太平洋区、百慕大附近的西太平洋区，设置了四个应急着陆区，分别设置在毛里求斯、帕果帕果、秘鲁的利马和阿森松岛附近。

从上述例子可以看出，国外在应急着陆区方面考虑较多，准备也很充分。中国从航天员的安全角度考虑，要求每圈至少有一个应急救生区，从而尽量减少航天员不可返回的时间间隔。中国载人航天选择运行段应急救生区,可以在国内选,也可以在国外选,可以在陆地选,也可以在海上选。但从救生难易程度、操作方便程度等考虑,选择的原则一般是:优先考虑国内,再考虑国外;优先考虑发达国家、友好国家;一般考虑陆上,尽量不落海上。从这个原则出发,着陆场系统共找出了13个区域,3个在国内,分别是我国北部、华中、华南等区域;10个在国外,分别布在各大洲陆地上。

国内应急救生主要依靠空运机动搜救大队完成。考虑到任务的串行性,着陆场系统将上升段第一救生区(发射场东风应急搜救点)、运行段国内应急救生区(空运机动搜救队)和副着陆场(直升机和搜救特种车辆)的搜救力量合三为一,统一安排在发射场附近的鼎新机场,由直升机、搜索飞机、搜救特种车辆、伞兵、搜救人员、救护人员及技术处置人员组成,不管是何时发生应急事件,均可马上投入搜救工作。另外在河南开封也安排了一个空运机动搜救点。当飞船返回舱落在国内某一区域时,搜索飞机携带伞兵和现场处置小组立刻飞往现场,伞兵跳伞进行快速救援。附近机场的直升机也会立刻飞赴现场。当地军队政府会马上调集力量进行援助。例如,如果第2圈飞船应急返回四川盆地,成都的直升机会立刻赶赴现场进行营救。

国外应急救生怎么办呢?从1967年起,苏美开始谈判,把航天员看成是人类的使者,世界各国有责任营救。1968年初,苏美协商达成国际航天救援协议《关于航天员救援和送回、回收舱的送回》,在国外寻找救援的消耗由回收舱所有国支付。1968年4月,世界各有关国家签订了外层空间国际条约,该条约含有《营救、送回航天员和归还射入外层空间的物体的协定》。中国于1988年成为缔约国。国外应急搜救工作主要按照该条约,依靠国际救援组织进行。

任务期间,我国成立境外应急搜救及后续处理工作组和驻外使领馆应急搜救工作组。外交部在任务前将通知应急救生区所在国的中国大使馆或领事馆，事先做好各种准备。在出现意外并决定落在哪个国家时，外交部会立刻通知当事国，请求援助。现在许多国家常年设有应急搜救组织，在应急情况下，会立刻赶往现场进行营救。飞船返回舱大底镶嵌有钥匙，可以提示任何发现返回舱的人，帮助从外面打开返回舱。当然，航天员也可以从舱内自行打开舱门，让外面的人打开，主要是考虑到在非常情况下，例如航天员已昏迷时，就需要人从外面进去营救。

返回段应急救生及正常回收

返回时可能出现的故障

飞船返回可能出现各种故障，例如制动时间提前或推迟、制动发动机工作不正常、返回升力控制系统失灵、伞舱盖没正常打开、伞系统没有正常工作、缓冲发动机没起作用等。

1965 年 3 月 18—19 日，苏联航天员别列亚耶夫中校和列昂诺夫少校乘坐上升 2 号飞船绕地球飞行 17 圈[①]，列昂诺夫进行世界上第一次出舱行走后，在返回气闸舱时遇到了麻烦。舱外航天服由于在真空中膨胀得太厉害，超过了气闸舱舱口尺寸，航天员无法返回气闸舱内。最后航天员只好冒险释放掉一些航天服内的气体，使其压力下降，列昂诺夫才勉强进入气闸舱，回到返回舱内。整个过程历时 23 分 41 秒。返回时，飞船自动导航系统失灵，第一次发动机制动失败，飞船多飞一圈后，航天员别列亚耶夫采用手动方式控制飞船制动返回，但返回着陆点偏离预定落点 800

---

① 中国载人航天工程网：《世界载人飞船大事记（上）》，见 http://www.cmse.gov.cn/kpjy/htzs/xtfc/200809/t20080910_37285.html。

公里，飞船降落在乌拉尔山西坡彼尔姆州境内大雪覆盖的森林里，险些发生严重事故。航天员在雪地里从中午等到晚上，燃起篝火进行取暖和示位，没想到竟引来了狼群。直到午夜，航天员才被营救人员发现。

1971年6月29日，在礼炮1号太空站工作了22天的航天员乘坐联盟11号飞船，离开礼炮1号太空站开始返回地面①。返回舱上设有一个平衡阀门，当返回舱降落到一定高度，外界大气压达到一定值时，开启此阀门，使返回舱与外界连通。不幸的是，飞船在返回制动前进行轨道舱分离时，此阀门已经意外打开，致使返回舱内气体很快通过阀门释放到太空中，航天员曾试图采取措施阻止气体的泄漏，但没有成功。联盟号飞船原设计是乘坐2人，为了与美国竞争，联盟11号飞船乘坐了3人。由于空间狭小，只好冒险不让航天员穿航天服。在这种迅速减压的情况下，航天员失去了压力保护，造成体液沸腾和气化，10秒钟内丧失意识，3分钟至3.5分钟心脏停止跳动，3名航天员全部牺牲。虽然着陆后医生采用了多种急救措施，对3人进行了长时间的抢救，但最终没能挽回他们的生命。从此以后，乘坐往返航天器的航天员都穿航天服。

1976年10月14日，苏联发射联盟23号飞船②，计划与礼炮5号对接，没有成功，飞控中心决定在进入夜晚的第1圈返回。制动在规定时刻没有启动，推迟了，飞船在预定离轨点之后125公里才离轨，造成返回着陆点向前延伸了125公里，落在哈萨克斯坦的田吉兹湖里。当时正值下雪，气温-13~-16℃，湖面冰凌成堆，既不能走也不能滑，雾也很

---

① 中国载人航天工程网：《世界载人飞船大事记（上）》，见 http://www.cmse.gov.cn/kpjy/htzs/xtfc/200809/t20080910_37285.html。

② 中国载人航天工程网：《世界载人飞船大事记（上）》，见 http://www.cmse.gov.cn/kpjy/htzs/xtfc/200809/t20080910_37285.html。

大，能见度极低。20 时 31 分返回舱主伞打开，两架飞机（安-24 和安-12）目视了开伞过程。17 分钟后，航天员通过无线电报告降落在湖面上。4 分钟后，飞行员从空中看见了返回舱闪光灯，离岸约两公里左右。随后，由于风把雪吹起来，从空中已无法看见返回舱。直升机飞到后，带来了橡皮船，但无法在返回舱旁边降落，只好落在岸边。军衔最高的直升机队长亲自划着橡皮船，一边打冰一边前进，费了三个半小时，才赶到返回舱边，发现返回舱的通风口已被冰冻封死了。队长又用了三个半小时才打掉舱门上的冰，但不敢打开舱门。后来来了两辆车，但无济于事。因为舱内有航天员，不敢冒险直接起吊返回舱，只好让两个穿潜水服的救援人员从直升机上吊下去，在冰水中用索绳将返回舱捆住，早上 6 时前开始用直升机拖，费了十几分钟才拖到岸边。天亮了，搜救队员才开舱救出航天员。从此以后，苏联作了一个决定，不在该区域对应的圈次返回，以免掉到田吉兹湖。勇敢救援航天员的直升机队长被授予红旗勋章，但他冻伤严重，事后一直没有恢复健康。

1988 年 9 月 6 日，苏联的联盟 TM5 号飞船返回时[①]，由于飞船的太阳定向仪发生了故障，使自动控制返回机构不能工作，三名航天员决定手控返回，没想到手控制动又失灵，不得不多飞一天。当时生活舱已经分离，没有厕所，航天员只好不吃、不喝、不拉。此时地面早已戒备森严，10 架飞机、23 架直升机、5 个伞兵救援队在哈萨克斯坦境内空中等待着。此次航天员仍然手动操作制动，幸好在第三次尝试手控方式时成功了。但采用升力控制方式返回已不可能，只能采用弹道式返回方式着陆。因哈萨克斯坦在天空中布了很多飞机，故很快就发现了返回舱，立即救出了他们。从开舱到运送航天员上直升机花费一个半小时。

---

① 中国载人航天工程网:《世界载人飞船大事记（下）》，见 http://www.cmse.gov.cn/kpjy/htzs/xtfc/200809/t20080910_37286.html。

我国的神舟飞船正常制动后，也可能出现故障。飞船有两种返回方式，一种是正常返回方式（升力控制式返回），一种是应急返回方式（弹道式返回）。

升力控制式返回，是通过精巧的返回舱气动外形和质心设计，将大气层阻力一部分转变成升力，再巧妙地控制返回舱的姿态，使得返回舱如同飞机一样在大气层中滑行，滑行轨迹如同蛇的足迹，使得返回航程加大，过载变小，航天员更加舒适，同时可调整落点，起到提高着陆精度的作用。但升力控制万一失灵，则必须旋转返回舱，转为前弹道式或后弹道式返回。

前弹道式返回，是指在飞船制动前即已发现升力控制有故障而不得不采用弹道式返回的情况。由于弹道式返回中飞船绕返回舱第二本体坐标系的 X 轴（穿过返回舱大底和舱门中心、与大底和舱门垂直的方向）自旋，使升力的总效应几乎为零，这样可以基本保证飞船返回舱不会离开原返回面太远，从而能够保证一定的落点精度，但对应的过载将会明显增加，同时航程明显缩短。既然已经知道要使用前弹道式返回，为了在原定制动点制动，又要使着陆点仍在升力控制返回瞄准着陆点附近，可以缩短制动发动机的工作时间，对应的制动后的滑行轨道会长些，从而减小了再入大气层的角度，使返回舱在大气层中飘远点，两者共同用以弥补旋转带来的航程的缩短，总体目标是朝原理论瞄准点降落。此种情况下的落点散布范围比正常返回散布范围大多了。

后弹道式返回，是指飞船制动并进入大气层已使用升力控制方式返回，但途中发现有故障，则转入弹道式返回方式，即马上取消升力控制，让返回舱自旋。旋转将使航天员不太好受，但这种方式却能避免返回舱以一种随机不定的姿态飘飞出去，避免返回舱落点无法控制。由于升力控制失灵的时机可能是随机的，故启动弹道式返回的时机也是随机的，对应的落点也将是不定的。启动弹道式返回时间越早，落点离理论落点越远，启动时间越晚，离理论落点越近。如果出现这种故障，地面和空中搜救部队将立刻赶赴现场进行救援，运行段机动搜救队的飞机和伞兵也将参与搜索和营救。如准备降落东风副着陆场，其弹道式最远的落点在青海省北部海西蒙古族藏族哈萨克族自治州的苏干湖东边约 80公里处，党河南山的南边，当地为戈壁滩，弹道式散布区经青海、甘肃到内蒙古，穿过党河南山、野驴山、群峰林立山高坡陡的祁连山山系，最高峰海拔达 5000 米以上，由玉门到东风，主要是戈壁滩和新月形沙丘链，可见载人航天还是有风险的。前面谈到选着陆场时要考虑弹道式散布范围，就是因为在飞船返回时存在各种故障可能。

2003 年 5 月 4 日，国际空间站第 6 批三名航天员（一名俄罗斯人，两名美国人）乘坐俄罗斯联盟 TMA-1 载人飞船返回地面。在返回过程中，由于计算机软件出现故障，飞船突然由升力控制式返回方式转入弹道式返回方式，致使减速过载达到 8~9g，返回航程缩短 460 公里，救援队在返回舱着陆两个小时后才到达着陆地区。美国航宇局十分紧张，因为 2003 年 2 月 1 日刚发生了哥伦比亚号航天飞机灾难，如联盟 TMA-1 再出事，那可真是祸不单行了。还好，最后这三名航天员有惊无险。

2008 年 4 月 19 日，俄罗斯联盟 TMA-11 飞船返回舱载着韩国首名航天员李素妍、美国航天员惠特森和俄罗斯航天员马连琴科，在返回过程中出现故障：飞船舱段分离时 5 个爆炸螺栓中的一个没有爆炸，导致返回舱和设备舱无法分离。两舱连带下落时，大气层摩擦产生的高温致使未启爆螺栓炸开，返回舱分离。这时返回舱已转入弹道式返回方式降落，舱内航天员承受大约 8~9g 的过载。返回舱着陆时偏离预定地点大约 420 公里，着陆于哈萨克斯坦北部地区奥尔斯克草原。返回舱着陆时带来的冲击很大，导致返回舱内三名航天员不同程度受伤。由于返回舱触地点靠近李素妍的座椅，她受伤更重些，膝盖和脚部因碰撞出现瘀青，颈部、肩部、背部等处受到了超出预想的冲击，特别是胸椎、腰椎状况很不好，回国后她仍反映背部疼痛相当剧烈。2011年杨利伟和我一起参加联合国马来西亚载人航天技术专家会议时见到了李素妍。

图为2011年有关国家航天员在联合国马来西亚载人航天技术专家会议上（右起中国首位航天员杨利伟、日本首位出舱活动航天员土井隆雄、韩国首位女航天员李素妍、马来西亚首位航天员谢赫·穆扎法尔·舒库尔）。

搜索营救

着陆场设置搜救指挥部，下设空中和地面两个分队。

空中分队负责返回舱搜索和航天员救援。直升机在指定空域待命，主要负责返回舱返回正常散布范围内的搜索。直升机根据搜救指挥所给出的返回舱落点预报，利用机载超短波信标接收机定向仪搜索返回舱；

返回舱抛防热大底后，直升机按照定向仪指示接近返回舱，确认发现目标后立即报告并降落至返回着陆现场，如返回舱落入危险地段，直升机需将返回舱吊至易于操作的地方，按预定程序开展现场前期处置，同时引导地面车辆向着陆点前进。航天员可以用卫星手机与北京搜救指挥室通话。空运机动搜救队的搜索飞机携带伞兵在指定空域飞行待命，主要负责返回舱返回散布范围大时的搜索。

地面分队负责现场返回舱后续处置和回收。地面车辆利用车载信标接收机或根据搜救指挥所和直升机的引导信息前往现场，按预定程序进行现场相关处置，将返回舱运至附近火车站，经铁路转运北京。

医监医保医疗救护人员在随直升机搜索时便注意收听北京中心医监专家对航天员健康情况的通报，以便预作准备；通过超短波通信设备与航天员直接通话；到达现场后展开医监医保和医疗救护设备；打开舱门后，医监医保人员观察和询问航天员情况，决定航天员出舱方式；出舱后航天员在现场适应地面重力环境，进入直升机进行更衣、微生物采样、医学检查、体液采集；如航天员受伤，医疗救护人员实施急救，然后用直升机马上送后支医院。

1993年7月，联盟–TM16号飞船正常返回[1]，飞船上有两名俄罗斯航天员，在和平号空间站工作了半年，一名法国航天员，在和平号空间站工作了三个星期。直升机在空中就发现了降落伞，救援车跟着伞跑。返回舱刚落地，车也开到了跟前。上校队长立即上前去敲舱，作业架也迅速搭起，打开舱门，拉出航天员，坐在座椅上。医疗救护直升机带的两个吹气帐篷正在搭建，每个有20×8平方米大小，准备形成一个野战医院。但此时突然下起倾盆大雨，帐篷还没有架设起来，只好把航天员

---

① 中国载人航天工程网：《世界载人飞船大事记（下）》，见 http://www.cmse.gov.cn/kpjy/htzs/xtfc/200809/t20080910_37286.html。

运送车内进行医护。此时一个航天员突然感到非常不适，应立即用图-154 飞机将航天员送航天员中心，但这时雷雨太大，不允许起飞，故只好在图-154 飞机内进行医疗护理，两个小时后才允许起飞，又经过三个小时才将航天员送到航天员中心，航天员终于得救。

从中可见，搜索营救，突发事件多，需紧急处理的情况多。

卫星救援

卫星救援手段

卫星搜索与救援是用人造卫星搜索和营救失事飞机、船舶和遇难人员的技术。

长期以来，遇难的飞机、船只通过无线电发出国际通用的"SOS"信号呼救来争取救援，但由于受到地域、时间和干扰等限制，海、空失事仍然难以得到及时营救。

搜索营救卫星运行在 850~1000 公里高的近圆形极轨轨道上，可以接收来自直径约 5000 公里广大地区内任何地方发出的呼救信号。卫星绕地球一周只需 102~105 分钟，而且是多颗卫星布设在不同轨道面内同时监收信息，所以不仅搜索范围大，而且发现目标快。

在搜救卫星上装载救援信号转发器，卫星飞经出事者上空时，卫星转发器接收失事飞机和船舶上装载的应急信标机信号，并把它转发给地面信息接收站。卫星救援的原理是根据卫星和应急信标机之间在方向和速度上的相对运动，连续测量呼救信号的多普勒频移变化和频移变化的快慢以确定失事地点的坐标（即纬度和经度）。

应急信标机采用国际上统一规定的、用于卫星搜索和救援系统的

406MHz 频率，以及长期以来所使用的 121.5MHz 频率和 243MHz 频率。飞机、船舶失事时，其上携带的应急信标机能自动接通电源，不断发出紧急呼救信号。406MHz 信标是专为卫星搜索与营救系统设计的，它可传输有关失事飞机和船只的类别、登记号、国籍、坐标、失事性质和时间等编码信息；卫星处于应急信标机和地面信息接收站视野内时，用 1544.5MHz 频率可以实时转发信息；卫星也可以把接收到的信号经预处理后存贮起来，待运行到有地面信息接收站的空域时，再传送给地面。121.5MHz 和 243MHz 信号不存贮，而是经放大后实时转发，如卫星视野内没有地面信息接收站，这一失事情况便会失效。使用 121.5MHz 和 243MHz 的定位精度为 10~20 公里；使用 406MHz 信标发出的信息，地面站可以解调出其坐标信息，可进一步提高位置确定精度，即 406MHz 的定位精度可达 2 公里左右。

　　1982 年 6 月和 1983 年 3 月苏联先后发射了宇宙 1383 号和宇宙 1447 号两颗极轨道卫星，建立了科斯帕斯卫星营救系统（COSPAS，是俄文的拉丁化，英文是 Space System for Search of Distress Vessels）；1983 年 3 月美国也发射了一颗装有搜索营救转发器的诺阿 8 号气象卫星，建立了萨尔萨特卫星救援系统（SARSAT，Search and Rescue Satellite Aided Tracking）。这两个系统因技术参数完全一致，根据苏联、美国的有关协议，组成了国际上统一的科斯帕斯—萨尔萨特（COSPAS-SARSAT）卫星组织，制定了紧急无线电示位标的产品规范。20 世纪 80 年代参加该组织的国家有苏联、美国、加拿大、法国、英国和挪威等。COSPAS-SARSAT 系统原称为“低轨道搜救卫星系统”，为了弥补极轨轨道卫星有时不能及时发现目标的缺陷，还发射了地球静止卫星轨道的搜索营救卫星与它配合，使卫星救援系统更趋完善，从此系统更名为“国际搜救卫星系统”。后来国际海事卫星系统也兼有卫星救援功能。根据同样原理，卫星救援也可用于因考察、探险、登山等遇难的个人或团体的救援。

国际搜救卫星组织将世界划分为多个搜救责任区，利用国际搜救卫星系统提供全球范围内的遇险定位报警和用户身份信息查询等搜索救援信息，并通过各搜救责任区搜救任务控制中心组织协调当地力量开展搜救工作。

中国搜救卫星任务控制中心（CNMCC）根据任务飞行状况，及时将有关着陆区设置为高监区，国际搜救卫星组织会密切关注这些区域，根据收到的 243MHz 和 406MHz 信标信号，通知我国搜救卫星任务控制中心，控制中心将立刻协调当事国的搜救卫星任务控制中心，请其组织力量开展搜救。

1982 年 9 月 9 日首次成功地搜索发现并救援了加拿大的空难遇险者。此后搜索营救卫星不断发现失事的飞机和轮船，据不完全统计，到2019 年已在全世界搜寻失事飞机和船舶近 300 架（艘），拯救遇难者超过 600 人。

信标信号极化方式

243MHz 信标信号可以是线极化（垂直或水平），也可以是圆极化。线极化的天线可以是一根线，故简单、轻便；圆极化的天线要么是螺旋，要么是抛物面，故复杂、体积大、重量沉。由于 243MHz 信标机主要是用于失事飞机、船舶和遇难人员的，故轻便、简单、可靠、便于携带是主要考虑因素，另外线极化的天线尽管在某些方向是亚点，信号弱，但搜索卫星或搜索飞机是动的，在某些方位能够收到信号，故可部分地克服线极化带来的问题，所以国际卫星救援系统在确定信标极化方式时均选择了线极化。

信标是线极化，搜索接收天线可以是几种，可以是垂直线极化，可以是垂直和水平线极化同时接收，融合处理，也可以是圆极化接收。例如俄式直升机装的 APK 定向仪、德国的 SAR-DF517 定向仪都是垂直线极化。

第 三 章

神舟一号：首次无人飞行试验实现了 天地往返的重大突破

1992 年 9 月 21 日，中央正式批复载人航天工程可行性论证报告，中国载人航天工程正式立项，代号为"921 工程"。1999 年 11 月 20 日，神舟一号飞船发射成功。图为长征二号 F 运载火箭托举神舟试验飞船发射。

第一艘无人飞船"神舟一号"（来源：央视网）

　　1992 年 9 月 21 日，中央决策实施载人航天工程。1997 年下半年，工程领导根据各系统研制进展情况，结合火箭首飞试验需求和"争八保九"的任务目标，提出了"利用长征二号 F 运载火箭首飞试验的机会发射试验飞船"的战略意图。工程总体经大量研究、论证和协调，认为可行。1998 年 1 月 9 日，工程第十五次总指挥、总师联席会议作出了"利用长征二号 F 运载火箭首飞试验的机会发射试验飞船进行返回技术试验"的决定。经过工程全体科技人员的密切配合、团结奋战，1999 年 11 月 20 日 6 时 30 分，长征二号 F 运载火箭在酒泉卫星发射中心点火升空，将试验飞船准确送入预定轨道，21 日 3 时 41 分试验飞船在四子王旗主着陆场准确着陆，921 工程第一次飞行试验任务圆满完成。

1999 年，神舟一号成功发射，实现了天地往返的重大突破。神舟一号飞船设计直接瞄准国际上第三代三舱飞船，一举迈过美苏"单舱一两舱"飞船的发展历程。

争取来的飞行试验机会

中国载人飞船工程从 1992 年 9 月开始，进入工程研制。

1997 年下半年，工程已历时五年，飞船研制正处于初样研制，但长征二号 F 运载火箭研制进展快，产品已成型，马上要进行首次研制性飞行试验，看看火箭是否具备发射任务的条件。

此时面临两个焦点问题，一是火箭运什么东西？二是跟中央承诺的"争八保九"（即争取 1998 年发射飞船，确保 1999 年实施）已临近，但显然实现有困难，怎么办？

火箭运什么？即打什么载荷？一种办法是放个铁疙瘩，当配重；一种办法是有人提出，能够顺便把某个探测器发射入轨。前者最简单，但有些浪费，后者工程总体开会研究时被否决了。

此时，飞船系统副总师郑松辉提出：能否把现在正研制的初样飞船打上去？

设想刚提出来，就有人反对："飞船正在初样研制阶段，好多技术尚在突破和试验之中，行还是不行还两说着，怎么可能当卫星打上去？""历史上也没见过发射初样产品的？能起什么作用？"

看来反对的声音不少。

问题摆在沈荣骏（国防科工委副主任）和王永志（载人航天工程总设计师）面前时，两位领导却陷入了深思："是不是真的不行？""是不是只试验返回？因返回是工程中最不踏实的地方。"

深思，带动的是调研。

王永志总设计师分析飞船实际进展后，认为如果只试验返回，那么返回舱防热、大伞、控制系统由于以前有返回式卫星的技术基础，工作加紧些，有可能拿出来，但技术难度最大的是发动机推进系统，这是上海航天技术研究院（简称"八院"）研制的，难点在大推力发动机，问题最多，此设想是否可行，这是关键。

有一天，沈副主任去找王总研究此事，王总把上面的分析跟他说了。沈副主任一听，马上说："一不做，二不休，我直接去趟八院，了解下情况，看到底行不行。"

沈荣骏副主任当天晚上就从北京出发了，直飞上海。

到八院后，设计师队伍如实地汇报了情况，认为研制难度很大，有很多试验待做。但八院的人也意识到此事的重要性，故飞船系统副总指挥施金苗最后说："如果加班加点，未尝不可，容我们晚上研究一下。"

沈荣骏副主任一听，看来有门，便直接说："提条件吧，我们全力保障。"

第二天一早，施金苗表态："争取拿下！"

沈荣骏副主任高高兴兴地回到北京，与王永志总设计师一商量，定了：就用初样的飞船，对与返回相关的设备严格些，只试验返回。

就这样，在多方调研、征求意见的基础上，工程两总提出了"利用长征二号 F 运载火箭首飞试验的机会发射试验飞船"的战略意图。工程总体及时组织飞船系统进行了详细论证，提出了一套切实可行的试验验证方法，在较短时间内攻克了推进系统未过关的难题。1998 年 1 月 9 日，921 工程第十五次总指挥、总师联席会议作出了"利用长征二号 F 运载火箭首飞试验的机会发射试验飞船进行返回技术试验"的决定。

飞船系统采取非常措施，按时生产出了符合上天要求的试验飞船

（神舟一号飞船），为工程多争取到一次宝贵的无人飞行试验考核机会。

演练

1999 年下半年，准备进行首次无人飞船飞行试验。

1999 年 9 月 10 日，我从北京赶赴呼和浩特，参加着陆场演练。

9 月 11 日，在呼和浩特召开着陆场演练第一次会议。由于是工程首次执行飞船回收任务，故相关系统和单位都很重视，都派了试验队来参试。主持会议的是西安卫星测控中心（简称"西安中心"）机关领导，参会人员有飞船试验队、直升机管理机关人员、毕克齐机场人员、西安中心回收部人员、北京跟踪与通信技术研究所人员等。会议讨论了有关问题，例如：直升机远在草原执行任务，万一回不到机场，需要解决现场给直升机加油问题；直升机夜间起降需解决照明问题，即需要安装探照灯；信标放到野外假想的降落地点，信标组的通信、供电问题；243MHz 信标机模拟天线和真实状态差异性问题；等等。

9 月 12 日，各试验队都在紧张地进行各自的单项演练。吊车利用模拟返回舱进行吊、装、运等试验，顺利；集群车进行通信试验，仅安装就花了近两个小时；超短波通信因一插头没运到，只好推迟做试验。

上面说的"集群"是按照动态信道分配的方式实现多用户共享多信道的无线电移动通信系统，由终端设备、基站和中心控制站等组成，具有调度、群呼、优先呼、虚拟专用网、漫游等功能，可为多个部门、单位等用户提供专用指挥调度等通信业务。中心控制站建在一辆移动的车上，基站建在一架直升机、一辆车上，其他直升机、搜救车辆、搜救人员都带有一个终端，这样大家便可通过中心控制站、基站的中继进行相互通信。

集群通信试验时发现：直升机飞过集群基站头顶时，通信有杂音；飞远时，音质反而清晰了。

9月13日上午，将243MHz信标机放在机场塔台，直升机进行搜索演练；将飞船系统带来的短波信标机与地面搜索车车载短波搜索定向仪设备、手持短波搜索定向仪设备等进行对接试验，跟踪距离都获得了数据。中午，直升机起飞，进行通信最大距离的标定试验。试验数据表明，百公里以上都能很好地进行通信，集群通信较超短波通信稍微好些；直升机243MHz信标接收机在不同方位上有了测量数据，罗盘指示方向摆动幅度都有了数值大小的感性认识。

9月14日，进行直升机吊挂飞船返回舱试验。在毕克齐机场一块空地上，地面吊车先把模拟返回舱吊至地面，垂直状态，然后直升机起飞，悬停在返回舱上方，将吊具释放下来，回收站操作人员爬到返回舱上方，将挂钩挂好，机组人员协助，其他机组人员在旁边指挥，直升机抬高飞行高度，让吊具慢慢吃上劲，最后稳稳吊起，绕场一周，放下。地面吊车把返回舱拉倒放平，然后再让直升机吊挂。但见直升机慢慢升高，吊绳渐渐吃上劲，然后舱门被吊绳抬起，返回舱渐渐扬起头，舱体由躺倒水平状态开始离开机场水泥地，只有底部一侧边缘着地。返回舱继续朝垂直方向转动，就在返回舱质心刚过底部支撑边沿时，突然，返回舱猛然朝垂直方向加速移去，吊绳瞬间拉紧，猛地朝侧面拽了一下直升机，远处看，直升机突然下沉了一下。因为返回舱底部是朝外凸出的弧形，故返回舱晃过垂直中心线不久又晃了回来，马上又把拽的劲释放了，直升机又猛然上蹿了一截。还好，返回舱晃动幅度小了下来，直升机也稳住了。直升机驾驶员吓出一身冷汗，观看的我们也惊出一身冷汗。从那以后，直升机吊挂返回舱，必须先由吊车把返回舱扶正，然后再吊挂。

内蒙古四子王旗是我国载人航天工程第一步、第二步阶段的主着陆场，位于内蒙古中部阿木古朗大草原。图为清晨中的大庙。

图为特种吊车拉起返回舱。

9月16日，工作环境转场。早8时，我们从土默特左旗出发，途经呼和浩特，翻过大青山，路过四子王旗，向北，13时30分，到达大庙。

大庙，原来叫红格尔苏木，是个神奇的地方。说它神，是因为不大的地方却有几座雄伟的喇嘛庙，每年都有牧民从远方来朝拜，古时这里曾坐落着一个庙宇群，规模甚为壮观，后经"文化大革命"除四旧，大部分都损坏了，仅留下一座建筑，近几年按原样恢复了一些庙宇；说它奇，是因为周围都极其平整单调，唯它依山傍水，大庙后面有座山，全是大块石头，山上还有碉堡，这里曾是战场，大庙西侧有条河，河两岸几公里范围内岩石陡峭。大庙的北部是阿木古郎牧场，地域开阔、平坦，中国神舟飞船返回舱主着陆场就设在那里。

大庙东北方向不远处，在一个略高的山包上，围起了一块区域，这就是大庙测量站阵地，有统一S波段（United S-Band，简称USB）测控设备、超短波设备、气象测量雷达等，主要任务是测量飞船返回舱的返回弹道、发送相关指令、接收飞船和航天员遥测参数、收集气象信息等。

大庙东南侧几百米远的地方就是搜救回收队大院。院内北边有一栋三层楼房，既是回收任务办公开会的地方，也是参试人员居住的地方。不管是搜救回收人员、测控设备技术人员、气象人员，还是外来的机关人员、飞行员、飞船试验队等，都挤在这一栋楼里，所以工作、生活都十分艰苦。楼的北边是食堂，院的东北角有几间房屋，是气象台，屋顶是气象观测设备。大院的南边是块大的平坦空地，稍经平整，变成了直升机停机坪。

晚上，技术组讨论前段时间发现的问题：一是GIS信息传输中有丢帧现象；二是两套VSAT通信有时出现断续现象；三是海事卫星通信——M 站定向有时失锁；四是协调系统间问题，如天地 GIS 信息格式问题等。

上面提及的"GIS"是 Geographic Information System 的缩写，翻译为地理信息系统。该系统使用的技术在世界上用途比较广泛，着陆场系统使用这套系统是对着陆场地理分布数据进行储存、管理，对直升机、车辆、人员等搜救单元的位置进行采集、运算、分析、显示和描述，以提高搜索指挥效率。

上面提及的"VSAT"是 Very Small Aperture Terminal 的缩写，翻译为甚小口径卫星终端站，天线口径小，这种通信手段广受世界用户欢迎。我们的 VSAT 主站设在北京，VSAT 远程终端设在着陆场移动车辆上，双方通过地球同步静止卫星进行通信。VSAT 系统灵活性强，可靠性高，成本低，使用方便，可不借助任何地面线路，不受地形、距离和地面通信条件限制，主站和终端间可直接进行高达 2Mbps 的数据通信，特别适合于着陆场搜救这种移动用户。

就在大家在屋里讨论问题时，外面电闪雷鸣，先是下雹子，后下中雨，风速很大，窗子吹得很响。

晚上十点多才散会，我去洗澡。尽管是 9 月份，但天已很冷，我洗的是冷水澡，不是没有热水，而是习惯了。回到住的房间，同屋的侯鹰问我："你换洗的衣服放在床上忘了带去，你是怎么应对的？"我没有回答。这时他才发现，我已把部分衣服洗干净穿在身上了。

9 月 17 日，天气被昨晚的狂风暴雨洗礼过后格外清澈，草原格外明亮。空、地搜救队员赴返回舱理论落点附近观察地形并进行搜索演练。

6 时 30 分地面车辆出发，8 时 30 分到达待命地点。直升机 8 时 30 分起飞，9 时 30 分到达待命地点。带有信标机的依维柯车提前出发，9

时 30 分打开信标机。地面、空中开始搜索。

通过演练发现：一是集群在某个时段突然没了信号，原因是有一个干扰信号进入信道，造成信号中断。二是卫通车上午开不动，信号也没有，下午通了，看来还是不稳定。三是一号指挥车的天线架设得有点高，上坡、转弯时有些晃，进行静态传输试验时，发收正常；收发还有个别丢帧现象；进行动态传输试验，总体情况不错，收发无丢帧，只是经过土包时中断过一次，后再经过时没有发现中断现象；二号指挥车上午没能通话成功，有"咔""咔"声，信噪比是原来的一半，一上午才拨通了两次。四是短波电台一开，对集群通信马上有影响，对卫通中的调度都有影响。

着陆场的问题在暴露着，也在解决着。

9 月 18 日，因昨晚又下了一晚上雨，白天下了一整天，故全天计划推迟。

尽管计划推迟，但大家仍不闲着，仍想着找事做。

上午，大家乘车外出查看地形，一辆越野卡车陷车，自己出不来，只好求助。大庙回收站派了两辆车前往营救。西安中心的邓广珉从呼和浩特购买通信器材返回大庙途中也陷车了，众人将车抬出。下雨，草原的路变得复杂起来，原来可以走的土路，现在也变得狰狞起来，看来搜救工作不好干。

下午，继续下雨，但各种单项调试工作没停。一是海事 M 站调试时，使用北京关口站，不通；使用荷兰关口站，通了；用印度洋卫星，有两个方位角均不通；用太平洋卫星，不通；再使用印度洋卫星，好了；返程中，用印度洋卫星，全好。二是短波定向仪标定，把信标分别放置在垂直的四个方向上，针对两个频点进行了测试，查看其方向标识差多少，结果在朝东的方向上差别就很大，看来真的需要标定。三是

GIS 数据传输，时有中断现象，一般在数据中断后 1 分钟会重新建立链路。

上面说的"海事 M 站"是国际海事卫星通信系统的一个移动终端。国际海事卫星通信系统是利用通信卫星作为中继站的一种船舶无线电通信系统，是世界上第一个全球性的移动业务卫星通信系统，具有近全球、全时、全天候、稳定、可靠、高质量、大容量和自动通信等显著优点，主要用于船舶营运、船岸联系和海上人命救援，当然也可用于陆上人员通信。标准移动终端主要有 6 种，即 A、B、C、M、Mini-M 标准终端以及进行航空业务的航空（Aero）标准终端。我们使用的 M 终端是 1993 年研发出来的，提供 6.4kbit/s 语音编码速率的电话、2.4kbit/s 三类传真和 2.4kbit/s 数据通信，体积小，重量为 15kg 左右，有海事和陆用两种类型。

9 月 19 日，天气晴朗，多云，可见度极好。

短波定向仪设备继续标定。指挥车的定向仪收到的信号有时有跳动，搜索过程中短波定向仪丢数据时间较长，导航仪支架振动得厉害。

直升机进行 GIS 传输试验。上午 8 时从毕克齐机场起飞，8 时 50 分到达大庙上空，两架直升机飞经大庙，没停，径直飞走了。

奇怪，只见有一架掉队了，没跟着飞，反而在大庙上空盘旋了一圈，落了下来。刚停，便见有人从直升机肚子里搬下了几筐蔬菜，然后直升机马上起飞走了，原来是顺道送菜的。在大庙工作的试验队和搜索人员，生活条件十分艰苦，因距离呼和浩特等大城市远，后勤补给十分匮乏，特别是蔬菜，很难吃上，而近期雨水大，把道路都给冲垮了，道路上又没有桥，只要路修不好，车辆就无法通过，因此蔬菜就更难供应了。这次就是利用现代化手段，用"高档"运输工具，用来转运"低档"食材。这样一来，这些本不值钱的蔬菜，到这里可就变成香饽饽了。

GIS 传输时，发现中断过几次，有时是因起飞、降落造成的，有时是绕目标盘旋时出现的，中断时间长短不等。

直升机在测试集群作用距离时发现，在 300 米高度飞行时，作用距离是一个值，在 200 米高度飞行时，作用距离就小了，这与在毕克齐机场测试的作用距离相比，有很大区别。

9 月 20 日，原计划继续各种试验和直升机现场吊挂。早上起来，天晴，阳光充足，好天。孰知，大青山北边，驻扎在大庙的返回舱吊车司机找不着车钥匙了，奇怪。无独有偶，大青山南边，直升机刚要从毕克齐机场起飞，天气突然转阴，只好熄火。驻扎在机场的联络人员武健为告诉大庙"直升机不起飞了"利用各种通信手段去报信，到处跑，费了 5 个小时，愣是没成功。集群设备是通的，但呼叫时 1 号指挥车没听见，5 号车听到后却没回答，真是把驻扎在机场的武健给急坏了。

9 月 21 日，天阴，多云。早 6 时 30 分起床，上午待命。9 时，听说直升机准备 10 时起飞，故地面车辆 9 时 30 分出发，前往现场，进行搜救演练。

10 时 30 分，三架直升机到达大庙，搜救人员登上飞机，直升机再次起飞，前往各自待命空域。飞行高度很低，离地仅 100 米，航速 210 公里 / 小时。直升机沿河流方向行进，河边有冲沟，但不大。不一会儿，便见大片草原，极其平坦，似乎比机场还平，胜似高尔夫球场。阳光偶尔通过云缝撒向草原，点缀着茫茫大地。11 时 30 分，草原仍如同地毯，感觉当时选着陆场的确选对了。

11 时 35 分，我们到达待命空域。此时，地面信标机开通，直升机瞬间便收到了信号，立刻"寻的"飞行。所谓"寻的"，就是按照信标接收机的指针方向，对着目标飞行。

飞行中，看见草原上到处都是羊群，有时也有马群，据不完全统计，至少遇到 25 个"部落"。马群、羊群被直升机吓得朝远处奔跑，似乎想躲开庞然怪物，然没跑多远，巨响已在脑门上空，只好改变方向，再朝两侧狂奔。因航高低，故我们看马、看羊都很清楚。

11 时 52 分，我们所坐直升机飞抵目标上空，其余两架已在现场，因我们离目标最远，故到达最晚。

从空中看返回舱较易，但其闪光灯（白色）不甚明显，与直升机上的红色闪光灯相比，红色更显眼一些，这可能与白天有关。

12 时 05 分，一架直升机开始吊挂模拟返回舱。直升机在上空悬停着，机舱内地板开有一方口，方口上方有一支架，支架上有一卷扬机，样式有点像井的辘轳，通过开口垂直落下一条索绳，二十几米长，索绳下端是挂钩。一个返回舱处置人员爬上返回舱，抓住挂钩，朝装在返回舱舱门上的吊环挂，但不管怎么使劲，就是挂不上，再挂，还是挂不上，急得他出了一身汗。直升机只好落在旁边，大家马上开始找原因。不看不知道，一看才发现，实际上共带来了两套吊具，其吊环看上去粗细大小差不多，就随手在返回舱舱门装了一套上去，实际上这两套有差别，其中一套吊环与今天使用的挂钩不匹配。这是个教训，看来不能自以为是。

12 时 13 分，在返回舱舱门上换了一套吊环，重吊。

12 时 25 分，吊挂直升机起飞。在吊挂时，一架直升机的机组在地面指挥，一架在空中拍摄。这次没有问题，直升机吊着返回舱绕现场飞了两圈，试验成功。

12 时 32 分，三架直升机编队飞往大庙，从地面看空中直升机队形，甚是壮观。

12 时 38 分，到达大庙。中午在大庙吃饭，14 时 20 分，直升机起飞返回毕克齐。

9月22日，1号指挥车进行短波定向仪标校，标校后满足要求。直升机对243MHz定向仪进行标校，认为在航高300米至200米之间，几十公里的作用距离是可以做得到的，但在接近云层时，243MHz信号接收不稳定。

9月23日，按实际返回时间进行综合演练。

4时30分起床，5时20分三架直升机起飞。

5时32分到达待命空域，直升机按"8"字飞行。此时，西边漆黑一片，东方天边略有红色。

6时，西方仍然黑色一片，但东方地平线已现红色一带，地球看上去像个大大的球体。就在此时，信标信号出现，直升机沿罗盘指示向西飞去。信号很强，十分稳定。

6时25分，直升机到达目标区。此时突然发现东方一道金光闪亮，通过直升机左侧窗口望去，只见红彤彤的太阳猛然从地平线上露出一片亮光，大家在直升机上轮流照了几张相。只一小会儿，太阳已经从地平线升起，然后，整个大大的、圆圆的太阳瞬间跳出地平线。有人说，在泰山顶上观看日出是一种说得出来的享受，那么，在直升机上观看日出是一种说不出来的享受。

6时36分，直升机起飞，返回大庙。中午12时20分，大家乘坐两辆车，奔赴呼和浩特。

9月24日14时30分，召开演练总结会。本次演练共有两件事，一是静态测试，二是动态全面演练。本次演练有三大特点：一是机关直接参加，各大部门协同；二是十几个单位独立工作能力强，协作关系好；三是吃苦精神好，天气变化异常，连下三天雨，但我们做了实事求是的方案。本次演练的收获：一是验证了空地有关设备的技术指标，有了定量的认识；二是验证了空地与飞船返回舱信息沟通协调性、地面处置返回舱的匹配性；三是通过接近实战的演练，锻炼了参试各方。本次演练的不足：一是现场处置的有关工作没做，二是短波定向仪与飞船的实物对接未做。我在会上表示："本次演练的目的就是要暴露问题。最大的收获就是在现有条件下摸索出了一套方法，用实践检验和完善了总体方案。本次演练使大家拧成了一根绳，各单位大力协同、相互配合、相互体谅，为后续实战任务打下了好的基础。下步需要注意的事项：一是着陆场的特点是协调难度大，不定因素多，涉及面广，故协调要深、要透，要抓落实，空地双方都要总结经验和不足；二是不能喧宾夺主，要抓住重点，要注意关键人物，要关注重点设备，如 243MHz 信标接收机和通信；三是对任务要有清醒的认识，要多考虑异常情况，要多注意技术细节。今天是中秋节，大家都舍小家、顾国家，不容易，在此表示衷心感谢。"

图为本书作者（中）与执行飞船搜索任务的直升机驾驶员合影。

赴内蒙古执行神舟一号返回搜索任务

1999 年 11 月 15 日晚，我乘飞机到达呼和浩特。16 日 15 时乘车，翻越大青山，经武川、四子王旗，直奔大庙，18 时到达，一路三个小时。

17 日 9 时，直升机起飞，到着陆区去观看地形。下午，新华社、中央电视台等记者到大庙 USB 测量站了解情况。我们参加北京中心组织的返回段演练。此处说的演练，就是北京中心按照返回任务时间顺序，统一给出调度指令，飞船系统、测控通信系统、航天员系统和着陆场系统等相关单位协同工作，时间按 1 : 1 进行，模拟仿真执行任务的每一个动作。

演练中发现，短波定向有问题。飞船试验队在返回舱上安装的短波信标机格式与地面的短波定向仪格式不一致，天上的软件已无法改动，故只好让地面设备软件改动一下。另外，地面短波定向仪在与返回舱信标机进行匹配性能测试时发现，短波在有无位置调制时作用距离差别较大，原因待查。

18 日 9 时，四架直升机及空中搜索人员，携带所有装具，从毕克齐机场起飞，转场至大庙。勤务队负责转场至大庙后的场地警卫、安装照明灯等。技术人员解决昨天短波定向仪存在的问题。

18 日下午召开各单位全体大会，内容两个：一是由我讲解飞船返回全过程，二是讨论有关问题。

我讲了什么，现在全忘了，当时没资料、没 PPT，只是凭脑海里的记忆朝外叙述。只记得我讲时，大家都很认真，由于我像是在讲故事，故大家很好理解。讲完后，大家问了很多问题，我进行解答，感觉效果很好。那个时候的讲解，可能是最重要的，因为参试人员中，不管是参加跟踪测量人员，还是参加搜救人员，搜救人员中不管是空中飞行员，还是地面搜救人员，都没有工程全局和飞船返回降落这方面的知识，都是从头开始学。

后面便是讨论。直升机飞行员提到大庙夜间起降需要布灯照明，这样直升机在 100 米高空以下便可看见停机位，直升机可参照灯光，根据不同风向，以不同的方向降落，准备今晚练习起降。有人问了一句：当地群众是否需要疏散？我答：落区几乎没人，不像遂宁和河南，故不存在疏散问题。

有人问：两辆油车给直升机加油，能加多少？毕克齐机场的人回答说：一辆装了 7000 升，一辆装了 6000 升，共 13000 升。

这么多油，如不是航空煤油而是汽油，并让一辆轿车使用，按 7.5

神舟一号飞船实现的一趟太空往返，背后含义并不简单，它意味着中国航天用短短七八年时间走完了发达国家三四十年走过的路。图为中国第一艘试验飞船神舟一号返回舱安全着陆现场，技术人员正在对飞船返回舱进行现场技术处理。

升 /100 公里算，可跑 17.3 万公里，但如果让直升机飞，飞不多远。直升机消耗 750 升 / 小时，一架直升机只能飞 17.3 小时，按 220 公里 / 小时算，才能飞 3813 公里，如是四架直升机同时使用，每架仅能飞 953 公里。可见对直升机来说，飞的航程不算多。

19 日上午，着陆场召开指挥部全体大会。会上传达了上级通知，准备 19 日火箭加注，20 日 6 时 30 分到 8 时 26 分为发射窗口，21 日凌晨返回。会上对执行任务的人员进行了定岗定位。

19 日下午，飞船系统副总师张柏楠给飞行驾驶员和搜救人员讲课，主要介绍飞船返回舱的知识。

观看发射

1999 年 11 月 20 日，5 时 30 分我们就起床了，此时发射场已进入一小时准备阶段。5 时 45 分我们开车，在漆黑的夜光下，开至大庙 USB 测量站阵地；6 时，全体人员就位，大家都坐在电视屏前，画面显示的是发射场实况。

时间在一秒一秒地走着，整个发射场寂静一片，脐带支架缓缓打开，长征二号 F 首枚火箭矗立在发射井上，火箭就绪待命。

这是中国载人航天首次发射，火箭到底行不行？飞船到底靠不靠谱？全在今天！

“各号注意，1 分钟准备！”

“10、9、8、7、6、5、4、3、2、1，点火！”

6 时 30 分 7 秒，只见火光从火箭下方猛然喷出，瞬间照亮发射塔架，白色火焰直射发射井，将井口一圈消防栓向井中心喷出的水帘强行压了下去，热浪带着水蒸气，穿过地下导流槽，顺便也把槽中已蓄之水带出导流槽两侧，从远处看，火箭下方两侧翻卷起滚滚浓烟，像是在帮忙抬起高大的火箭。此时，火箭已拔地而起，巨大推力，稳稳地把火箭托举了起来。

"火箭起飞！"一号在调度上喊着，声调高昂，亢奋。

"T0，06h30m03s"，一号报出了起飞时间。

说是 6 点半，但地处额济纳旗，比北京太阳升起的时间晚一个多小时，此时天还是黑的，故火箭升起不多久，从地面看，只能看见尾部喷出的火焰亮点，一会儿肉眼就看不见了。

"抛逃逸塔！"火箭爬到一定高度，火箭一切正常，逃逸塔的使命已结束，逃逸塔上的几个小发动机一点火，朝前离开了火箭母体，侧面的一个发动机再点火，离开了火箭上行通道，自己朝下掉去，落点就在巴丹吉林沙漠腹地。

"助推器关机！"四台助推发动机此时一关机，只剩下芯一级的四台发动机在工作了，即推力正好下降了一半。屏幕左上角的轴向过载，瞬间从 4g 多下降至不到 3g。从数据看，就可以判断，火箭一切按正常程序在进行着。

"助推器分离！"一秒后，四台助推发动机不约而同地朝四周散开，远处看，像是一朵莲花，灿烂盛开，不舍落去，弱弱的尾焰，划出四道弯眉，衬托着火箭芯一级巨大的中心亮点，共同形成一幅壮丽的国画。壮丽程度，有发射首区的光电经纬仪拍摄的影像佐证。助推器大都落在银川北偏西的乌兰布和沙漠西侧附近。

"一级主机关机！"一级在助推离开后，又独立工作了一段时间。关机瞬间，火箭轴向过载从 3g 骤然下降至 0.5g，此时如果有航天员在飞船里面坐着，其感受估计比过山车刺激多了、猛烈多了。半秒后，一、二级分离。一级发动机朝下落去，利用自身已有的速度，跨过黄河河套西段，在乌海东侧附近降落。

二级发动机点火。点火的火焰也会逼着一级赶快离开。二级发动机主机的推力同一级发动机，区别是它在高空使用。二级还有四台游机（由一个泵带动），跟着也在使劲，只不过劲头小，四台的总推力仅是主机的十六分之一。

"整流罩分离！"此时，火箭已飞至100多公里高度，空气已经十分稀薄，大气对飞船的冲击已接近于零，在大气层内保护飞船的整流罩，此刻，其历史使命已经结束，为了保证火箭运载效率，必须马上把整流罩这个多余的重量抛掉。整流罩由两瓣组成，合起来时把飞船包住，两瓣连接处由一串爆炸螺栓固定。分离时，爆炸螺栓起爆，埋着的弹簧瞬间把两瓣朝左右两侧顶开，露出飞船。整流罩的两瓣，如同站在游泳池跳水台上的两位跳水运动员，从中间朝两侧仰着倒去。如果飞船内有航天员，此刻可以马上看见外太空了，朝下看是祖国大地，朝上看是茫茫太空。整流罩利用初速度，继续朝东偏南飘，最后落在榆林东北方向的神木附近。

我们在屋里看着实况，突然有人从外面跑了进来，喘着粗气说："看到了，看到了，在西南方向看到火光了，在慢慢地向东南方向移动！"

他那激动的样子，仿佛看到了天外使者。

电影制片厂的摄影师也看到了，并且拍了下来。

主着陆场，在发射场的正东偏北方向，火箭又是朝东偏南方向发射，换句话讲，就是在我们所在位置的西边发射，在南边上空飞过，朝东南方向飞去。内蒙古的夜空极其干净，故我们可以看得很远、看得很清晰。

"二级主机关机！"此刻，轨道高度已接近200公里，速度已达7km/s多。二级主机关机后，四台游机仍在工作，尽管力气小，但不遗余力，又持续工作了一段时间，这才关机。末速修正、姿态调整，全靠它了。

"船箭分离！"火箭终于干活完毕，很漂亮地把飞船推入轨道，自己跟着飞船，慢慢地离开，不舍之情，难以形容。

6时43分，北京中心开始播报飞船初始轨道根数，我低头看了一下笔记本，哇噻，怎么这么准，这不是在抄理论轨道根数吧？

就在这个时候，6时47分，国防科工委机关人员任书伟从北京中心打来电话，说："飞船准确入轨了！"从声音能听得出，他是多么激动！其实，里面也包含着自豪。他本来不太外露。

我，自然也是惊喜异常，甚至不能自已，握紧的手，在抖着；手心里，一把汗。假如，有个人在飞船里面坐着，至少说明，他已成功进入太空。只是假如，没别的。

飞船内安装了航天员个人剂量仪、舱内环境检测仪、微重力测量仪和采编器、多工位晶体生长炉等产品，除此之外，飞船还搭载了一些旗帜、邮品、农作物和中草药种子。飞船的主要任务是验证返回，故轨道舱太阳帆板为模拟件，轨道舱不留轨利用。

直升机突然熄火停车

运行14圈后的轨道对准的就是工程早已选择好的内蒙古四子王旗主着陆场。

时间在一秒一秒地走着，眼看着就要返回了，下面就要看着陆场的了。时值当下，全部返回参试单位和人员都到齐了。

1999年11月21日，凌晨1时起床，1时10分夜宵。吃这顿饭，不知下顿是何时，因是首次执行这种任务，会出现什么情况，大家心里都没底，故即使没有食欲，也得吃点。凌晨2时，空中搜索回收人员列队来到直升机停机坪。

气象预报：西风，风速7~9m/s。

2时20分，发动机启动。计划2时45分起飞，大家都坐好了，等待着。

2时40分，突然，直升机熄火停车了。

怎么回事，难道计划有变？还是出现什么意外了？

就在这时，飞行团副团长袁水利从自己的直升机上跳下来，跑到我坐的这架直升机上说："北京中心来指示，说停车待命，研究往东约200公里到300公里的地形！"

气氛顿然紧张了起来。我跳下直升机，跑回大楼宿舍取地图，同时给远在北京的人联系以便知晓到底发生了什么，然后准备上大庙USB测量站阵地，因为那的信息最全，也可更便捷地与北京中心联系。

刚出大楼，便听到直升机的发动机又启动了，轰鸣声传至耳边，说明情况又有变化，我马上又跑向直升机。

袁水利告诉上气不接下气的我："北京中心来电话，说按正常情况下的方案行动！"

此时已是凌晨3时。

搜索寻找

3时05分，第一架直升机起飞。

3时07分，第二架直升机起飞，我坐此机，同机的有通信技术人员、摄影师和两个操作手。

3时09分，第三架直升机紧跟着也起飞了。第四架直升机在大庙备份待命。

空中远眺，月亮挂在西方，明明的，亮亮的，把大地照得通明。11月21日，农历十月十四，十五的月亮十四圆。

飞在空中，奔赴待命地点。朝前看，仍然能够看见第一架直升机上的闪光灯。

3时20分，到达待命地点。

空中，三架直升机，以理论瞄准点为中心，正东布设一架，航高2100米；西北布设一架，航高1800米；西南布设一架，航高2400米。三架直升机形成一个三角形口袋，朝西张开一个口，等待飞船返回舱往里跳。几架直升机航高为何不一样呢？这是为了避免直升机在飞行中相互碰撞，在高度上事先就错开。

地面，两辆搜索车，以理论瞄准点为中心，东、西方向十公里处各放置一辆。

着陆场搜索回收力量布置完毕。

此时，目标理应进入了祖国上空的大气层，但我们什么信息也没得到。大家着急、焦虑，但无奈。

就在此时，坐在西南角直升机上的回收部总工程师张西正突然看到西方天空中出现一个红点，拖着一条棕红色的尾巴，缓缓地向上移动，似乎是在爬升，他随即报告机长。报告完了，他自己还在纳闷，这个红点不朝下落，为什么还朝上爬？

几乎就在同时，布在西北角的直升机飞行员也目视发现了目标："我在西方发现了一个火球！"

这些话音通过调度，报告给了地面着陆场搜索指挥部综合指挥车。指挥员立即向北京指挥所报告："着陆场目视发现目标！"

此时，坐在地面指挥车上的指挥长董德义心里是不放心的，心里在嘀咕："万一是流星怎么办？"因为此时着陆场设在白云鄂博的前置雷达站、设在大庙的 USB 设备都没有信号，直升机、地面搜索车也没有信号，如果是看错了，这可不是小事，他越想越不踏实，此时的心都提到嗓子眼了。

突然，车外面的人在喊："看到了！看到了！"大庙 USB 测量站技术阵地上的工作人员也在茫茫的西方、在明净的月亮南侧，用肉眼发现了一条橘黄色的条带。

"到底是不是目标？"真正懂行的人，也在审慎地问着自己。

就在此刻，指挥车上的监视屏上突然跳出数据，而且在变着。

"前置雷达站发现目标！"调度里随即传出了话音。耳听调度，眼看屏幕，数据在变。从数据可以计算出目标的高度，表明前置雷达很早就捕获到目标了——此乃中国测量史上的突破。从数据演变的趋势可以看出，目标的确正在按飞船返回舱理论设计的弹道在移动。前面人们看到的光带，是返回舱在与大气摩擦带来的效果，光可以传得很远。有了数据，可以判断这就是飞船返回舱！

飞船返回舱在下降，突然，直升机上的 243MHz 超短波信标接收机指针动了一下，并且开始朝一个方向偏转。

"发现信号！"布在西北和西南方向的两架直升机不约而同地收到信号。这两架先收到，说明他们当时离返回舱更近。当然，返回舱就是从西边过来的，如果返回比较正常，理应他们先收到信号。

信息传到北京中心，大厅里沸腾了，在调度里就能听到欢呼声。

远在东边布设的直升机，听到另两架直升机有情况后，心里真是着急，盼望着自己的罗盘也有信号，指针也能转动。就在着急之时，猛然，接收机有了信号。信号刚开始不太稳定，过一会儿便稳定了，信号指向西偏北，说明目标在那。

"追！"东边的直升机立刻开足马力，向着月亮所在的方向飞去。途中，我紧张地观看着外面，生怕漏掉一丝线索。

"发现目标"，调度里传来了大庙 USB 测量站的声音。此时 USB 观测到数据，再次说明目标是真的，因返回舱 S 波段信号已发出。

前置雷达在跟踪着，USB 也同步在跟踪着。雷达最后一组数据中仰角为零度，USB 最后一组数据仰角也接近零度。从数据可以看出，雷达和 USB 竟然一直跟踪到返回舱即将落地的时刻！真是不可思议。

东边的直升机在拼命地飞着，油门已加至最大，发动机的轰鸣声体现了驾驶员的焦急程度。飞了一会儿，我突然发现地面有灯光，定睛望去，原来是地面搜索车辆，在朝着同一个方向奔去。

图为本书作者拍摄返回降落现场。

地面车辆开始收到短波定向仪信号，能解调出位置数据，但一会儿信号就消失了，估计是落地后，信号无法再传远。地面车辆只好跟着直升机跑，本能地认为直升机是知道目的地的。当然，直升机也通过调度，引导着地面车辆奔向目标。

由于天黑，地面车辆有可能就是跑到目标跟前，也不一定发现目标。实际上，一辆地面车辆就是从返回舱 200 米的北侧边上开过去的，但硬是给漏掉了。后来在直升机的引导下，重新又掉头回来，再次寻找。

3 时 50 分左右，我坐的直升机发现地面有汽车已停着不动了，有人在下车。莫不是这就是返回舱降落现场？

从高处望去，只见一架直升机在离地面不高的空中悬停着，着陆探照灯开着，照着地面，如同一个小孩，拿着手电筒在地面找着什么。

借着探照灯，我终于看清地面了，看清地面上的返回舱了：躺着！

直升机在返回舱上空盘旋了一会儿，测了一下位置。

三架直升机于 4 时左右离开现场，返回大庙。

无法降落

我乘坐的直升机返回大庙时，驾驶员试图降落。尽管地面有指示灯，但就是降不下去，到底是什么原因？原来是浮土！直升机降低到一定高度时，螺旋桨就会把地面的浮土吹起，在四周卷起，升入高空，然后再翻卷着回来，再被螺旋桨吹走，浮土变成一个巨大的蘑菇云，直升机越是下降，吹起的浮土越多，在即将落地时，根本看不清地面，只好当即拔起，否则极其危险。又降落了一次，再次失败。

地面指挥急坏了，这可怎么办？如果再降不下来，直升机肚子里的油快没了，而且是晚上，到其他地方降落更是不可思议。他果断决定让驾驶员再落一次。

直升机这次把稳了方向，缓缓下降，就在稍微能看清地面之时，断然落地。终于成功了！

大家都出了一把汗。

我就在直升机上，一遍一遍地落不下来，是什么滋味？可想而知。

如果直升机看不清周围地物而摔了，是什么结果？可想而知。

回到宿舍，洗把脸，趁直升机加油之际，赶紧查看地图，把刚才得到的落点标出，看具体到底落在哪了。

初升的太阳

7时10分，四架直升机同时起飞，直奔落点。

1999年11月21日凌晨3时41分，我国发射的第一艘试验飞船在完成了空间飞行试验后在内蒙古自治区中部地区成功着陆。图为飞船返回舱带伞成功着陆现场。

　　远处东方，泛着红晕，太阳还没出来，但大地已蒙蒙亮。一会儿，从直升机上已能看见静卧草原的返回舱，伞撒满大地，被风轻轻地抖动着。跳下直升机后，我便迫不及待地跑了过去，看看返回舱到底是啥样。

　　但见返回舱平躺着，伞绳仍然挂在舱门上，南风将巨形彩伞微微鼓起，返回舱底部完好无损，舱体完整，一侧是黑色，一侧是青褐色。逆着风向寻去，只见返回舱南边二十米处一块几平方米的草地，有烧灼的痕迹，这显然是返回舱缓冲发动机在落地时之所为，地表是黑的，但没有怎么被破坏。这说明，缓冲发动机点火较早，在空中早就点火了，劲使得差不多了才落地的，否则，应该吹出几个大坑来。

　　我用相机拍摄下这历史的场面。

　　我大概计算了一下，实际落点在理论落点东北偏北方向。首次发射

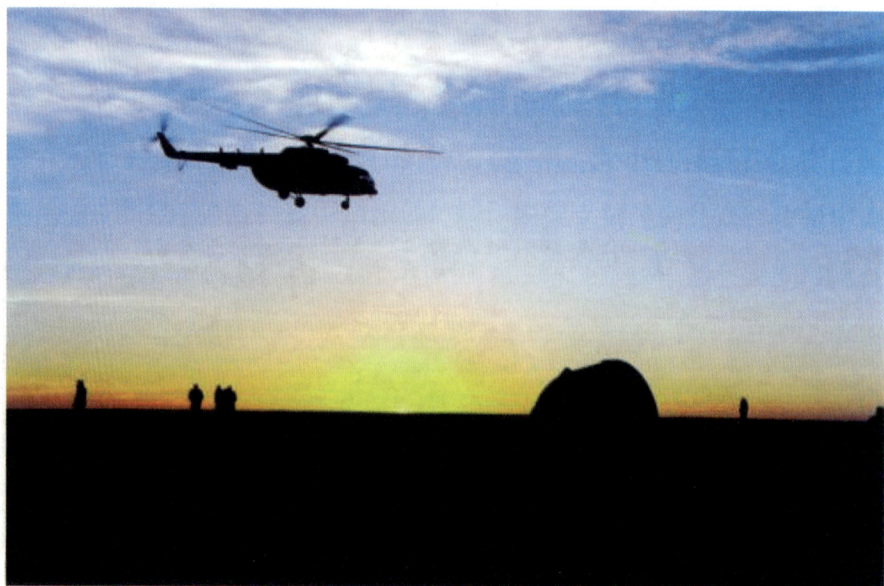

图为神舟一号试验飞船返回舱与直升机镶嵌在清晨的阳光中。

回收，落点就这么准确，可以了。

此时，大地的东方上空抹上了一层红红的朝霞，猛然间，天际射出一道金光，我马上跑到返回舱西侧，对着东方，只见镜头里，整个返回舱、伞和大地，美美地融为一体，返回舱的轮廓格外秀丽，曲线之美无与伦比，恰好此时，一架直升机从返回舱和太阳之间穿过，金色的光芒透过驾驶窗进入我的镜头，英俊的驾驶员剪影和返回舱的剪影完美地定格在一张图片里。

飞船系统试验队人员立刻投入返回舱处置工作。直升机在放下工作人员之后，马上起飞，到周围去搜索返回舱散落物。大底在返回落点西边 4.5 公里处找到。飞行员见到时，大底是完整的，上去抬时，大底碎了，碎成几块。

任务成功了，大家高兴。

初战告捷，此役既证明了载人航天工程总体方案的正确性，又实现了"争八保九"的预定目标，从而掀开了中国载人航天工程飞行试验史的第一页。第一发就打了个十环，开门见红，非常不易。

感 言

921 工程首次飞行试验结果表明，运载火箭提高可靠性安全性设计方案，飞船三舱构型和舱段分离、返回控制及着陆回收等关键技术，"垂直总装、垂直测试、垂直运输"的"三垂"模式和远距离测试发射技术，以 S 波段统一测控系统为主的陆海基载人航天测控网及天地控制方案，着陆场选址与轨道设计、黑障区测量和空中为主的搜救方案都经受住了飞行试验的考验，证明工程总体顶层设计方案和各系统设计方案是正确的，飞行试验达到了预期目的，为工程后续的无人和载人飞行试验打下了一个较好的技术基础。

921 工程第一次飞行试验首战告捷，取得了圆满成功，实现了我国载人航天的重要突破。党中央、国务院、中央军委对载人航天取得的成绩给予了高度评价，全国人民和海外侨胞受到了极大鼓舞。

记得从 1992 年初工程技术经济可行性论证启动起，就要求秘密地干、静静地干、锲而不舍地干，所有科技人员，如同"两弹一星"参研人员一样，隐姓埋名，默默奋战，不图名，不图利，一干就是近八年。就在这段艰难岁月里，整个国家的航天业发生了翻天覆地的变化：原来的航天设施老旧不堪，现在建造出了一片新设备和新厂房；原来的航天人才青黄不接，现在锻炼出了一批少帅和年轻骨干。

运载火箭在酒泉东风的震天声响，揭开了中国载人航天的神秘面纱。试验飞船在四子王旗的成功降落，宣告我国即将把中国人的活动疆域延伸到太空。

第 四 章

神舟二号：第一艘正样无人飞船

在筑梦太空的征程中，神舟飞船穿梭于寰宇之间，在星辰大海中领航前行。图为神舟飞船全貌。

我国第一艘正样无人飞船神舟二号的成功发射（来源：央视网）

2000 年 11 月 8 日，神舟二号飞船空运进场，载人航天工程第二次无人飞行试验正式拉开序幕。这次飞行任务，航天员系统在飞船内安装了人体代谢模拟装置、形体假人及舱内辐射环境监测设备等；空间应用系统正式参试，安装了多工位晶体生长炉、蛋白质结晶装置、通用生物培养箱、微重力测量仪、固体径迹探测器、大气密度与成分探测器、软 X 射线探测器、超软 X 射线探测器及 γ 射线探测器等；飞船基本达到正样要求，轨道舱可留轨运行并支持有效载荷进行空间试验；运载火箭更加完善。

2001 年 1 月 10 日凌晨 1 时，长征二号 F 遥二运载火箭发射，神舟二号飞船顺利入轨，在轨正常运行七天，1 月 16 日晚 19 时 07 分，直升机目视发现黑障中的目标，随即收到 243MHz 信标信号，之后，返回舱降落在主着陆场。

神舟二号飞船是我国第一艘正样无人飞船，飞船技术状态与载人飞船基本一致。神舟二号无人飞行试验，飞船安装了人体代谢模拟装置及形体假人等相关设备，是我国第一艘按载人要求配置的正样飞船。飞船各舱段采用空运方式进入发射场，在我国航天史上是第一次。

着陆场区指挥部会议

2000年12月24日，17时50分，我和国防科工委机关人员任书伟，载人航天工程办公室宋伟、林西强，乘CA1111赴呼和浩特，奔四子王旗，参加飞船回收任务。

27日上午，召开神舟二号飞行试验任务着陆场区指挥部第一次会议。着陆场指挥部指挥长夏长法主持，各单位汇报了任务准备情况。时任内蒙古自治区政府副秘书长吴永刚说："飞船既在内蒙古发射，又在内蒙古回收，我们非常高兴。要我们出车，要多少，出多少；要我们出人，要多少，出多少，无条件。回收任务前，我要带公安、交通等部门的人去一趟，无条件保障好。"最后，与会领导表示：我们与内蒙古有着悠久的友谊历史，酒泉卫星发射中心驻地原来就是额济纳旗把地盘给让出来的；我们的火箭一级、助推、整流罩、返回舱等四个落区都在内蒙古，所以我们特别感谢内蒙古人民为航天事业作出的贡献；地方政府对载人航天回收工作给予了大力支持；航天员上天很重要的一条就是具有政治意义，体现了一个大国的风范；空间材料制作，相当于把地面工厂搬到太空中去了，对地观测设备上天，相当于把眼睛移至太空了，故意义很大；俄罗斯在经济十分困难的情况下，依然投入大量资金发展航天事业；哥伦布乘船发现新大陆，百年前飞机发明时也没有想到会把地球变得如此之小，所以载人航天意义很大；着陆场是回收成果的地方，有人时就更重要。

全国各地都在支持中国的载人航天，你看政府官员的表态，如果没有国家大局的观念、没有发自肺腑的感情，说不出那样的话来，真是让人感动。

27 日上午指挥部第一次会议结束后，召开搜索回收任务实施细则审定会。会上提到本次任务的不利条件是温度低，对飞机、直升机有影响，预报回收当天的温度是−10～−21℃，如果执行任务时温度再低，很多事情是无法预料的。大家提出的问题经会议讨论都有了解决对策。

下午，技术人员讨论有关问题：一是后天演练的信标机对接问题，由于飞船 243MHz 超短波发射机在北京与直升机对接时没有成功，原因不清，故本次请飞船系统将设备带至毕克齐机场，直接在着陆场对接；二是空间载荷运输车尚未到位，而载荷保温装置须演练，故请空间应用系统马上与北京联系并解决车的问题；三是夜间降落地点问题，在毕克齐机场进行夜间降落演练，但执行任务时将载荷运至北京哪里未定；四是讨论返回舱如果落在国外该怎么办；五是讨论直升机布阵问题；六是搜索人员分布问题；七是林科院葡萄苗交给空间应用系统带回的问题。

综合演练

12 月 28 日上午 8 时 30 分，我们乘沙漠王子越野车，从呼和浩特出发，开始翻越大青山。

大雪覆盖着群山，从雪的规模和厚度看，显然不是一场雪能造成的。路面还好，几乎无冰，行进不算危险。

10 时 30 分，我们到达四子王旗，住旗宾馆。

晚上开始讨论第二天的演练计划，针对搜索回收指挥部拟制的演练

神舟二号无人飞船回归在即，着陆场区各项工作准备就绪，只待神舟归来。图为参加回收任务人员在参加演练途中合影（左一林西强、左二王英华、左三作者、左四宿双宁、左五张平、左六张新颖）。

方案，大家提了一些问题：一是直升机携带超短波、短波搜索信标接收机，在搜索到目标后再到扩大区熟悉地形时，要进行拉距试验，看看最远距离有多远还能收到信号；二是信标机关机时间要注意，不要提前关了，影响试验；三是各试验队都要参加此次演练，包括飞船试验队、航天员试验队、空间应用试验队；四是通信手段要给大家提供便利。

29日上午7时我们从四子王旗出发，赶到大庙后，会同大庙的搜救人员，8时20分从大庙出发，奔赴演练现场。事先早有先头小分队开车到达某块草原（演练人员谁也不知道在哪），10时20分先头小分队把超短波、短波信标机打开，看地面、空中搜索队是否能找到，有点像孩子们小时候玩捉迷藏。看来找到较容易，直升机循着信号来到信标机上空，然后开始转到扩大区查看地形，顺便进行信号拉距试验。

通过试验，发现一些问题：一是态势显示时，收到的空中直升机位置信息解调不出来，北京中心收到信息后也解调不出来；二是信标最大作用距离有些短；三是 413 电台通信距离，特别是手持机的作用距离较短。

态势是指地面、空中搜救单元获知的自己的地理位置、运动方向和速度信息等，传送至地面指挥部或北京中心，便于指挥部进行调度指挥。

30 日，模拟真实返回时间，进行了第二次空、地夜间演练。下午 15 时 20 分，我们到达大庙，会同大庙人员一同出发；四架直升机从毕克齐机场起飞，奔赴各自的位置；17 时，信标组出发，找地方放置；17 时 30 分，天色已黑，地面搜索车辆到达待命地点；18 时，信标机开机，发出目标信号。通过这次夜晚演练，得到了较好的试验效果，但仍发现一些问题：一是尽管卫通语音稳定，音质良好，但拨通率低；二是地面

图为参与神舟二号飞船返回舱回收任务的人员。本书作者（右一）和宿双宁（中）、林西强（左一）在回收任务准备中。

搜索车辆没有收到短波信号，原因是飞船试验队带来的天线折断了。

2001 年 1 月 1 日 18 时，几家参试单位欢聚一堂，共同庆祝新世纪的到来。饭后，到外面放鞭炮、放烟火，大人们跟小孩子一样欢乐，多年来没有放鞭炮了，真是过瘾。

不同行业的人，为了同一个目标——祖国的航天，放弃同家人一起欢度佳节。倒也好，大家离家相聚，却是真能增进友谊。

这样集体一起吃饭的机会很少。平常我和林西强吃饭，都是到四子王旗镇上的小饭馆自己解决。旗镇有一条东西向主街，宾馆就在这条街的中间北侧。主街两侧房子的后面，便是年代久远的小街小巷，比内地的农村还落后些，有的院落有可以追溯到一两百年以前的痕迹，房屋的门和窗是用木头拼接而成的，不规则，有的都没玻璃，漏风。有的住户还养着猪，猪脖子上拴根绳，可以限制它不要乱跑，其实泥泞的路上经常能看到它们随意散步闲逛的影子，脖子上的绳子形同虚设。与主街平行的南侧有条小街，这条街窄些，但很热闹，集市就在这里，卖各式各样的东西，也有小饭馆，一般都是十几平米大小。主街的东头有个四岔路口，往东路的两侧也有几个小饭馆。再朝东走就是本镇的制高点——一座缓坡小山，这就是烈士陵园，站在缓平的山巅，朝南望去，有个水库，走到岸边，可以看见岸边半米多厚的冰块被挤出冰平面，湖中是广阔的冰面，可以滑冰。我们没有时间常到水库这来，外出到街上主要是找吃饭的地方。我和林西强几乎把镇上每个小饭馆都吃遍了，水饺、包子、羊杂是最常点的饭菜。饭馆里除了羊肉，就是牛肉，想吃猪肉，实在是久盼不得。点的饭菜如果吃不完，我们会请老板帮忙存着，下顿热后再上桌。吃包子时，林西强会自制一种调料，醋、辣椒油是主要内容，但其调制方式奇特，就几种物质，你调，调不出那个味，他调，顿然生色，问其秘诀，他只笑不语，我便把他调好的料倒进我的碟中，他无奈只好自己再调一碗。过了一段时间，老板厨艺始终保持一种口味，我们跟他熟悉了，请他做几个我们想吃的菜，但他不会，索性我就直接下厨，自行烹饪。别说，林品尝后，赞不绝口。我听不得美言，不由自主多做了几次。我们就是在这种环境和条件下执行着回收任务。

飞船专家讲课

2001 年 1 月 5 日上午，飞船试验队的王壮、王汉泉和我一起从四子王旗出发，赴大庙，目的是给搜救队员讲解飞船的有关知识，解答有关问题，同时交流讨论。

王汉泉在讲课中提到：一是飞行程序；二是入轨轨道根数；三是应急回收区有几个，例如主着陆场扩大区、鄂尔多斯地区、遂宁地区；四是在轨飞行时间近 7 天，之后轨道舱和返回舱分离，返回舱返回；五是超短波 243MHz 发射机连续工作一段时间后，再断续工作，以充分利用舱内电池延长工作时间，短波应调制位置信息，本次任务没装，下次任务要加上；六是返回舱在落地前要把大底抛掉，以便把缓冲发动机露出来，大底重量是多少，直径是多大；七是返回舱有漂浮能力，伞舱中有气囊，待大伞拉出后，气囊会充气，把伞舱的空间填满，保证返回舱落在水上时不让水进入伞舱内部，保证返回舱能够不沉；八是着陆精度；等等。

王壮副总师讲课时提到：计划神舟二号飞船任务实施大气层内逃逸，神舟三号实施大气层外救生，神舟四号将会全面启用各种应急救生。换句话讲，神舟三号是标准型，即将神舟二号没有来得及改的，全面改进到位。计划神舟五号上人。后来在实施神舟二号飞船飞行任务时，考虑到可靠和稳妥，没有真正实施大气层内逃逸，即没有真正把火箭的逃逸信号接通到飞船系统，只是考核了相关分系统。

这些知识，对搜救队员来讲，全是新鲜的，从来没听说过，更没想到会是飞船副总师和高级设计人员直接讲课，当然是受益匪浅。他们提了一些问题，大都是简单问题，比较容易回答。但这些问题的解惑，对他们执行搜索任务是直接有益的。例如，飞行员知道了大底在距离地面5公里高度时就要抛掉，对空中直升机来讲，安全问题至关重要，故此时此刻，必须与空中返回舱保持一定的距离。

大庙测量站

2001年1月5日中午吃完饭，我们没休息，直奔大庙 USB 测量站了解情况。该测量站位于大庙东北方向不远的地方，但车得先朝东再朝北绕一圈，避开沟壑，才能到达测量站阵地。

去的路上，大雪纷飞。

一进院，便见天线林立，有 USB 大天线，有超短波天线，有短波天线，有各种卫通天线，还有气象雷达天线。说是院，其实就是用铁丝网围起来的一块场地。林立的天线中还有一根有些突兀，在院内最西侧，因它最高，一看便知是避雷针，有雷电时，它会把云层中的电荷导向地下，避免击穿测站设备；而整个测站的设备如果积攒了电荷，也会在针尖处集中放射出去，以保护整个测站的安全。院内中间是条通路，两侧全是整齐排放的方舱车辆，设备全在方舱内，一看就像"抬起屁股就可走人"的移动大篷车车队，吉普赛人经常使用这种方式。

尽管是中午，但气温依然很低，下雪，带着棉手套也不敢待在外面太久，在这工作的人员要轮换到大庙去吃饭，很是辛苦。

查了一下当日的气象，气温-9～-22℃，平均风力 5～7m/s，最大风速 14～16m/s，高空风风向 320°，32～36m/s。风速 14～16m/s 是什么概念？是 7 级风（13.9～17.1m/s）！直观地说，树木全树摇动，迎风步行感觉不便。这里的工作人员，经常是从方舱中摇晃着下车，再顶着风上通勤车，下山去吃饭，吃饭前整个肚子已灌满了凉风。

原为传输观测数据的 VSAT 天线是装在车顶上的，我到时发现已移至地面，天线的直径变大了，功率也提高了一倍，看来是为了这次任务进行的改造；原备份的 VSAT 变成了 Ku 波段，天线直径变小，一辆小依维柯车即可安装，效果与 VSAT 差不多；原为传输气象数据的 VSAT 仍然使用，用前文提到的传输观测数据的 VSAT 替换下来的一副天线与回收站旧的 VSAT 车组合出另一个 VSAT，这样气象也有了备份手段；这样整个测站就有四个 VSAT 通信车了。

另外听说，短波和超短波信标接收机共用一辆车，但短波的谐波影响了超短波的中频，问题尚未解决。

发现问题是好事，问题发现了，离解决就不远了。就怕有问题，但没发现，或发现不了。

下午，去参观大庙庙宇，之后到活佛住的地方去拜访活佛。以前来这勘察时我曾见过活佛，他是全国政协委员，在当地方圆几百公里是个名人。

讨论应急预案

2001 年 1 月 6 日，听说又来了六名记者，有中央电视台的，看来新闻媒体已开始重视。

着陆场技术人员开始讨论应急预案。

孟四平是着陆场系统副总师，他讲了主着陆场的情况，例如返回舱无信标信号，只有落点预报，应如何处理；返回舱落点超出正常范围，假设落到蒙古国、落在扩大区，该怎样应对；落点地形复杂，直升机无法降落，车辆无法到达，需采取何种措施；返回舱发生异常该如何处置；等等。

朱亚斌代表酒泉卫星发射中心讲了应急预案的情况，例如飞船从发射到最后返回，一旦发生应急，每个阶段的应对措施，其中距离较远的，需乘坐大型运输机先到达落点附近机场，再想办法前往现场处置，乘坐飞机的名单均已明确。

本次任务只设置了主着陆场，副着陆场没有任务，酒泉卫星发射中心应急救生大队参加应急搜救任务，同时也派人到主着陆场来观摩学习。

大家听了预案后，总的认为对应急预案的考虑是全面的，同时也对一些细节提出了修改完善的意见。大家对可能遇到的任何困难和险阻，都在思考如何应对。

第三次综合演练

2001 年 1 月 7 日，大青山南边下起了大雨，飞机无法起飞，故原定晚上的演练取消。

晚上的气温是 -19℃，大雨之后的大地，结冰一片。

晚上，我跑到科学院试验队房间，与高能所的技术人员谈高空气球的事，因主着陆场的气象数据测量有可能使用这种手段，但预期效果如何，需要找专家咨询一下。从谈话中了解到，该所的气球可以放到 4 万米的高空，气球体积可达 40 万立方米。俄罗斯这方面很先进，就连研制的高空气球充气车都很讲究。

2001 年 1 月 8 日 13 时 30 分，我们从四子王旗出发，14 时 45 分到达大庙，准备参加第三次综合演练。所有试验队集合完毕后，15时40分地面车队从大庙出发，参试车共16辆。下午19时10分，四架直升机起飞，一个小时后到达待命空域。19时45分，信标机开机，在车队距离8公里处，但车载短波接收机很长时间收不到信号；奇怪得很，空中的直升机也没有收到信号，直到19时50分后才逐渐发现信号；地面车辆在20分02分才收到信号。原因？待查。

直升机在黑夜里搜寻，待信标接收机有信号了，找倒是很快，原因主要是当晚月亮很圆、很亮，照得雪地很明、很亮。但由于地面没放示位灯，降落倒成了问题。飞行员感觉在远处降落踏实些，故直升机停的地方都较远。

总的看，整个演练达到了预期目的，当然也发现了一些问题，例如返回舱处置是连夜干还是等到第二天天明？是否使用直升机吊运？有的飞行员把耳朵都冻坏了，飞行员得有保暖帽。

2001年1月9日，在四子王旗召开着陆场指挥部会议。第一项内容是对主着陆场搜索回收综合演练进行技术总结，第二项内容是宣布后续计划。

大战拉开序幕

2001年1月10日凌晨1时，长征二号F遥二（"遥"是遥测箭的缩写，"二"是指第二发火箭）运载火箭发射，神舟二号飞船顺利入轨，在轨运行正常。

1月15日中午12点前，四架直升机从毕克齐机场提前转场至大庙，提前做好准备。

1月16日下午15时10分，各参试单位及装备集结大庙；15时30分，

图为参与神舟二号飞船返回舱回收任务的地面搜索分队。

指挥长夏长法发出执行任务命令。

15时40分，地面分队出发，指挥车、搜索车、工程吊车、通信车、有效载荷车在前，其他试验队车辆随后，驶出大院，奔向待命地点。

17时，空中分队就餐，地面车队野外就餐。

吃饭时，我遇见吴永刚副秘书长、达喜道尔吉副厅长等人，他们吃完饭后，便乘车前往预定落点。

18时，空中分队组织人员登机，我和张西正等九人坐指挥直升机，黄燕波、王汉泉等八人坐通信直升机，曾耀、孙家克等十人坐摄录直升机，杨旭东、江万程等八人坐有效载荷直升机。

18时20分，四架直升机相继起飞。

18时50分，空、地搜索回收分队到达待命空（区）域，做好搜索准备。四架直升机按矩形布阵，中心点是本次任务的瞄准点。我坐的指挥机布在西北角，通信机布在西南角，载荷机布在东北角，摄录机布在东南角，张开一个网，等待飞船返回。

此刻大地的气温已低至-22℃，最大风力 9m/s，5 级风。

大战已拉开序幕。

西方出现一个小白点

此刻前 20 分钟，即 18 时 30 分，远在大西洋的远望三号测量船已开始跟踪飞船；不一会儿，飞船制动，开始了长途的返回。

19 时 07 分左右，指挥机目视西方突然出现一个小白点，逐渐变成一个亮点，不像是流星(如果是流星，一般倾斜度较高，且划行速度快，消失速度也会很快)，从方位和模式看估计是返回舱，即此时返回舱正在与大气层剧烈摩擦着。

大约过了 1 分钟后，一架直升机收到 243 信标信号，但半分钟至 1 分钟后消失。另外三架直升机皆收到了信号，但一会儿信号也都消失了。没有引导信号，直升机只好采用目视、夜视仪在理论落点东南方向预报落点附近寻找。找了很长时间，未果。

突然，一架直升机突然发现闪光，便马上报告说："发现闪光灯。"后来证实为误报，但未及时纠正。其实直升机驾驶员发现的不是返回舱，而是地面车辆的灯光。6 分钟后，直升机到达预报落点上空，但没有发现目标。

与此同时，地面分队也在地面寻找，但地面车辆也没收到短波信号。

国际救援卫星也没收到 406MHz 国际救援信号。

落西边了

20 时许，北京任务指挥部来信息，说落在了理论瞄准点西边。四架直升机立即调转机头，扑向西方。到达新的现场后，到处寻找，仍没发现目标。

北京任务指挥部命令空中、地面搜索分队全部撤回大庙。

21 时 20 分，直升机在大庙落地。

我马上打电话给北京，报告了着陆场的情况，也了解了一下返回指令发送的情况。

大庙召开会议。除了着陆场指挥部人员外，地方政府领导也参加了。会议决定：地面车辆于 23 时出发，由当地人做向导，向西进发；空中分队两架直升机（因油不够，只好让剩余油料多些的执行任务）早上 7 时出发，奔赴现场搜索；地方政府组织人力参与搜索。

图为本书作者在参加神舟二号飞船返回舱搜索回收任务的地面搜救途中。

地面车辆在夜间奔驰着。有路，走路。无路，走草原。遇沟，绕过去。遇石，躲过去。没看见的障碍，撞上，退回，再走。人在车中，像是晃饺子，左歪右斜，上撞下挫，加上外面漆黑一片，根本不知自己身在何处，完全处于迷茫状态。开始还有引导车在前面指引，到后来，车队全走散了，几乎全是单兵作战，只好凭着感觉朝西走，手里的导航设备此时起了关键作用。有多少辆车翻过，没有统计，但肯定有。

17 日 7 时，地面车辆尚没有到达现场。

直升机管理机关领导肖连成了解到日出为早上 8 时，决定四架直升机 7 时 30 分起飞。7 时 37 时，两架直升机顺利起飞，奔向西方。另两架发动不起来，8 时左右，有一架终于发动起来，加入搜索行列，最后一架因天气过于寒冷，发动机点不着火，没有参加任务。

直升机在空中飞着，搜索着。天边开始逐渐有亮色。

车辆在地面跑着，寻找着。天边太阳已近破晓。

发现返回舱

航天医学工程研究所的一辆车，里面坐着宿双宁副所长，也在孤零零地走着，人们的目光在车的两侧一直扫描着，车辆已经跑了整整一个晚上了。突然，宿双宁发现右侧不远处有东西，马上告诉司机右转弯，过去看看。此刻 8 时 07 分。

一看，发现返回舱就在那。

飞船试验队和回收部搜救人员到达现场。

地面处置人员将返回舱装至工程运输车。

当时气温很低，天气阴森森的，大家冻得厉害，但都浑然不知。

返回时，指挥直升机启动不起来，大庙来了一架直升机，将修理人员运来，12 时 20 分将现场主要人员运走。

中午简单吃了一点饭，14 时，四架直升机起飞，15 时 05 分到达毕克齐机场。我们到达时，伊尔 76 大型运输机已启动待命，15 时 30 分起飞，直奔北京。

在内蒙古自治区政府和当地群众协助下，1 月 17 日，在牧民家里找到了降落伞，牧民是在草原上捡到的，便带回了家。1 月 21 日，在牧民家里找到了伞舱盖，也是牧民捡到并带回家的。2 月 4 日，找到了减速伞。

感 言

此次任务对载人航天工程各系统从发射到运行、返回、留轨的全过程进行了全面考核和检验，按预定方案飞完全程，获取了大量试验数据，达到了飞行试验目的。轨道舱首次进行了留轨运行，在轨正常工作达半年之久，发挥了一颗卫星的作用，成功进行了一系列空间科学实验，有的达到国际同类设备的先进水平。

本次任务是在低温情况下发射、低温情况下回收，发射场和着陆场采取了若干有效措施，在零下二十多摄氏度的严寒条件下，按要求完成了发射和搜索回收任务。

载人航天与任何其他航天工程的本质区别是载人，航天员的安全性是首要考虑。我们要坚持以人为本的原则，认真解决试验中存在的问题和薄弱环节，以实现载人飞行为目标，无人飞行要当作载人飞行对待，认真、严肃、周密、细致地做好后续飞行试验的技术准备工作，确保圆满完成各次飞行试验任务。

第 五 章

神舟三号：无人飞船的进阶之旅

2002 年 3 月 25 日发射、4 月 1 日回收的神舟三号飞船，实现了成功发射、正常运行、圆满回收的预定任务，这是中国飞船载人升空前的又一次重要演练。图为返回舱竖立在沙质土地上。

神舟三号飞船成功发射的背后经历了什么样的波折

（来源：央视网）

　　神舟三号飞船和长征二号 F 遥三运载火箭均为正样,航天员不参加飞行试验,由形体假人和人体代谢模拟装置构成飞船的质量负荷,空间应用载荷为中分辨率成像光谱仪和卷云探测仪、细胞生物反应器、地球辐射收支仪、太阳紫外光谱监视器、太阳常数监测器、大气成分探测器、大气密度探测器、固体径迹探测器等。本次任务只启用主着陆场,不启用副着陆场和海上应急救生区。

　　2002 年 3 月 25 日 22 时 15 分,长征二号 F 遥三运载火箭载着神舟三号飞船从酒泉卫星发射中心起飞,船箭分离后,飞船在青岛东南海面上空准确入轨。飞船在地面测控系统支持下,飞行七天,完成在轨任务后,返回舱于 4 月 1 日 16 时 51 分着陆于四子王旗主着陆场。轨道舱按预定计划留轨飞行,进行有效载荷试验。921 工程第三次无人飞行试验取得圆满成功。

神舟三号飞船于 2002 年 3 月 25 日发射。飞船搭载了人体代谢模拟装置、拟人生理信号设备以及形体假人，能够定量模拟航天员呼吸和血液循环等重要生理活动参数。神舟三号轨道舱在轨运行 180 多天，成功进行了一系列空间科学实验。

返回瞄准点东挪

主着陆场位于四子王旗北部、苏尼特右旗西部。以前，我们经常以苏尼特右旗为驻地，前往各处勘察。飞船 1、3、5、7 天返回主着陆场，2、4、6、8 天返回主着陆场扩大区。本次飞行试验由于还是无人，故不启用副着陆场。

因想避开区域内西边部分危险物，着陆瞄准点位置向东微调了一点，离苏尼特右旗近了些，纬度没变。

主着陆场与北京中心通信采用固定卫通为主，移动卫通（新增动中通）为辅，备有便携式 M 站和移动卫星手机。主着陆场内部通信用超短波电台和手持机，取消了集群移动通信系统。机载卫星导航定位数据通过超短波手段传至地面，地面将态势信息传至北京。

空运机动队使用便携式 M 站、移动卫星手机与北京通信。

赴四子王旗参加搜救演练

2002 年 3 月 22 日，天气很冷，早 7 时，我与司机王英华，接盛宇兵，从北京健翔桥出发，途径张家口、集宁，从锡林浩特下高速，从大青山东侧的一条公路跨过大青山，于 14 时 50 分到达四子王旗，历时近八个小时，住旗宾馆后楼。

图为盛宇兵（右）、本书作者（中）、王英华（左）到着陆场测控站了解情况后在设备前合影。

18时，我们出发奔赴大庙，参加晚上的搜索演练。

我们刚到大庙不久，19时30分，四架直升机从毕克齐机场起飞，直奔大庙而来。我们听到轰鸣声，马上跑出大院，朝西南方向望去，四架直升机整齐编队，夜幕中闪着灯光，很是显眼，就连天上的星河，也被夺去许多光彩。

夜间演练完后，发现一个问题：夜间直升机上的夜视仪是起作用的，可看清地面，但在接近地面时，沙尘飞扬，驾驶员看不清前方和地面，不敢降落。另外，听中科院张玉涵研究员讲，前两次白天演练时，因20m/s的大风，把地面的沙尘卷起，形成沙尘暴，直升机也是无法落地。

那时，各试验队执行任务，仍然是自己解决吃饭问题。我、盛宇兵、王英华每次都是到四子王旗街上各个小饭馆吃饭，同上次任务一样，几乎把镇上的小餐馆吃遍了，一般是早餐人均 5 元，中餐 13 元，晚餐 17 元。有时点的菜没吃完，我们也会像上次任务一样，让老板留着，下一顿过来接着吃。

3 月 24 日，着陆场指挥部召开指挥工作会。会上飞船系统副总指挥尚志提出："鉴于几次演练直升机无法现场降落问题，起飞前能否有两套方案，如不能降落，飞船试验队可减少上直升机的人？"言下之意是部分处置人员通过地面车辆到降落现场。直升机管理机关领导肖连成回应说：明天我们再到实地去演习降落一次，不能保证在现场降落，但基本能保证在附近落地。指挥长夏长法表示：打有准备之仗，打有把握之仗；发射后，了解北京情况，做好各种准备；接到任务命令后一小时内从四子王旗到达大庙！

3 月 25 日，22 时 15 分，长征二号 F 遥三运载火箭在酒泉卫星发射中心发射点火，神舟三号飞船准确入轨。着陆场指挥部在四子王旗宾馆二楼会议室听取了调度，发射成功时，大家和发射场人员一样，兴奋、激动。尚志从北京了解到，飞船两个太阳帆板已打开，我们大家都放心了，因只要太阳帆板打开，就说明飞船可以自己发电了，就具备正常飞行的基本条件了。24 时，中央电视一台对此作了报道。

3 月 26 日早晨 5 点多，发射后第 5 圈，飞船进行了变轨，使初始的椭圆轨道变成了近圆轨道，说明推进系统正常，为制动返回打下了基础；同时也说明轨道已基本对准主着陆场。19 时，中央电视一台进行了长篇报道，时间 14 分钟。晚上，夏长法在四子王旗宴请各试验队，庆祝发射成功，预祝回收圆满。

3 月 27 日，国家气象局传来气象预报，说 4 月初可能有沙尘暴。这突如其来的消息，让人顿感不安起来。北京任务指挥部马上召开会议，讨论是否提前返回，即不飞 7 天了，只飞 5 天。因事重大，当时未定。

傍晚，开始下大雪。房间的窗户玻璃都是两层，但仍挡不住外面的严寒。大大的雪花划过玻璃，顺着灯光，消失在地面。望向窗外，远处还有羊圈，大羊小羊挤在一起，抱团取暖。我不知道羊准备怎么度过这个严酷的寒夜？我更担心未来的几天，这种严酷的气象条件还会恶化到什么程度？

3 月 28 日，气象预报说着陆场多云间阴，有零星小雨。即使气象不佳，着陆场指挥部仍决定进行一次综合演练。

9 时 30 分，各试验队在大庙集结。大青山北面天气甚好，但南面的毕克齐机场有雾，故直升机未能按时起飞。

11 时 30 分，天气开始变好，直升机起飞，12 时 30 分抵达大庙。地面车队出发。直升机收到信号时，离信标机的距离是 40 公里左右；

图为赴内蒙古四子王旗参加搜救演练任务的部分人员与当地牧民大庙前合影。

地面收到信号时，离信标机的距离是 10 公里左右。直升机降落时，有扬尘起来，但飞机很快能落地。地面展开现场处置演练，13 时 30 分结束。结束时，天上开始下起了雨点。直升机飞回大庙。我陪同北京跟踪与通信技术研究所的赵军所长、侯鹰处长等参观了大庙。路上讨论了搜索回收尚不放心的地方。所长亲自来参试，说明很重视。

返程翻车

14 时 10 分，我们开车，从大庙出发，开始返回四子王旗。

途中，刚向右转过一个弯，突然看到前方有好几辆车停着。下车，才知是电影制片厂的车出了事故。我赶忙跑了过去，事故车旁边蹲着一个人，可能是司机，眼睛一直盯着左前轮胎发愣。我顺着他的目光望去，发现此轮胎已瘪。问其原因，他弱弱地说："我们的车刚超过前面车队时，正处在路的拐弯处，有 80 度，所以只好猛打轮，但转弯后不久，路遇尖石，躲闪不及，轮胎爆破，车辆瞬间左倾，我马上右打方向盘，车辆直接侧翻，然后顺势翻了两个滚，坐在副驾驶的小张（摄影师）从前挡风玻璃飞了出去！"我再去察看前挡风玻璃，空空如也，车窗周围一圈尚存部分玻璃碴子，尖尖的，碎碎的。听飞船试验队的人讲，甩出去的人在落地后躺着不动，过了好一会儿才发现手胳膊还能动，就在跑过去救他时，他自行爬起，自述是感觉轻微受伤。飞船试验队的人赶快搀扶起小张，扶至他们的车内，马上送四子王旗医院去了。

我问司机："你现在感觉怎样？"

司机回答："我还好，只是感到大脑一片空白。"

又问："车为什么立着呢？"

答："滚了两圈，停住的时候，正好四轮落地。"

我马上喊我们的司机把车开过来，盛宇兵和我一起，扶着电影制片厂的司机，进入我们的车，带其直奔四子王旗医院。

飞船试验队的人，利用车载 M 站向地面搜索分队报告了情况，请他们派车救援。不一会儿，特种工程车到达现场，将事故车吊起，装车，运至四子王旗。

着陆场指挥部指挥长夏长法闻讯后马上到医院看望伤员。航天医学工程研究所的医监医保人员和 306 医院的医疗救护医生们也立刻赶到医院，协助抢救。初步断定，伤情严重，需转至大医院。我办王英来开车，将伤病员送至呼和浩特 235 医院，该医院是航天员的后支医院，医疗水平高。经查，小张颅骨骨折，脑有溢血；司机有两根肋骨骨折，胸有积血。看来，伤势很重，绝不是司机当时叙述的程度，及时送医，甚是关键。

从呼和浩特返回四子王旗的路上，扬沙开始泛滥，沙尘铺天盖地，狂风势不可挡，车窗急震猛响，道路时隐时现，行驶极其艰难。

一天的天气变化：晴天→白云→毕克齐大雾→雨→雪→冰→扬尘。

一天的事态变化：准备起飞→推迟→再起飞→演练→翻车→轻伤→送医→重伤→转院→骨折积血。

此事说明，航天员搜救，是件危机四伏之事。事故紧急处理，既抢救了生命，也考验了医疗救护人员，同时锻炼了后支医院。

汽车骤然多了起来

3 月 29 日，大雪，什么事都不能干。

3 月 30 日，北京任务指挥部研究决定还是按 7 天返回。上级机关派了一架波音 737 飞机过来，专门运输返回后的有效载荷，即运输有效载荷的方式变了，但返回舱仍采用火车的运输方式不变，央视会有报道。

4月1日，神舟三号飞船已在太空飞行7天，准备返回。

当下的阿木古郎牧场，地面依然是沙土裸露，稀少的草根仍然保持着冬天的状态，西伯利亚吹来的风已不再刺骨，但风速却达到10m/s，缺水的沙土被轻微扬起，能见度约10公里，太阳把大地晒到10℃，羊群仍在看似无草的土地上寻找着什么，这里的一切无法让人们意识到将会发生什么。

这天早上，大庙的牧民生活依旧，但他们发现，共有几十户人家的村落里汽车骤然多了起来，大庙小学东边的大院里显然与往常不同，联想到昨天还飞来几架直升机，他们在猜想着什么。

他们不知道，过一会儿，来的汽车会更多。

早上，四子王旗，我一睁眼，先看天气预报，还好，气温6.7~24.6℃，看来老天还挺关照。

8时，我们从四子王旗出发奔赴大庙，9时30分到达，便马上进入会场，参加着陆场指挥部大会，指挥长夏长法，直升机管理机关领导肖连成，飞船系统总指挥袁家军、副总指挥尚志、副总师张柏楠、北京跟踪与通信技术研究所所长赵军、处长侯鹰、中科院张玉涵、航天员试验队负责人白延强，着陆场系统副总师孟四平等参加。会上提到搜索方案有五个：空中直升机是第一方案，空中运八-C飞机搜索是第二方案，地面在知道落点后串行搜索是第三方案，两车一组进行拉网搜索是第四方案，十辆车并行搜索是第五方案。着陆后派两架直升机负责搜寻散落物；直升机将有效载荷返回样本先运至大庙，再运至毕克齐，由飞机直飞北京；返回舱于4月2日早8时出发，运输至苏尼特右旗，17时至18时火车出发。预案有8+3=11个。飞船试验队提及：影响落点的三个误差源已全部克服。最后领导对着陆场站提了六个要求：跟得上、测得精、报得准、找得到、撤收好、安全好；对搜索回收提了五个要求：一定听指挥、团结协作不留缺憾、严密精细、找到散落物、确保安全。

序幕已经拉开

上午 11 时 15 分，大庙大院里的车辆一线排开，空中、地面分队等十几个单位的参试人员列队完毕，进行战前动员。

图为参加试验人员列队完毕，参加神舟三号飞船返回舱搜索回收誓师大会。

11 时 30 分，地面分队出发，编号的车有 30 辆，越野车和特种车辆鱼贯驶出大院，前面两辆闪着警灯、车顶架着天线的开道车已消失在山的东北面，而尾车却刚驶出大院，整个车队延绵 1000 多米。此时地方政府和警方没有编号的车有 20 辆，也加入搜索车队的后面，50 辆车浩浩荡荡开赴返回舱预报落点。

14 时，地面分队到达待命地点，此时飞船仍在太空遨游，还需围绕地球运行一圈多，地面测控网正将返回控制参数注入飞船，飞船在做返回的最后准备。

15 时 40 分，停在大庙小学东南侧的四架直升机马达轰鸣，15 时 50 分，四架直升机从大庙腾空而起，飞赴四个方向，形成一个"口袋"，"口袋"中心点就是返回舱的理论落点，四架直升机距离中心点几十公里，等待着祖国神舟的回归。

此时，地面上有微微的沙尘，能见度一般。

此时，太空中的飞船已飞入远望三号测量船的测控弧段内，飞船调姿，做好了制动准备。

16 时 03 分，飞船推进舱两台制动发动机同时准时点火，巨大的火焰将飞船的速度降了下来，飞船从环绕地球飞行的轨道进入了返回地面的轨道。

黑障

16 时 29 分，飞船返回舱下降至 80 公里高度，以近 8km/s 的速度再入大气层。

返回舱与大气开始剧烈摩擦。摩擦将空气电离，产生的等离子体在返回舱的周围及后方形成了一个"罩"，建立了一个电磁屏蔽层，这就是常说的"等离子鞘"，形状像彗星的尾巴，或像个巨型的羽毛球，把返回舱藏在羽毛球的头部里面，阻断了返回舱与外界的无线电通信，返回舱的信号发不出来，外面的信号也进不去，造成了通信盲区，地面测量设备只能依靠反射式方式进行返回轨迹测量，而无法接收从返回舱发出的无线电信号，这就是航天测控中常说的"黑障"。

火箭发射上升段时没有这个问题，因火箭在大气层中飞行时的速度是较小的，与大气层的摩擦产生不了那么多等离子体，尚不能构成黑障，火箭的高速飞行主要是出了大气层以后。

神舟飞船降落伞主伞面积约 1200 平方米，全部展开后可以覆盖 3 个篮球场。图为神舟三号飞船伞绳与红白相间的巨型降落伞。

返回舱在黑障内飞行五分多钟后高度下降至 40 公里，其速度已大大降低，离子鞘在逐渐消失，无线电信号开始重新出现……

神舟归来

"1 分钟准备"，16 时 36 分，着陆场地面指挥部发出调度口令！这里说的"1 分钟"是指返回舱再过 1 分钟就会出黑障，"准备"是指信标信号马上就会有了。

四架直升机上所有搜救人员顿时忙碌起来，布在西南方向的二号直升机飞行员密切注视着超短波信标接收机定向仪指针，我坐在直升机内，紧张地望着窗外，脑海里想象着此刻返回舱该有的动作。

从北京传来落点预报，一看，在理论瞄准点东面，但不远。

"有信号!"16 时 37 分，二号直升机收到 243MHz 信标机信标信号。直升机飞行员惊喜地喊了一声，但见定向仪指针左右动了几下，不稳，此时机舱内的紧张程度达到了极点，人们多么希望它能定在一个方向……

几乎同时，布在西北方向的一号直升机也发现了信号，但指针同样不稳定，驾驶员袁水利看到左右摆动的指针，试图立即确定信号的方位。

这时，布在东南、东北方向的两架直升机也相继收到超短波信标信号，四架直升机收到的信标信号在逐渐稳定。一会儿，地面指挥车显示屏上明显标出四架直升机的定向仪同时指向一个点，均指向了"口袋"中部附近……

"归零飞行!"地面指挥车上负责指挥直升机的肖连成果断发出命令。四架直升机如同脱缰的骏马风驰电掣般飞赴落点。

此时的返回舱正在离地面搜索分队待命地点以西约 10 公里处的上空，地面参试人员均跑到车外，扬头向天空望去，多么希望能马上亲眼目睹飘然若仙的归来游子。

"砰"一声巨响，待在地面的许多人都听得真切，地面搜索分队中飞船试验队的专家马上意识到主伞开了，而且距此处不远，但朝空中望去，视野里空无一物。

此时地面搜索车辆短波定向仪收到了短波信标信号。

返回舱在下降、在落地。

返回舱刚落地，伞绳立刻松弛下来，但大伞马上被风横向吹了出去，伞绳马上又被绷紧，返回舱又被大伞拽起，舱体顺势侧倒，侧倒的同时被伞绳拖离地面，在空中开始翻转，就在转动到 145 度左右时，整个舱体斜着撞向地面，舱门在地上结结实实地盖了半个"马蹄印"，因

2002 年 4 月 1 日 16 时许，神舟三号飞船准确降落在内蒙古中部地区，我国载人航天第三次飞行试验获得圆满成功。图为返回现场飞船系统总指挥袁家军（左一）、调度尚志（左二）、夏长法（左三）、白明生（右二）、张柏楠（右一）在返回舱前察看舱体烧灼情况。

此时大风仍吹动着主伞横向移动，舱门又再次被伞绳拽起，整个舱体又开始反方向转动，同时在空中飞行了好一段距离，就在返回舱落地时，恰好大底转到对地的位置！而就在此时，返回舱切断伞绳。

返回舱竟然奇迹般地直立着！

这时地面正是西风，风速约 10m/s，大伞被风吹着，拖着长长的伞绳继续向东飘去，终于伞绳被草挂住，完成了使命的大伞不情愿地倒向了东方，伞绳整齐地排列着，如同铺开的"回家"歌曲的五线谱，等待着祖国亲人前来歌唱；大伞倒地后由圆形变成了月牙形，弯弯的，鼓鼓的，像是躺着但又仰着头的哨兵，继续忠实地观望守护着西边 150 米处的返回舱。"藕断丝连"之情溢于言表。

追赴落点

16 时 54 分，听到二号机报告："距离目标 35 公里，信号稳定！"

16 时 59 分，听到二号机报告："距离目标 12 公里，信号稳定！"

与此同时，一号机报告："距离目标 25 公里，信号稳定！"

据上可以初步判断，信号离西边的两架直升机近，看来返回舱不是在东面，而是在西面！

另两架直升机也在朝目标飞驰着，地面的五十辆搜索车如同长蛇般，在短波信标信号和直升机的引导下向落点赶来。

突然，地面搜索车队旁边杀出一串摩托车，有二十多辆，清一色的年轻人，打头的高举着红旗，场面甚是壮观。搜索人员都觉得纳闷，忙驱车追去问个究竟。原来是内蒙古地方政府组织的摩托车队，带着介绍信，来帮助搜索和寻找返回舱散落物的。

自然，天上的直升机快些。空中搜救队员的心情焦急着，中央电视台的小张紧紧地抓住摄像机，紧张地望着窗外。

"发现目标"，17 时 02 分，二号直升机驾驶员兴奋地喊了起来，我们顺着机头方向望去，但见返回舱傲立在祖国的大地上，大伞仍被西风鼓动着，我的照相机记录了这历史的一刻。

先于我们几分钟到达的一号直升机在我们的下方盘旋着，盘旋了几圈后首先落地。

17 时 09 分，二号直升机落地。我跳下直升机，拼命朝落点跑，因直升机的降落点离返回舱落点还是有点距离，估计有 300 米至 400 米。

等跑到现场，先看返回舱：返回舱完整、无损，一面浅淡、一面黑褐，浅淡的一面接近返回舱原装的颜色，个别没被烧着的地方仍能看出原装的银色，黑褐的一面是经过黑障时与大底一起历经烧灼的颜色。拍

图为搜救人员跑向返回舱降落现场。

照。返回成功已成定局。然后我马上去找缓冲发动机工作的地方，即返回舱真正第一时间落地的地方。我有经验，朝着风的相反方向找。根据当时夕阳的方向，判定是西风，果真，缓冲发动机点火的地点在返回舱的西边约 20 米处，有个大土坑，深约半米，就是缓冲发动机点火的地点，拍照。我马上又朝东面跑，跑了几步，就发现刚才返回舱舱门撞击的那半个"马蹄印"。因为既然是西风，大伞肯定在东边。果然，我跑了有 150 米，发现一具大伞，抓紧拍照。

等我干完这些活，才有时间顾及周围的情况。

此时，其余两架直升机已降落，机上的工作人员迅速到达现场，17 时 30 分，开始有条不紊地展开现场处置工作。

这边风景独好

17 时 30 分，地面搜索车队赶到现场，以 30 米为半径设置了警戒线，将返回舱现场保护了起来。

风场测的数据马上到了：西风，平均7m/s，属4级和风；最大14m/s，属7级疾风。"和风"是指速度和缓的风、温和的风。"疾风"是指猛烈的风。

现场处置马上开始，搜救人员开舱，飞船试验队队员开始进行各种处置。

这时，风在不知不觉中变得小了起来，后来简直是静风，处置工作有了很好的环境。真是老天帮忙。

两架直升机在放下工作人员后马上起飞，根据风向，在附近寻找返回舱在下降过程中的散落物。

"大底找到！"发现返回舱大底落在几公里以外。

"伞舱盖找到！"

"减速伞找到！"

原先需花几天甚至几个月时间才能找到的东西，直升机在返回舱落地后不到两个小时就全部找到了。

"英雄啊，我们的飞行员！"搜索人员由衷地赞叹。

太阳渐渐降到西地平线上，把整个天边映得通红，辽阔的草原铺上了一层金黄色，刚刚回到祖国怀抱的游子镶嵌在温暖的夕阳中。

19时30分，飞船试验队队员取出了科学院的空间蛋白质结晶装置、细胞生物反应器、固体径迹探测器等空间实验样品，交给现场的中科院张玉涵等人。因实验样品是时效性很强的东西，故中科院人员马上把样品运至一架直升机，直升机起飞，赶赴大庙，将样品转至另一架专门的载荷直升机。载荷直升机在大庙加油后，晚上19时50分起飞，连夜直奔毕克齐，样品由波音737专机运抵北京。

20时10分，工作人员取出了航天员系统的实验样品，模拟航天员

图为本书作者和飞船系统总指挥袁家军（左）在返回现场。

安然无恙。"模拟航天员"实际上是一个拟人载荷或形体假人，其质量和形状与真人基本一致，可以模仿人产生热量、消耗氧气、释放二氧化碳等。检验飞船是否能够具备载人条件的方法有两种，一种是使用大动物，一种是模拟航天员，我国选择使用了后一种，此方法是一种简便而有效的方法，使我国跨越了大动物试验阶段，使用较短的时间、较少的代价，检验了载人环境条件，十分具有中国特色。

晚上 20 时 30 分，返回舱已基本处置完毕，部分车辆开始返回，行驶 60 公里，21 时 45 分，到达大庙。

现场剩下的人，一直处理到 22 时 20 分才结束，把飞船试验队、载荷试验队和搜索人员累坏了，已经 12 个多小时没吃饭了，还不知道什么时候能吃上。搜索部队将返回舱连夜运赴大庙驻地。

欢庆胜利

4月2日凌晨2时50分，搜索车队护送返回舱运抵大庙。

鞭炮齐鸣，礼花满天！

一个不眠之夜。

大庙的夜空被绚丽的烟花渲染着，构成了一幅动人的画卷，宁静的小村庄顿然成了不夜城，仿佛在告诉着人们，中国载人航天事业已由神秘走向现实。

4月2日8时，车辆运着返回舱，从大庙出发，经四子王旗，到达苏尼特右旗车站。

10时40分，途经四子王旗县城时，很多人在路口夹道欢迎，鞭炮声、锣鼓声，响成一片。

14时，到达苏尼特右旗火车站，安装返回舱完毕后，大家才去吃饭。此时，才意识到昨天一夜、今天一白天都没进食。

17时26分，火车缓缓启动，开始出发。火车共三节车厢，一节是闷罐车，放散落物；一节放返回舱，用帆布保护着；一节是卧铺，是押送的人坐的。别看就三节车厢，这可是专列。每到一个车站，都有警察把守，很是壮观，坐在车里的人，有些感慨。

4月3日12时50分，火车终于到达北京昌平火车站。火车驶入车站时，月台上全是欢迎的人群，有载人航天工程办公室谢铭苞主任、空间技术研究院副院长袁家军、飞船系统总师戚发轫等。花环挂满了脖子，鲜花塞满了胳膊，处在这种环境里，似乎感到，任务的成功与自己有关，其实我知道，真正的功臣应该是戚发轫、袁家军、返回搜救人员。

感 言

本次飞行试验对工程总体和各系统从任务准备到发射、运行、返回、回收及留轨的全过程进行了全面的考核和检验，火箭和飞船按预定方案完成了飞行试验任务，航天员系统装船设备经受了飞行试验考核，飞船应用系统在对地观测、空间材料、生命、环境科学试验中取得一系列重要成果，地面发射、测控、回收系统准确、可靠地完成了全部任务，取得圆满成功。

本次任务，工程各系统技术状态更加完善，与载人状态基本一致，特别是冗余能力增强，可靠性和安全性有了进一步提高，对载人环境进行了比较完整、全面的考核。

第三次飞行试验的圆满成功是921工程全体研制、生产和试验人员共同努力的结果，使我们向载人飞行的目标又迈进了一大步。在共享成功喜悦的同时，我们应该清醒地认识到，我们在产品质量、技术状态、测试全面性等方面还存在若干问题和薄弱环节，对确保载人安全的要求来说，这些问题和薄弱环节必须得到彻底的解决和加强。我们一定要戒骄戒躁，做好后续飞行试验的各项技术准备工作，确保圆满完成各次飞行试验任务，早日实现载人飞行目标。

第 六 章

神舟四号：突破低温发射、低温回收的历史纪录

2003 年 1 月 5 日，神舟四号飞船按预定计划围绕地球运行 108 圈后，从南大西洋上空制动后返回祖国大地。图为在夜幕低垂、寒风凛冽中返回到茫茫雪原的神舟四号飞船返回舱。

神舟四号发射在即　过程一波三折（来源：央视网）

神舟四号飞船在返回舱安装一个形体假人和一个赋形缓冲减振垫，轨道舱增加睡袋和乘员散装物品柜。空间应用载荷是：多模态微波遥感器、空间通用流体实验装置、细胞电聚焦融合仪、空间连续自由流电泳仪、微重力测量仪、固体径迹探测器、精密定轨测量系统、大气成分探测器、大气密度探测器、高能电子探测器、高能质子重粒子探测器、单粒子事件探测器、低能粒子探测器、电位探测器、激光反射器和有效载荷公用设备等。

2002年12月30日0时40分，长征二号F遥四运载火箭载着神舟四号飞船从酒泉卫星发射中心起飞，飞行9分47秒后船箭分离，飞船准确入轨。飞船在轨飞行七天，完成预定任务后，返回舱于2003年1月5日19时16分着陆于内蒙古四子王旗。轨道舱继续留轨飞行，进行有效载荷试验。921工程第四次飞行试验取得圆满成功。

2002 年是载人航天工程十分忙碌的一年。年初神舟三号飞天，年末又迎来了神舟四号无人飞行试验。10 月 30 日，神舟四号飞船空运进场，拉开了任务的序幕。长征二号 F 遥四运载火箭于 11 月 13 日、逃逸塔于 11 月 20 日也先后由专列运抵发射场。神舟四号无人飞行试验同神舟三号相比，更加接近载人飞行状态。除主着陆场外，东风副着陆场、银川应急救生区和简化配置的海上 A 区参加了任务，副着陆场任务前组织了演练。

最低气温-26.8℃

预定的发射时间快到了，但天公不作美，一场不期而至的大雪，给戈壁荒原裹上了银装。

2002 年 12 月 17 日，着陆场各试验队进驻四子王旗。着陆场站的人，有的从上次任务以后，就没离开。12 月 18 日，五架直升机飞至毕克齐机场。19 日，我们乘坐直升机勘察呼市 253 医院直升机降落地点。

20 日，主着陆场进行了第一次综合演练。

21 日，直升机转场榆林试飞，空中分队勘察地形。本来主着陆场直升机执行任务的地点在四子王旗，为什么到榆林来勘察地形呢？原来是因为本次任务把上升段榆林责任区的搜救任务也交给主着陆场空中搜救分队了，自然他们要先到这来熟悉一下地形。

26 日，进行第二次综合演练（夜间）。27 日，第二次指挥部会议，确定任务实施方案和行动计划。

这些工作，都是在低温环境下进行的。大庙时常下雪，气温在-18～-30℃。

发射场的温度也是低的。气温一降再降，12 月 27 日更是降到

神舟四号飞船回收之际，正值内蒙古中部罕见的严寒。图为参与搜救演练的直升机和地面车队。

了-26.8℃，打破了1985年以来同期最低气温记录。发射推迟几次，后来定在29日，但根据气象预报，29日气温仍然很低，故决定将发射日期再推后一天。就像听从了指挥一样，戈壁滩上刮起一股强劲的东南风，温度回升到-18～-19℃。

12月30日0时41分，火箭终于拔地而起，神舟四号飞船从酒泉卫星发射中心发射后顺利入轨。

坏天气我们无法避免，但通过科学精确的预报，我们却能捕捉住成功的有利时机。

赴四子王旗参加演练

2003年1月1日，全国人民欢度元旦之日，飞船在太空翱翔之时，我和通信局副局长王建坤一起，乘坐 CA1103，飞赴呼和浩特，早已到达的余增范带司机前往机场迎接，四人到"小肥羊"吃午饭。小肥羊是 1999 年 8 月诞生于内蒙古包头市的，在呼和浩特吃算是正宗。饭后立刻出发，16 时到达四子王旗，仍住四子王旗宾馆。

1 月 2 日上午，主着陆场拟进行综合演练，内容有四个方面：一是直升机搜索模拟信标机，现场处置返回舱；二是态势信息传输，检验其正确性和稳定性；三是各种通信手段传输图像的可靠性；四是航天员医疗救护，现场处置模拟航天员并通过直升机转运至后支医院。

上午 7 时 30 分，我们从大庙出发，参加上述演练。由于天气原因推迟至下午 15 时。

演练前，地面第一批人员乘坐一架直升机先期到达现场，与地面车队一起，事先布置好信标机，在定好的时间开机。其他空中直升机先布阵，然后开始搜索信标信号，搜到信号后，奔赴现场，通信机在空中盘旋飞行，担负中继转发任务，三架直升机降落，工作人员携带工具，到现场处置演练。

大庙的气象的确很差，整天下着小雪，气温在-19~-31℃，演练时的气温在-26℃，外加风力大，预报是 8~10m/s，实际是 12~20m/s，冻得大家缩成一团。平常在北京，人们在-12℃时就感觉很冷了，而且在屋外待的时间也不能很长，很少见到更冷的。没想到这个地方这么冷，而且风这么大，风速 20m/s 是 8 级大风，使寒冷急剧加倍。人从车里出来，尽管带着皮手套，不一会儿，手指便麻木了，皮大衣似乎不起保温作用，体内的热量，两分钟便荡然无存。

16 时 30 分，演练结束。最后安排一架直升机起飞，进行航天员转运后支医院的演练。

雪夜趴窝

我们五辆车从演练现场返回大庙，随即又出发朝四子王旗赶路。

路上，没多久，便发现路已被大雪埋了，几乎看不见路了。风大依旧，雪大依旧，茫茫一片，不知路在何方，即使小心翼翼，仍感危机四伏。

2003 年 1 月，内蒙古的冬天格外冷，内蒙古中部的茫茫草原早已是银装素裹、千里冰封。图为参与飞船返回舱地面搜索工作车队。

不一会儿，一辆车被陷，车滑到路边了，车轮掉进坑中，底盘被顶在路牙上，车辆动弹不得。由于我们的车好些，便赶去救援，用自带的绞盘，把钢丝绳一端挂在被陷汽车挂钩处，用绞盘机带动钢丝绳拖拉趴窝的车。车被救出，继续前行。不一会儿，又一辆车被陷，我们又过去救援。就这样，陷车一次，我们过去救一次，走走停停，停停走走。后来，只有我们带去的车没被陷过，其他车辆都陷过，有的是多次。由于车速慢，故没有出现翻车事故。

此时，天色已晚，太阳已经下山，本来白天都看不清路，到了晚上，更是险象环生。这不，陷车的频度在增加，拖车的次数在增加，气温在下降，我们的心情在崩溃。如果当时误在路上了，真是叫天天不应，叫地地不灵啊。

我们在设想，晚上要在雪地里过夜，会该怎样，车各自带的油能支撑多久？如果油不够我们如何应对？我们还能活过去吗？我们还能执行任务吗？

此时我想起了"草原英雄小姐妹"，估计她们遇到的恶劣天气也让我们遇上了。

就这样，走一截，拖一次，悲观增加一次，恐惧上升一次。

终于，晚上 21 时 15 分，我们看到前方有亮光，说明是个城镇。这里没有其他城镇，只有四子王旗镇，这才放下心来。

1 月 3 日，多云，气温-21~-30℃，吹雪。

1 月 4 日，晴天，气温-17~-30℃。

每天观察气象，盼望着来个好天气，但天气依然寒冷，每个人穿的皮大衣，似乎都显得单薄。

1 月 4 日 11 时，直升机转场至大庙。

1 月 4 日发布的 5 日气象预报是：晴转多云，气温在-29~-19℃，西风，5~7m/s。

飞船已在天上飞了 6 天，明天是 1 月 5 日，7 天期限到了，该回来了，返回时间瞄准了明天晚上。

登机待命

1 月 5 日上午，各路人马开始向大庙集结，11 时 40 分，集结完毕。

13 时，召开主着陆场指挥部会议。

14 时 45 分，战前动员。

15 时，地面分队出发。前面是搜索车、工程特种车、医监医保车、野外救护车，后面还跟着一串，多少辆，数不过来，有内蒙古政府的、有公安的、有特警的。整个车队，浩浩荡荡出了大院的西门，右转，穿过大庙"东郊"，再右转，渐渐爬上岭背，消失在茫茫雪原中。

17 时 30 分，行驶不到三个小时，地面车辆逐渐到达待命地点，有序散列开来，静静地等待着。

18 时 20 分，空中分队开始登机。

求战心切

就在我们登机之时，飞船已飞到南半球西太平洋上空。

18 时 26 分，飞船开始调姿，做好了制动准备。

此时地面直升机也在做着准备，第一架直升机发动机开始点火，轰鸣声由弱变强，紧接着第二架，然后就是此起彼伏，强烈的震撼声似乎与搜救人员的迫切性是吻合的，像是准备与天上的飞船赛跑。

几分钟后，飞船尾部的发动机猛然喷出火苗，巨大的推力阻止着飞船向前运动，像一头"火牛"顶着飞船，而且这种牛劲一直持续了一百多秒，如果是真牛，早累了。

就在"火牛"顶着飞船，逼着飞船减速时，地面直升机像是听到了太空传来的召唤，开始跃跃欲试。

"30分钟准备！直升机起飞！"地面指挥车下达命令。

18时30分，三号搜索直升机腾空而飞，奔赴理论标准点的东北角，大队长张宝荣亲自驾驶，因求战心切，刚起飞不久就把信标接收机打开了，因为它离大庙最远，故先起飞。18时32分，二号中继直升机起飞，奔赴东南角，因为它离大庙也比较远，故第二架起飞。18时34分，一号指挥直升机起飞，奔赴西北角。随之，我乘坐的四号载荷运输机起飞，奔赴西南角，此点位离大庙最近。18时40分，五号待命直升机也起飞了，陈静江驾驶，其任务是等待在地面指挥车旁边，随时可以将指挥长送至降落现场。18时50分，全部搜索直升机均到达待命区域，待命直升机也赶到并降落在了待命地点——理论瞄准中心点。

目标丢失？

不仅飞船、直升机在忙碌，地面测量设备也在紧张地工作着。

"发现目标"，布在发射场附近的副着陆场前置雷达站捕获了返回舱，开始跟踪的距离是几百公里，然后目标越来越近，似乎冲着自己来了。就在此时，信号突然丢失，而且发现天线脑袋转动极快。咋回事？操作手顺势把天线摇向另一方向，结果又发现信号了。原来，刚才是返回舱正好经过天线的脑袋上空，这叫"过顶"，由于此时天线角速度极大，目标高度又低，故天线很难跟上目标的速度，信号丢失是正常的。过顶后，雷达再次捕获信号，过一段时间，信号最终消失。该雷达跟踪测量的时间愣是比测量任务要求多了60%，应该算是超额完成任务。

"发现目标"，就在副着陆场雷达跟踪结束之时，布在白云鄂博的主着陆场前置雷达站也捕获了返回舱，开始跟踪的距离较远，测量了一分多钟，突然信号消失。难道出现同样情况了？不对，根据俯仰信息，目标根本就不在头顶啊，这又是咋回事？雷达按照原来的轨迹变化趋势，把脑袋摆至返回舱即将经过的轨迹前面，使用电扫方式，在一定区域内开始扫描，试图看有没有信号。还是没有。这次，技术人员着急了，怎么回事？目标到哪了？难道出事了？就在纳闷、紧张之时，突然，信号出现。数据丢失足足 11 秒。原来，返回舱已下降至一定高度时，黑障区的电离现象会迅速消失，反射雷达信号的有效面积在快速缩小，所以，雷达出现"眩晕"是正常的，丢目标也是正常的。

"发现目标"，主着陆场大庙 USB 设备发现并开始跟踪目标。

返回舱从黑障内出来，不仅把 S 波段信号发射了出来，超短波 243MHz 信标信号也发射了出来。

看见了一个火球

"搜索开始！"地面指挥车下达口令。

口令刚下达，布在西北角的一号指挥直升机驾驶员袁水利、杜向仲发现 243MHz 信标接收机信号指示灯的一个灯亮了，随即两个灯亮，飞了一会儿，发现指示针在 270°～290° 来回摆动，心里不踏实起来。

就在此时，布在东南角的二号中继直升机驾驶员张治林突然看见西方有一橘红色火球在移动，而且像是在逐渐爬高。

"看到了一个火球，在西面！"他通过调度迅速报告了指挥直升机和其他直升机。与此同时发现 243MHz 指示灯左侧一个灯亮了，针在 ±10°～±15° 晃动。

19 时 03 分，四号载荷直升机也收到了 243MHz 信标信号。

返回舱下降着，大伞打开，同时也把短波信标天线拉了出来，其实天线就附着在伞绳上，信号开始朝周围辐射，以示它的存在。

地面搜索车辆收到了短波信标信号，地面搜救人员开始兴奋。

19 时 08 分，一直待在离理论瞄准点不远的地方，守在地面指挥车旁边的五号直升机，开始启动发动机，准备转场。

"目标消失！"主着陆场雷达跟踪仰角已到零度，说明雷达脑袋已经与地平线平行了，实在看不见目标了。它跟踪测量的时间是要求值的三倍，该表扬。测量数据传至北京中心。

这段时间，布在西侧的两架直升机跟踪 243MHz 信号正常。

19 时 14 分，一号指挥机收到北京中心第一次落点预报。

19 时 16 分，返回舱落地。

大庙 USB 设备跟踪至落地，跟踪的时间是要求值的近六倍。真漂亮。数据传至北京中心。

信哪个？

返回舱落地后，指挥机收到播报的第二次落点预报。显然，收到的两组数据相差较远，一个在瞄准点朝北偏东，一个在瞄准点朝东偏北，直升机驾驶员不知该信哪一个了。

两分钟后，指挥机收到播报的第三次落点预报。我一听，怎么又跑南边去了？

布在东南角的二号中继直升机驾驶员张治林收到这些信息后，一头雾水，他当即判断，既然几个落点预报都不一样，干脆信最后一个吧，故朝右转弯，朝正南方向飞去。此时发现，243MHz 信标接收机指针误差大，在 $\pm 60° \sim \pm 70°$ 晃动，指示灯尽管一直亮着，但指针却一直在打转，此时，他心里打起鼓来，感觉有些不对。其实，尽管落点是朝东南偏了，但该架直升机本身就在东南角，实际落点就在他原来所在位置西北方向，故方向跑反了，距离跑远了。

过了一会儿，直升机收到来自北京中心发来的第四次落点预报。我在调度中也听到了，感觉靠谱了，因后面的连续两组数据差别不大了，初步估算了一下，返回舱跑理论标准点东南方向了，在理论瞄准点和东南角直升机待命空域中间地带。

布在东北角的三号直升机，航高 2100 米。驾驶员张宝荣刚听到"搜索开始"后不久，也发现 243MHz 两个灯亮了，说明有信号，但指针老是转圈，后来两个灯亮度减弱，指针方向不定。得到落点通知后，便朝目标飞，此时就有意识想测测接收机，发现指针开始有点指向了，指向在 30°~40° 来回摆动，晃动幅度约 ±20°，距离差 20 公里以内时，晃动幅度约 ±10°。

指挥长夏长法根据时间判断返回舱已落地，分析认为落点不会再有大的出入了，故决定离开地面指挥车，乘直升机前往落点现场。五号直升机驾驶员陈静江在地面待命时就开着 243MHz 信标接收机，但指示灯不亮，指针一直在打转，没方向性。待指挥长等人上机后，马上拔地而起，飞向空中。此时发现指示灯仍然不亮，指针仍在转圈。驾驶员无法据此飞行，瞬间没了前进的方向，该朝哪飞？就在此时，导航员又收到北京中心发来的一组新落点预报，便引导直升机朝那飞去。

铁丝网挡道

地面车辆在拼命地朝预报的落点奔去。他们车辆上既有短波信标接收机能够指示目标方向，也能通过调度知道北京中心传来的落点预报，

图为在凛冽寒风中担负对航天员出舱后的医监医保、医疗救护任务人员。

同时也能知道直升机传来的信息，故跑的方向是对的，每走一步是有效的。

19时28分，跑在前面的"领头羊"遇到麻烦了：前进的方向是铁丝网，横在那，挡住了去路。车上跳下一个战士，拿着大铁钳子，准备跑到铁丝网前把网剪断。没想到刚一下车，棉皮靴就陷入厚雪之中，雪深足有一尺，他刚拔出皮靴，第二只脚又被雪困住，就这样，他一步一步地、十分艰难地挪到铁丝网，一不做二不休，上前便是一顿削剪，不一会儿，撕开一个口子，形成一个通道，所有车辆迅疾通过。

远的反而接近得快

地面遇阻，天上也同样遭受着麻烦。

尽管各架直升机都知道了落点预报，但飞行期间需要不断修正，最直观的应是 243MHz 信标指示，但恰好此时，所有的直升机都处于一种状态：信号似有非有，指针飘忽不定。

离实际落点最近的是布在理论瞄准点附近的五号直升机，其次是东南角的二号中继直升机，再次是东北角的三号搜索直升机，但由于五号直升机需要先起飞，而二号中继直升机又跑冤枉路了，反而是三号搜索直升机跑得比较快，接近真实落点的速度最快。

看见返回舱了

"看！在那！"三号搜索直升机驾驶员用肉眼看到了闪光灯，从闪烁的频率判断，是目标。

再飞近一些，借着探照灯的光亮，终于看到返回舱了！

但见返回舱早已安然落地，姿态是躺倒的，顺着舱门方向望去，只见不远处有一个巨大的红白相间的伞铺盖在草原雪地上，顺着返回舱大底方向望去，皑皑的雪地中露出一个黑洞。

此时，19 时 38 分。从返回舱落地到第一架直升机到达现场上空，共 22 分钟。

不一会儿，五号直升机也靠近了，离目标约几公里时，看见了夜幕中的返回舱闪光灯，此时才发现罗盘指针开始定向了。此时二号中继直升机也靠近了，并拍到了图像。

落不下去

19 时 40 分，五号直升机开始降落。

夜晚，周围光线黑压压一片，只有探照灯有光，但看不远，也不知旁边有什么。

大雪，周围草原白花花一片，只知闪光灯在闪，但看不清，也不知离地有多高。

直升机开始下降，一接近地面，高速旋转的螺旋桨便将地表之雪吹向四周，然后翻卷开来，把整个地面掩盖得严严实实，根本不知道地面在哪里。驾驶员的脸上出汗了，手心也出汗了。但这是战场，不是寻常，驾驶员只能硬着头皮，慢慢降高度，试图摸着地面。终于，轮子有反应，说明到地了，这才放心。手心已是一把汗，汗顺着操纵杆往下流。

"又死过一回！"驾驶员陈静江说。他用的词是"死"，说明刚才动作的危险程度。他的话中有"又"，说明以前也遇到过这类情况。搜索

神舟四号飞船在寒风中成功发射和回收。图为技术人员在现场处置返回舱。

回收，是用"命"来完成的！

指挥长等人迅疾下机，赶赴现场。其他直升机降落，都经历了磨炼。

现场近距离观察，返回舱呈Ⅲ象限朝下横躺状态，舱门朝东，反推发动机工作时吹开积雪，露出直径约四米的一片沙坑，四台发动机吹出的四个坑清晰可见，舱体落地后在伞的作用下倾倒并向东南方向滑动约十米，但舱体完好无损。

怎么不见伞了？顺着舱门指向，朝东走，足足220米，才看见伞。原来是伞绳切断后，大伞被风吹跑了。在直升机空中能看见大伞，到地面了，反而看不见了，一是夜晚光线不好，二是大伞吹离的距离太远了，难怪。

19时40分，草原一号报告：从短波接收机中收到一帧数据，解码成功，落点位置有了。地面车辆开始有了自己独有的引导信息。

19时50分，地面车辆到达落点现场。

现场架起了照明灯，工作人员借着光线，忙碌着。

周围黑压压一片，草原上的皑皑白雪此时体现不出自己的光泽，只有犀利的寒风将雪花吹进现场灯光区域时，你才会感受到空中大雪在飞舞，而灯光下的地面更会让你切实感受到过膝的大雪在增厚。温度在降，寒风在吹，透过皮帽、皮大衣、棉衣裤、棉皮靴，侵蚀到体内，呼出的气体，直接在空中冰凌化，瞬间变成白露，残留在眉间、滞留在帽檐、遮挡着镜片。工作人员沉浸于自己的操作，并没有注意到寒冷的存在，但随着时间的推移，手脚开始冻得不听使唤，皮大衣和棉皮靴之间的膝盖骨开始变得麻木。-31℃的气温，通过刺骨的寒风，在长时间地考验着现场的每一个人。

22时10分，医监医保人员采样，监测舱内气体，查看气体成分。

22时18分，开舱门，花了一个多小时取出有效载荷，运至直升机，23时45分，携带有效载荷的直升机起飞返回大庙，6日凌晨加油后，于0时30分起飞，2时50分飞抵北京通县，4时有效载荷运达北京研究所。神速。

6日凌晨1时15分，吊装返回舱后工程运输车启运，驶离现场。4时，工程运输车运载返回舱到达大庙，白天从大庙运抵呼和浩特火车站，19时59分，运送返回舱的火车专列起动，7日中午12时50分，到达北京昌平火车站。

查找信标问题

本次回收任务，出现两个问题：一是406MHz示位标问题。任务期间，先后有S7、S6、S4、S9号国际搜救卫星通过我国上空，在此期间低极轨道搜救卫星仅收到返回舱243MHz信号，没有收到406MHz示位标信息。二是243MHz信号定向问题。直升机在返回舱出黑障后刚开始收到243MHz信标信号并定向，但不久便出现只有信号但罗盘不定向（指针打转）现象，其余直升机皆如此。

任务后，我们组织相关单位，对飞船243MHz、406MHz设备进行了问题查找和技术归零。根据对神舟四号返回舱实测天线方向图的分析，发现其天线增益小了些；返回舱着陆后躺倒姿态会使部分过境卫星不能收到示位标信号。我就此问题又问了飞船测控专家，其讲：飞船重力开关决定用舱壁天线还是大底天线；返回后在直立状态下测过天线有辐射信号，躺倒后没测，说明开关是好的，但不知道是哪个天线工作了。我提醒道：躺倒状态没测，尚不能断定开关是好的；以后返回舱返回后，要安排测量具体是哪个天线工作了。

留轨飞行

轨道舱继续留轨飞行约半年，进行有效载荷试验：三项微重力科学实验获得了大量有价值的实验数据、记录图像和实验样品；空间环境探测器获得了飞船轨道高能带电粒子分布、飞船表面静电电位等重要探测结果；多模态微波遥感器取得了辐射模态和高度模态大量测量数据，填补了我国在这方面的空白。载人航天工程第四次飞行试验取得圆满成功。

任务之后，我每次步行上楼，膝盖都会隐疼，神舟四号回收现场的寒冷刻骨铭心，影响深远。不知有多少人，会因为执行任务而落下病根。大家都在默默地付出着。每次任务的成功，都是整条战线上每一个科技工作者艰辛付出的结果。

感 言

本次飞行试验与上次相比，主要变化是：完善了逃逸和应急救生功能，增加了自主应急返回功能，两个陆上应急救生区和海上 A 区参加了任务，副着陆场进行了演练，飞船在自主飞行期间进行了对日定向和偏航机动试验。本次飞行试验对工程总体和各系统从任务准备到发射、运行、返回、回收及留轨的全过程再次进行了全面的考核和检验，工程各系统工作正常、动作准确，可靠地完成了全部任务，飞行试验取得圆满成功。

本次任务是低温发射又是低温回收。发射时气温为-18.5℃，发射前几天最低气温达-26.8℃，均是 1985 年以来同期最低气温。搜索回收返回舱时，主着陆场也遇到了低温的挑战，参试人员克服了直升机和车辆低温难以启动、路面被积雪覆盖不易行进等诸多困难，在返回舱着陆后 22 分钟就到达现场并进行了正确处置，圆满完成了任务。

飞船应用项目试验，三项微重力科学实验（微重力流体物理实验、生物大分子及细胞空间分离纯化试验、细胞电融合试验）全部取得圆满成功，获得了大量有价值的实验数据、记录图像和实验样品。装船的空间环境探测器获得了飞船轨道高能带电粒子分布、飞船表面静电电位等一批重要的探测结果。激光定位监测取得成功，测距精度达到厘米级。多模态微波遥感器取得了辐射模态和高度模态大量测量数据，填补了我国在这方面的空白。

第四次飞行试验的圆满成功是 921 工程全体研制、生产和试验人员共同努力的结果，但我们知道，接下来面临的是首次载人飞行的重大挑战。虽然有几次无人飞行试验成功的经验，但在技术状态、产品质量、测试等方面还存在若干问题和薄弱环节，我们一定要踏踏实实地按照首次载人飞行试验放行准则的要求做好各项工作，确保首次载人飞行试验取得圆满成功，实现中华民族千年的飞天梦想。

第 七 章

神舟五号：飞天圆梦

　　2003年10月15日9时，杨利伟乘由长征二号F火箭运载的神舟五号飞船进入太空，成为我国首位往返太空的航天员，标志着中国航天事业向前迈进一大步，具有里程碑意义。图为杨利伟出舱后向欢迎的人群招手致意。

杨利伟：首问苍穹（来源：央视网）

神舟五号飞船飞行任务，中国准备首次载人飞行。载人航天，人命关天！工程各系统处处体现出不一样的紧张。

本次任务按照白天发射、白天回收的原则组织实施。上升段增加榆林、邯郸应急搜救点，海上增加 B、C 应急救生区和在轨自主应急返回区。副着陆场不参加任务。飞船进行有效载荷试验。航天员通过无线信道每圈均可与地面进行通信联系，在测控区内，地面通过生理和图像信息监视航天员的生理状态和活动情况。需要时，航天员可以手动补发船箭分离、帆板展开等重要指令；在运行段出现压力和电源等应急情况时可以自主应急返回；在返回段，自动功能故障时，可以实施人工控制返回。

2003 年 10 月 15 日 9 时整，长征二号 F 遥五运载火箭载着神舟五号飞船和航天员杨利伟从酒泉卫星发射中心点火起飞，飞行近十分钟后船箭分离，飞船准确入轨。在轨飞行 14 圈后，返回舱于 2003 年 10 月 16 日 6 时 23 分着陆于内蒙古四子王旗主着陆场，航天员安全出舱。轨道舱继续留轨飞行，进行有效载荷试验。我国首次载人航天飞行取得圆满成功。

神舟五号载人飞船发射是我国首次载人航天飞行，其主要任务是将一名航天员顺利送入太空，在轨运行一天后安全返回地面。载人航天，人命关天！工程各系统处处体现出不一样的紧张。

多事之秋扛极压

正当神舟五号飞行任务紧锣密鼓准备之时，2003 年 2 月 1 日，美国哥伦比亚号航天飞机发射时在空中爆炸，解体坠毁，7 名航天员全部遇难，给中国航天即将迎来的首次载人航天飞行造成了很大的心理影响。5 月 4 日，俄罗斯联盟 TMA-1 号载人飞船返回时出现故障。8 月 22 日，巴西阿尔坎特拉发射基地火箭在发射台上爆炸，21 名专家当场遇难。此外，一场突如其来的"非典"疫情席卷全国，2 月广东进入发病高峰期，4 月 16 日被世界卫生组织正式命名为 SARS 病毒，4 月起，北京成为重灾区，直到 6 月底才得到明显缓和。各系统都采取了一系列措施抗击"非典"：测试现场每天进行消毒，并在保证净化的条件下，保持空气通畅；现场测试人员进行集中管理，尽量减少与外界接触，同时要求每天进入工作现场都要量体温、戴口罩等。就这样，中国载人航天研制队伍经受着严峻的考验，紧张而有序地进行着首次载人飞行任务。

陆海添兵箭佑侠

针对首次载人飞行试验，着陆场系统在上升段东风、榆林应急搜救点基础上增加银川、邯郸应急搜救点，海上在 A 区基础上增加 B、C 两个应急救生区，在轨自主应急返回区相关搜救力量也参加任务。

神舟五号飞船于 2003 年 8 月 5 日空运进场，长征二号 F 遥五运载火箭于 8 月 23 日由专列运抵发射场。10 月 10 日，新华社向全世界播发了"中国将进行首次载人航天飞行"的消息。

鄂博雷达来护驾

10 月 9 日早 8 时，工程副总师罗海银和我，乘坐越野车，从航天城出发，经张家口、大同、呼和浩特，途中遭遇大雾两次、小雨五次、堵车数次，北上翻过大青山，途径武川，奔西，前往白云鄂博，18 时 15 分到达，晚上住白云宾馆。

10 日 8 时 30 分，罗副总前往白云鄂博雷达站视察前置雷达设备。8 时 45 分，召开会议。

图为担任神舟五号飞船返回舱返回测量任务的主着陆场测量站的各种设备。

周勇副站长汇报："前置雷达目前存在几个技术问题，一是工作模块有时掉电，二是伺服系统有问题，现在正在解决。我们使用该雷达经常跟踪天上的航天器、飞机等，以此训练技术人员。各种预案已经具备，各种技术准备工作已经做好。"

张瑞总师汇报："目前看，我们的雷达对几百公里以外的返回舱能够捕获跟踪，在 AGC（自动增益控制）为 10dB 左右时雷达便可自动跟踪。"

孙玉柱队长说："最不放心的地方有两个，一是掉电，二是捕获。炮镜在晚上发现距离最远，作用很大，但白天不能用。神舟二号任务是在出黑障时雷达就丢失目标了。"

站里的一名技术人员黎海林说："我们对此设备比较有底，但这次没想到会出现上述几个问题，另外在加电到大功率时天线会抖动，我们正在解决。从 1999 年开始执行任务以来，我只回家过一次，后三次任务全都在白云鄂博，这次继续待在这儿，没时间回家，家里的事全靠媳妇和父母了。"

研制雷达的单位为了保障任务，所长亲自来站里组织保驾设备。所长在汇报时说："一是我们研究所上级机关下通知，要求我们全力以赴，不惜一切代价，所里十分重视，想进行一次全修，做到锦上添花。二是8 月带队伍来这解决机械问题，对设备进行了大修，对几千个移相器、几百个储能电容逐一检查或更换，正常情况下不宜在外场做这些工作，这次我们把北京实验室搬过来了，检修后对气球进行跟踪测试，效果很好。三是伺服俯仰机卡死的问题已修复，原因是缺润滑油了。四是功放管打穿了，左右支路有干扰，后来我们加了一个滤波电容，问题得到解决。五是这次所里来的全是设计研制原班人马，都是原主任设计师，在这已经待了三个月了。"

研制单位总师史仁杰说："经检修，雷达目前状况好，性能稳定，等同或好于上次任务，可以参加任务，但结果来得很不容易，放大管都是从相关方向调过来的，花了很多钱。几十块电源板全换了，也花了不少钱。有时雷达方向图不好，不一定是移相器的事，我们对电源中的电容进行了检测，发现有半百个漏电较大，剖开几个，里面的电解质已干，几个女工把电容一换，就好了，方向图也正常了。"

罗海银副总师说："听了汇报，从测站、厂所的工作看，感觉保障是有力的，准备是充分的，对我们完成任务增强了信心，向大家表示感谢。下一步要做到：一是三想，朝宽处想、朝深处想、朝坏处想；二是千万不要麻痹大意，对出黑障后的重捕要作为重点；三是要确保主目标的跟踪，别跟了推进舱或直升机，丢了返回舱；四是兄弟系统对技术问题严格归零，力度很大，这种精神值得我们学习。"

夜晚降临，大雪开始速降，铺天盖地，银装素裹。

观测研判风云查

10 月 11 日，罗副总师和我赶赴四子王旗。我们在四子王旗没有停留，直接赴大庙了解情况。由于积雪太厚，从四子王旗到大庙，共 62 公里，车却走了两个多小时。

罗副总师上午参观了大庙测量站，在机动方舱内，听取了测量站的情况汇报。

姚峰站长汇报："回收站在历史上曾执行过十几次卫星回收任务，载人航天时合并组建载人回收站，已执行过四次飞船返回任务。全站分两部分，大部分在大庙，小部分在白云鄂博。大庙 USB 设备经常通过跟踪卫星进行练兵，例如跟踪资源卫星、试验卫星等。气象预报从 9 月

1 日开始，系留塔已购置并安装完毕，从 10 月 4 日开始工作，预报数据每天向相关部门报送。目前全站正在全面检查设备技术状态，测试备品备件。地面特种车辆共十五辆。"

着陆场指挥部指挥长张海东说："现在要求预报浅层风，难度很大，因精度要求很高。大庙 USB 设备最好能在运行段给安排跟一下，这样再执行返回测量任务心里更踏实些。"

姚峰补充汇报了 USB 设备当下存在的技术问题："一是高频网络开关、两个场放开关，打不过去；二是场放功率下降；三是上变频机在跟踪资源卫星时杂波多。这些问题正在解决，例如承研单位已购买新的场放开关并加以更换。"

气象处张处长说："我们现在正在对二连浩特到呼和浩特一带二十年的高空风历史数据进行全面分析，我们发现，气象短期预报有时不准，例如报短时下雨，但实际是中雪，我们正在总结规律。"

我提醒："一是测量数据，白云鄂博雷达和大庙 USB 两台设备测量弧段会交合，要分析测量数据是否一致，要研究直接用测量数据进行落点预报的方法，同时也要避免出现落点预报偏差过大问题。二是气象预报，要整理总结预报误差特性，以便工程总体分析如何使用浅层风预报来修正飞船落点问题。三是要与直升机驾驶员沟通，使其知晓风对各种散落物的影响程度和规律。"

10 月 11 日下午，罗副总师和我又到气象台站，专门了解气象有关情况，王永生台长、张宝荣等参加。

罗副总师说："现在飞船返回舱内航天员座椅上的缓冲装置在设计时主要是用来缓冲垂直方向上的冲击，但在水平方向的防护能力较弱，横向冲击力量有可能造成航天员中度损伤，故对返回舱水平移动速度要求较高。原来要求的着陆场气象使用条件，现在看来要再严一些，即允许的最大风速再小一些，这样更能保证航天员的着陆安全。"

王永生台长说："我们对 1500 米高度以下风的预报准确率进行了统计，预报间隔越短，准确率越高。风速的规律是，风在地面 0~200 米，高度越高，风速越大；风在 200~300 米，高度越高，风速越小。大庙每天早上 6 点左右风速最小，是低谷期，按计算机测算预报结果，16 日上午风速 4~6m/s，满足着陆场使用要求。"

10 月 13 日晚上，航天员试验队刘建中等人来看我，我们谈起了谁可能成为中华民族第一位航天员？可能上的航天员有三位，到底是谁，要投票选。航天员不容易，平时吃住都在航天员公寓，只有周六、周日能回家看看。

晚上，新华社王建民和另两位资深记者到我房间，了解任务有关情况。他们刚走，人民日报社的蒋建科也到我房间，要求科普。人家谦虚，我得认真。

飞天梦想终实现

2003 年 10 月 15 日 7 时 30 分，我们从四子王旗出发，8 时 30 分到达大庙，在二楼会议室，观看发射实况。

"30 分钟准备！" 8 时 30 分，从电视传来调度口令，显然航天员已坐在飞船返回舱内。这位航天员就是杨利伟！

8 时 45 分，气氛在逐渐紧张着。

"15 分钟准备！"

"5 分钟准备！"

"2 分钟准备！"

"1 分钟准备！"

"点火！"9时00分03秒。

只见长征二号F遥五运载火箭底部8台发动机喷出耀眼火焰，火箭稳稳地把神舟五号飞船托起，巨大的轰鸣声让人感到极度震撼，而杨利伟的面部表情沉稳冷静，脉搏每秒才七十几下，这是一种怎样的镇定。中华民族首位飞天者杨利伟正是以这种胆魄踏上探索宇宙征程的。

"东风飞行正常！"话音让人放心。

"逃逸塔分离！"9时02分30秒，说明逃逸塔不用了，完成了自己的历史使命，火箭最担心出事故的阶段过去了。

就在这时，真正意想不到的情况出现了：杨利伟逐渐感觉到有脉冲式过载，开始在轴向有低频振动，感觉比较难受。随着时间的推移，轴向振动迅速增大，感觉越来越难受。

"助推器分离！"四台帮忙助力的发动机熄火，助推器向四周散去，像盛开的莲花。

助推器刚关机，杨利伟感觉轴向振动消失了。跨过了一道坎。大家在观看发射时，谁也不知道我们的英雄刚才经受过的磨难。

现在只剩下芯一级的四台发动机还在工作，推力减少了一半，即使这样，推力还有300吨。

"一二级分离！"芯一级完成使命，向后撤去。二级发动机点火，继续提高速度、抬升高度。

"整流罩分离！"只见两片整流罩从中间分开，向两侧仰式倒去。整流罩的作用是在稠密大气层中保护飞船的，此时大气层已很稀薄，它的作用就没有了，为了减轻火箭运载重量，需要及时把它抛掉。抛掉整流罩后，飞船终于露出真面目，阳光从舱窗射入返回舱内，杨利伟面部顿然光亮起来，他侧目朝窗口望去，茫茫的天色让人感觉明亮。

"渭南飞行正常"，渭南站跟踪着目标。

图为本书作者在返回舱处置现场。

"青岛发现目标"，位于海边的测站也捕获了目标。

"看见航天员了！"航天员的图像出现在屏幕上。大家见他好好的，心情无比激动。

"二级关机！"杨利伟扭头观看高空中的阳光，这是他第一次坐得这么高看太阳。

"船箭分离！"飞船正常入轨。整个飞行近 10 分钟。

整个房间沸腾了，大家起身鼓掌，相互拥抱，抑制不住的泪花浸满眼眶。有泪不轻弹，非也。

飞船进入绕地球飞行的轨道，当生活在地球上的人需二十四小时经历一昼夜时，航天员一个半小时便绕地球一周。中国大陆上的五个测控站、国外陆地三个活动测控站以及布在海洋上的四艘测量船组成的测控网密切监控着飞船的一行一动。

我马上去看明天的天气预报：10~12 千米高度，最大风速 50~55m/s；100 米高度，7~9m/s；50 米高度，6~8m/s；0 米高度，5~7m/s。看来天气不错。

观宇展旗星人恰？

在运行段飞行过程中，返回舱内环境控制正常。杨利伟使用手持摄像机拍摄太阳帆板和地球轮廓，让地面人员感觉自己在看这些壮丽场面。

杨利伟在第 7 圈展示了中华人民共和国国旗和联合国旗，并用中、英文表达了中国人民和平开发利用外层空间的愿望和决心。

飞行中，他突然听到一种声音，类似于"木锤敲击铁皮"的声音。难道太空真有外星人？是他们在敲舱体？杨利伟开始密切关注飞船的所有细节。此后，他又随机地听到这种声音。后来飞船系统初步分析认为，这是由于飞船的舱体外壳和烧蚀层在内压和冷热交变的空间环境影响下出现微小形变时发出的声音，属于正常现象。此事也好理解，发射前舱内舱外全是一个大气压，里外压差为零，飞船入轨后，舱内仍然是一个大气压，而舱外已变成真空了，里外压差为一个大气压，里面的气体会朝外膨胀，自然会造成舱体微小形变，形变时可能会出现声音；另外，飞船转到有太阳的地方，舱体温度会高，转到阴影区时，舱体温度会低，冷热交替，也会发生形变而发出声响。

布阵调姿喷火急

15 日 23 时 20 分，驻扎在四子王旗的搜救人员出发，车辆编队前往大庙。

16 日 0 时 40 分，参试人员在大庙集结，车辆在驻地院内编号，做好出发准备。

0 时 50 分，召开战前指挥部会议。

1 时 15 分，战前动员，各个参试试验队列队，队员都严肃有加，大战在即，不敢有丝毫怠慢。

1 时 30 分，地面分队出发，3 时 30 分，到达各自的待命地点。

5 时 10 分，空中分队所有人员在大庙停机坪登机。

5 时 30 分，空中直升机到达待命空域，三架直升机在距理论瞄准点约 35 公里的空域呈"▷"字形布阵，其余两架直升机在返回航迹延长线两侧、距离理论瞄准点 15 公里。

飞船绕地球 14 圈，在轨运行 20 多个小时后，准备返回地球……

"远望三号发现目标"，远在南非开普敦以西大西洋海面的远望三号测量船发现了 330 多公里高度的飞船，两分钟后，设在纳米比亚的测控站也跟踪到了飞船，测轨数据和接收到的遥测数据源源不断地传往北京中心，工作人员密切关注着任何变化。

"飞船第一次调姿开始"，飞船在水平方向朝左偏航 90 度，轴向变成与运动方向垂直。

"轨返分离"，飞船由三个舱段组成，前头是轨道舱，用于地球观测和科学试验，航天员可工作活动于其中；后头是推进舱，用于轨道调整、维持并提供能源；中间是返回舱，是航天员往返于地球和太空的座舱。轨返分离意味着轨道舱已成为一颗能独立运行的地球卫星，停留在原来的轨道上，继续承担着对地观测等科学试验。

"第二次调姿"，飞船继续向左偏航 90 度，并俯仰一个角度，建立制动点火姿态，即飞船尾部朝向运动方向，并微向上翘起。

"变轨发动机点火"，两台发动机猛然喷出火焰，巨大的反推力持续两分多钟，逼迫飞船的运动速度减小，此时的飞船已脱离原来的运行轨道，飞向地球。此时飞船距预落点约 13600 多公里。

制动后 4 分钟，设在马林迪的活动测控站也测到了制动后的轨道，三个测控（船）站的测量数据迅速传往北京中心，用于计算飞船后续动作的时间及预报落点。

穿层带鞘星帚撒

制动后的飞船惯性飞行，距轨返分离时刻约 20 几分钟，飞船下降至 140 多公里，由南纬 30 度的大西洋上空飞至北纬 30 度的卡拉奇上空，设在卡拉奇的活动测控站早已等待迎接着。

"推返分离"，测控站传出调度的声音，推进舱伴随返回舱一起滑行的目的就是在制动后，万一推进舱和返回舱组合体没有按计划进入返回走廊，可以在适当的时机进一步调整轨道，要么抬高轨道再寻机会返回，要么再增加些制动量以帮助返回舱进入返回通道，以此拯救航天员的生命，此时完成使命的推进舱可以放心地离开返回舱了，它跟随着返回舱，一同跨过祖国西南部边境，飞向大气层。推返分离一分钟后，和田测控站开始跟踪。从遥测获得的数据看，返回舱的再入姿态正常。

返回舱高度下降至 80 公里，渐渐进入稠密大气层，大气逐渐增大对返回舱的阻力，航天员开始感到有过载。返回舱逐渐进入黑障，地面测控站已无法与返回舱进行通信。和田测控站眼看着信号消失。

21 个小时前发射飞船的发射场，现正处于第二天的黎明之中，发射场东南方向的大片戈壁就在返回轨道下方，担负着副着陆场的任务，即主着陆场的气候不好时，返回舱将返回这里。这次任务由于仅飞一天，气象预报很准，故副着陆场不用参加回收任务。发射场的许多航天人站在指挥楼顶，翘首盼望远方。

6时05分，有人发现一颗星在移动，人群引起一阵骚动，时任发射场总师的周建平发现其由北向南移动，根据其经验判断肯定不是返回舱，此时人们才知上了流星的当。

没过一分钟，周建平在西方地平线上看见一个亮点，比任何其他星星都大，在慢慢升高、慢慢变亮、越升越亮，一会儿成了一个白色的火球。

突然，在其下方不远处，有一物发光四射。周围的人群开始惊恐，难道是返回舱有事？其实不用担心，那是推进舱经大气层摩擦后爆炸解体，如同一巨型礼花盛开，挂在天边，渐渐变成一扫帚型流星雨，照亮了大地，也照亮了返回舱回家的路，如此壮观景面实属罕见，祖国上空的大气层迎接我国的航天员有自己独特的方式。

此时的返回舱后面拖着一条尾巴，且越来越长，划过晨空，越过头顶，伸向东方。此现象持续约两分钟，然后慢慢消失。在人们目视这番壮举的同时，距离发射场30多公里的大树里雷达测控站用反射方式测量到了返回舱。

追迹寻标脱缰马

"发现目标"，设在内蒙古白云鄂博的雷达站采用同样的反射方式捕获了黑障内的返回舱。

"目标丢失"，白云鄂博雷达突然没有了信号，有经验的技术人员马上意识到返回舱已下降至40公里高度，离子鞘消失，等效反射面积迅速减小，致使目标丢失。

"重新捕获"，返回舱被雷达又一次锁定。

从 80 公里到 40 公里高度，仅用时 5 分钟左右，但返回舱却经历了最为严峻的考验，速度从第一宇宙速度降低到 2km/s 左右，大气层为返回舱安全降落奠定了基础。

刚进入 10 月中旬，北京还是金色秋季，而内蒙古大青山以北的大地却已有冬意，四子王旗以北，二连浩特以南，是片少有的草原，尽管"风吹草低见牛羊"的景象已不在，但今年的草场仍因雨水丰沛而同样引人入胜。几天前下的一场大雪尚未退去银装痕迹。10 月 16 日，刚过 6 时，天已放亮，东方泛起暗红色，似乎太阳会一呼即出，草原一望无际，开阔平坦，微风吹着秋草，晨露挂在草尖，像是在期盼着阳光的到来，期盼着辉煌的到来。真是难得的天然着陆场。

十几辆地面特种车辆早于几小时前就在预落点附近待命。车上的短波搜索信标接收机早已打开，各种卫通设备与北京中心畅通无阻，刚才还繁忙的调度话音，现已鸦雀无声，每位工作人员都屏住呼吸，紧张地在等待着……其他一百多辆车辆整整齐齐排在特种车辆后面，同样在等待着。

五架直升机在返回舱出黑障前 15 分钟在预落点周围布开，超短波信标接收机全部打开，飞行试验人员都聚集在直升机窗口，紧紧盯住茫茫晨空……

"目视发现目标"，6 时 07 分，布在西北方向的一号直升机驾驶员袁水利目视发现一火球从西方地平线慢慢升起，此声音传往地面，传往北京。

"大庙发现目标"，位于大庙的测量设备捕获返回舱，测量数据源源不断地传往北京。

就在同时，一架布在预落点东北方向的直升机首先发现了 243MHz

信标信号，紧接着布在最东边的一架直升机也收到了信号，相继其他三架直升机也都锁定了目标。有了这个信号，就意味着有了搜索方向。

"归零飞行"，空中指挥长一声令下，五架直升机如同脱缰骏马，直接扑向一个共同的点，一个神秘的点，一个历史的点。

此时，飞在整个场区南侧的一架飞机也收到了243MHz信标信号。这架飞机就是运八-C，它也是来参加任务的，虽然正常时不用它，万一落偏了，它的作用可就大了。该飞机巡航高度8000米，巡航时速560公里，续航能力近12个小时，最大巡航距离6300公里。

地面搜索车辆旁许多人都站在草原上，翘首望向东方，刚才的火球被尽收眼底，但现在却消失得无影无踪，茫茫大地浑然一片，目标在哪？突然，6时11分，人们只听空中"嘭"的一声巨响，这种声音表明，返回舱伞舱盖弹开，开始朝外拉伞。

"有过载"，地面指挥车上，守候在通信设备旁的地面技术人员突然听到了一个声音，一个盼望已久的声音，这是从飞船返回舱传来的声音，这是航天员杨利伟的声音，这是中华民族英雄的声音。这三个字清楚地表明，主伞已成功打开。

伞绳上的短波天线开始向外辐射信号。此时返回舱已在6公里高度以下。

6时12分，布在西北角的直升机飞行员突然报告："243MHz信号不稳！"指挥人员听到后猛然紧张了起来，会不会有啥变故？就在此时，该飞行员又报告："收到243MHz信号了！"虚惊一场。

约5千米高度时，返回舱抛掉防热大底，底部露出4个缓冲发动机，着陆准备就绪……

6时14分，地面车辆对短波信标信号稳定定向并解调出位置信号。

6时16分，布在西南方向的直升机，看见一个黑色物体挂在一具伞下，缓缓下降，我蹲在领航员的身后，随着驾驶员的指向，发现并目睹了这历史性的时刻。几分钟后，其他几架直升机均相继目视到了乘伞下降的返回舱。几乎同时，地面搜索分队也目视到了主伞，下降速度缓慢，如同闲庭信步，自信中透着自若，空中、地面所有的摄像机都对准了这个天外游子。

天上的直升机在呼啸，地面的搜索车辆在驰骋，所有人员的心都提了起来。地面搜索车辆中的人感到车已是在草上飞跳。在地面指挥车上的孙福英透过车窗也目视到了大伞，低头再看车内三维态势显示系统，清楚地看到所有搜索设备不约而同奔向一个方向，那将是中国首位航天员的落点。

红、蓝、白三种颜色组成的大伞在随风移动，返回舱在下降，我坐在直升机上，飞在大伞斜上空，真实地感到，主伞比三个篮球场还大，使飞在其旁边的直升机显得小了一些。

返回舱在距地面不到两米高度时，底部安装的 γ 射线探测仪敏感到了地面，即刻发出指令，四台固体缓冲发动机在空中点火，舱底猛然喷出巨大红色火焰，扑向地面，在草原上冲出四个深约一尺的土坑，返回舱像踩着海绵一样平稳地垂直落地，灰色烟雾散向返回舱四周。返回舱原有的 8m/s 左右的速度立马降为 2m/s 左右，"缓冲"的含义十分明显。

就在着陆瞬间，杨利伟感觉有一个向右的侧向力，随后主伞沿着风向前移动，把返回舱再次提入空中，返回舱像是弹跳起来，在空中又位移了一段距离后，再次着陆。这次，杨利伟感觉冲击较大，嘴唇碰到了头盔下方的送话器，嘴角渗出了鲜血。此时，大伞继续拖着返回舱移向东方，杨利伟意识到返回舱已着陆，决然手动切断伞绳，返回舱在距第一落点东约 17 米处倒向北偏东方向，大伞顺风继续飘了近 90 米后落在了草原上，伞的散落方式像是松了一口气。

飞天英雄凯旋霞

飞在空中的我们看到伞绳断了，放心了，因只有航天员才能手动切断伞绳，说明他现在是安全的！

2003年10月16日6时23分，神舟五号载人飞船在内蒙古主着陆场成功着陆，航天英雄杨利伟自主出舱。图为搜索人员庆祝我国首次载人航天飞行圆满成功。

"我们的英雄太棒了！"敬佩之情油然而生，眼泪不听使唤地夺眶而出。

太阳出来了，整个东方通红一片，霞光照在大地上，照在返回舱上，返回舱的剪影长长地印刻在这片神奇的草原上，大伞在晨光中更觉鲜艳，完成任务的她透出一种自豪的神情。沿伞绳方向极目望去，那正是祖国的心脏——首都北京。

返回舱 6 时 23 分落地，一分钟后，指挥机也接近了地面，着陆场指挥长夏长法和空中指挥长肖连成不等悬梯放下即已跳下直升机，直奔返回舱。布在西南角的直升机于 6 时 24 分到达上空。

落地后，返回舱内航天员杨利伟束缚在座椅上，头部朝向地面，等搜索人员到达时，杨利伟早已自己解开束缚带，挪到两个伞舱中间。

舱门慢慢打开，地面人员看到了航天员。杨利伟精神出奇得好。医监医保人员发现他的嘴唇有点血，问咋回事，杨利伟说二次着陆时碰了一下，医监医保人员用棉球处理后，不一会儿就没事了！杨利伟开始自己移出舱外。记者询问他的感受时，杨利伟说："飞船运行正常，我为祖国骄傲。我感觉良好，感谢全国人民关怀。"

整个场面沸腾了，人们抑制不住自己激动的情绪，搜索人员情不自禁地欢呼，眼泪止不住地流淌。鲜花献给中国首位航天员，内蒙古少数民族代表手捧洁白哈达迎向中华民族的英雄，摄影师记录下了这难忘的

图为刘纪原在仔细察看返回舱。

场面。

刘纪原，一个航天老前辈，走到返回舱跟前，仔细地端详着这个实现中华民族千年飞天梦的载体，感慨万分。

"前方一号报告，落点在理论瞄准点东南方向。"

早在返回舱乘伞下降过程中，即6时19分，国际搜救卫星S6收到243MHz信标信号并解出GPS信息，与实际落点误差比较大。返回舱落地后，即7时12分，国际搜救卫星S7收到406MHz信标信号并解出GPS信息，与实际落点差距不大。

7时45分，杨利伟登上直升机，直奔毕克齐机场，转乘专机，直飞北京，9时50分，专机降落西郊机场。

当杨利伟回到航天城时，欢迎的人群一层接着一层，欢迎的声音一浪高过一浪，锣鼓震天，鞭炮齐鸣。

专车到达航天员公寓，杨利伟刚一下车，就被他的战友们团团围住，握手，拥抱，大家情不自禁，热泪无法控制。

一起摸爬滚打走过来的航天员们，把代表他们征服宇宙的航天英雄，高高抛向了空中！

防热大底在西偏北近六公里处找到，伞舱盖在相同方向近七公里处找到。

检查返回舱时，发现舱肩部有凹进现象，像个小坑，何因使然？

返回舱完成规定的处置后由铁路于17日运抵北京。

我国首次载人航天飞行的圆满成功，铸就了航天发展史上一座新的里程碑，标志着我国继俄罗斯、美国之后，成为世界上第三个独立自主完整掌握载人航天技术的国家。中共中央、国务院、中央军委贺电："这是中华民族在攀登世界科技高峰征程上完成的一个伟大壮举。全世界为之瞩目，全国各族人民为之自豪。"

2003 年 10 月 17 日，神舟五号飞船返回舱交接仪式在京举行。有关专家对返回舱进行了初步检查鉴定后称，着陆缓冲发动机在飞船着陆前工作正常，返回舱结构完好，烧蚀情况正常。图为本书作者和飞船返回试验队队员护送飞船返回舱返京途中合影（左起贾世锦、王玉、季学通、本书作者、闵志祥、葛玉君、郭宝江、孙洪谦、滕海山）。

感 言

本次载人航天飞行任务是 921 工程第五次飞行试验，对整个工程进行了全面、真实的考核。飞行试验表明，工程总体方案正确，各系统间协调、匹配；航天员生存和工作环境满足要求；任务的发射、运行、回收等全过程组织指挥关系正确、运行有效；飞行试验中运载火箭按预定程序将载人飞船准确送入轨道，船箭正常分离，飞船按预定程序完成在轨飞行，返回舱升力控制返回主着陆场，航天员安全出舱；飞行控制准确无误，搜救及时；经严格选拔、训练和筛选，杨利伟最终成为我国首位航天员，在整个过程中，杨利伟生理、心理状况良好，操作准确，表现得体，圆满地完成了任务。

在党中央、国务院和中央军委的正确领导下，各部门、各单位密切配合，全国人民大力支持，全体研制、生产和试验人员共同努力，我国首次载人航天飞行取得圆满成功，实现了载人航天飞行的历史性突破。这是十一年来载人航天工程所取得成果的集中体现，表明我国已成为世界上第三个能独立进行载人航天活动的国家，载人航天工程第一步目标已经实现。首次载人航天飞行在我国航天史上具有重要的意义，对我国综合国力提升产生了深远的影响。

载人航天工程第一步取得了一批重大成果：一是建成了配套的载人飞船工程研制、试验体系，为载人航天的可持续发展奠定了基础。二是实现了高起点、高效益、跨越式发展，从总体上体现了中国特色和技术进步，如飞船使用三舱结构，轨道舱留轨利用，不但可以进行空间观测和科学实验，也为载人航天第二步和第三步打下了基础；通过采取保证关键测控弧段高覆盖率，程控、遥控和手控三种控制方法匹配使用等多种技术，在保证安全、可靠的前提下，完成了世界上最低测控通信覆盖率（仅 15%）的载人航天飞行试验；上升段大气层外逃逸时，通过飞船机动飞行，缩短了海上救生区，减少了搜救力量；用拟人代谢装置考核载人环境，跨越了动物实验阶段，缩短了研制试验周期等。三是掌握了载人飞船工程的基本技术，如航天员选拔培训和医监医保及其评价技术、高可靠高安全的载人运载火箭技术、满足载人要求的载人飞船技术、载人航天发射技术、载人飞行测控通信以及飞行控制技术、正常及应急情况的航天员搜救技术、多种有效载荷及其支持平台技术等。四是完成了众多对地观测、空间科学及技术实验任务，获得了大量高水平的技术成果，如中分辨率成像光谱仪和多模态微波遥感器获取了大量地球资源空间遥感信息等。五是突破并掌握了载人航天领域的一大批关键技术，如：载人运载火箭和载人飞船的可靠性增长技术、逃逸与应急救生技术、环境控制与生命保障技术、舱内航天服技术、升力控制返回再入技术、航天员手动控制技术、新型测试发射技术、与国际接轨的 S 波段统一测控通信网技术、高海况返回舱搜索打捞技术等。

我国首次载人航天飞行的圆满成功，是继"两弹一星"工程之后的又一重大科技实践活动，是中国航天史上的又一个里程碑，标志着实施载人航天工程第二步任务——空间实验室工程的条件已经成熟，标志着中国人民在攀登世界科技高峰的新征程上迈出了具有重要历史意义的一步。

第 八 章

神舟六号：实现多人多天天地往返

2005年10月17日凌晨4时33分，神舟六号飞船返回舱缓缓降落在内蒙古四子王旗主着陆场。随着在太空飞行了115个小时的航天员费俊龙、聂海胜离开船舱，我国首次真正意义上有人参与的空间飞行试验取得圆满成功。图为出舱后的航天员费俊龙（左）、聂海胜（右）。

神舟六号　实现多人多天飞行（来源：央视网）

2005 年 10 月 12 日 9 时，长征二号 F 遥六运载火箭载着神舟六号飞船和两名航天员费俊龙、聂海胜，从酒泉卫星发射中心点火起飞，飞船准确入轨。本次任务上升段陆上应急救生区划分为四个责任区，相应设置东风、银川、榆林、邯郸等四个应急搜救点；上升段海上应急救生落区设置 A、B、C 三个区；共使用 10 个自主应急返回着陆区；启用位于酒泉卫星发射中心东南地区的副着陆场，作为主着陆场的气象备份。

飞船在轨运行五天，期间两名航天员脱掉舱内航天服进入轨道舱，完成了规定的操作任务。飞船应用载荷对地进行观测试验，船载海事卫星终端与地面进行话音和数据传输试验，进行航天员活动对整船姿态影响试验。

飞船在轨正常飞行 76 圈后，返回舱于 2005 年 10 月 17 日 4 时 33 分着陆于内蒙古四子王旗，两名航天员健康出舱。轨道舱继续留轨飞行，进行有效载荷试验。

"神舟六号"载人航天飞行是我国实施的第二次载人航天飞行任务。此次任务不是"神舟五号"的简单重复，其任务意义被赋予了崭新的内容，其技术状态也发生了许多变化。在"神舟五号"载人航天飞行成功的基础上，要将两名航天员顺利送入太空，在轨运行五天后安全返回地面，实现多人多天在轨飞行和航天员参与空间实验操作的目标，是真正有人参与的载人航天飞行任务。

神六原来是神五备份

神舟五号飞行任务取得圆满成功后，作为备份的神舟六号该如何发挥作用，工程总体研究决定增加一次飞行任务，做一次更大负荷的试验，实现多人多天多舱。载人航天工程第二次载人飞行（载人航天工程第六次飞行）的主要任务是将两名航天员安全送入太空，在轨运行五天完成预定任务后，安全返回地面，进行空间科学及技术实验，进行海事终端和导航兼容机搭载试验。

考虑到本次任务是多天飞行，工程总体决定启用位于酒泉卫星发射中心东南地区的副着陆场，作为主着陆场的气象备份。

返回瞄准点前移

2005 年 7 月 13 日神舟六号飞船空运进入发射场，8 月 9 日长征二号 F 遥六运载火箭专列进场。第二次载人飞行任务如期进入发射前的准备阶段。

就在飞船加注期间，载人航天工程办公室通知着陆场站，要对主着陆场进行实地勘察，看看着陆场地表设施有无变化。勘察时发现：在飞船预定着陆范围内西北部巴润绍附近新建有两幢二层楼房，在南北方向从江岸牧场、经巴润绍以东近 4 公里、大庙一直到四子王旗架设了一条 110kV 高压电传输线，全长 145 公里，纵穿主着陆场，电线杆高度 18 米，线高 15 米。

作为飞船主着陆场，按理说这片区域是不应该新增设施的。经了解，一栋是派出所建的，2003 年启用，还有一栋楼房是某单位建的二层宿舍楼，2004 年启用；高压线是为了当地经济发展由当地政府铺设的，2004 年建成。

事发突然，大家马上研究处置意见。有人提出去掉这些建筑，放倒高压线。最后我们研究决定采取技术措施解决该问题，将飞船返回主着陆场的理论瞄准点向东移 9 公里，以避开这些不利于着陆的区域。飞船系统收到通知后，马上计算新的瞄准点。

从上可以看出，在工程上解决一个问题，可能会有很多办法，不能说哪种办法绝对不行，但不同的办法对应的代价和影响差距很大，这就考验到航天人的智慧。

着陆场演练

10 月 2 日晚，我乘机飞往呼和浩特，3 日上午，乘车跨越大青山，10 时 30 分到达四子王旗。

据了解，巴润绍苏木有 2800 平方公里，常住居民 540 户，1600 多人，苏木驻地有 86 栋住房，160 多人；有一条从江岸牧场到四子王旗的 110kV 高压线。阿木古郎牧场集中居民区原先约 70 户（均平房），现在大部分住户已撤走，只剩下 10 户；有一个 20 米高的风力电站。着陆场站已接到将理论瞄准点东移的指示，现正按此做准备工作。

另外了解到，当地政府拟组织一支 150 人的应急搜救力量，其中在返回着陆区四周布设 3 个组，每组 20 人，在白云鄂博布设 40 人，在大庙布设 50 人，协助着陆场空地搜索主力搜索回收，以应对落偏了的情况。

10 月 3 日 23 时 30 分我们吃饭，4 日 1 时 30 分从四子王旗出发，经大庙，赶赴演练现场，参加凌晨 4 时 30 分开始的返回搜索演练。四架直升机布在瞄准点周围四个角，另两架直升机在大庙待命，听到命令后再运输医疗医护人员赶赴现场。演练相对顺利，但直升机在模拟返回舱降落现场全部降落花费了 36 分钟，时间有些长了。凌晨 5 时 50 分，两架医疗救护直升机送两名模拟航天员离开现场，一小时后到达毕克齐机场。演练结束。

10 月 4 日 8 时，我们乘车从现场回到四子王旗，5 日，我同任书伟等人飞回北京。

赴内蒙古执行回收任务

10 月 12 日 6 时 15 分，发射场，航天员费俊龙、聂海胜进入飞船返回舱。费俊龙，1965 年 5 月出生，特级飞行员。聂海胜，1964 年出生，一级飞行员。9 时，长征二号 F 遥六运载火箭点火起飞，喷出烈焰，拔地而起，发动机发出强有力的轰鸣声。起飞后约 588 秒，船箭分离，飞船准确入轨。酒泉卫星发射中心测试发射大厅、北京中心飞行控制大厅爆发出一片热烈的掌声，发射成功了！

10 月 12 日，发射日当天，上午 10 时 30 分，我从航天城出发，12 时 50 分乘机起飞，13 时 50 分到达呼和浩特，下机后，直接翻越大青山，赶赴四子王旗。

　　我到达时，着陆场站已将光学设备转至任务阵地，已协调对着陆场西侧巴润绍高压线在任务期间进行断电，已对着陆场东侧扩大进来的区域进行了空地勘察，均没发现问题。看来着陆场指挥部已把工作做得很细。

　　10月13日，着陆场进行夜间训练。18时30分地面分队从大庙出发，18时40分有四架直升机从大庙起飞，另两架在大庙待命。各试验队全部参试。通过演练，总的感觉效果尚可，但发现几个问题：一是夜间天气太冷，需要防寒服；二是直升机夜间降落慢，落地时灰尘大，看不清地面。

　　10月14日上午，着陆场指挥部开会，研究存在的问题。关于因气象原因提出的"3天返回"，北京那边已研究了，不再考虑；关于救护直升机到得太晚的问题，要与飞行驾驶员研究好起、降的次序；关于夜间视觉不好的问题，如果返回舱闪光灯不开，直升机在空中什么也看不见，即使组织得再好，夜间降落也很困难。

　　10月14日下午，我们在大庙与着陆场站气象台研究分析气象发展趋势。与此同时，飞船试验队技术负责人、飞船系统副总师潘腾在四子王旗住的宾馆房间里紧张地准备着回收工具。突然有个老头走了进来，着一身略旧的中山装，背略躬些，长长的、花白的眉毛被一副眼镜的上沿挡住了一部分，看去有些不凡之气场。潘腾抬头一看，"哇，这不是，这不是任老吗？"

　　"任老"是谁，"任老"说的是任新民，是我国"两弹一星"元勋之一、中国导弹与航天技术重要开拓者之一、"中国航天四老"之一（航天四老指任新民、屠守锷、黄纬禄、梁守槃）。他这么大年纪，怎么到这来了？原来他十分关心飞船返回的事，对着陆场很感兴趣，也想到着陆场来看望一下飞船试验队，给队员们打打气。潘腾既惊奇又高兴，马上给任老爷子汇报了一下飞船返回总体技术准备情况。任老听后很高兴，说："你们技术工作准备到这种程度，故障预案考虑得这么细，就让人放心了。"然后说："我想到着陆理论瞄准点去看看。"

这下可把陪同进屋的飞船系统研制总指挥金勇给难为住了，因为任老已90岁了，草原那么颠簸，他能承受得住吗？但看老爷子的神态，不容置疑，无奈只好叫司机备车出发。

汽车在草原上下起伏着，人在车里左右摇晃着。再看老爷子，他根本没有任何不适之感，相反却是兴奋异常，用潘腾的话讲——"骨骼硬朗，精神矍铄"。任老边看边激动地说："没想到这片草原这么平、这么开阔。"

晚上回到四子王旗宾馆，任老与试验队队员共进晚餐，因为高兴，还喝了一点酒。任老来看望试验队，大家深受鼓舞。

晚上，时任内蒙古自治区党委副书记杨利民、政府副主席郭子明等来四子王旗，与着陆场工作组、着陆场指挥部研究有关事项。

10月15日上午9时，在四子王旗召开主着陆场誓师大会。

开完会，中央电视台的人要采访我，地点选在神舟五号降落点。神五落点在一片长势良好的草原上，尽管草已变黄，但依然掩盖不了草场曾经的茂盛，现已被当地一老汉用铁丝网围起来加以保护，游客可以来此参观。落点位置立了一块碑，很是庄严，让人回忆起祖国实现飞天圆梦的伟大时刻。中央电视台的冀惠彦采访我时，风很大，呛得我嘴张不开，说不出话。亏得麦克风上装了防风罩，但仍然能够听到大风的肆虐。采访结束后，我发现耳朵里、脚底袜子里全是沙子，估计其他工作人员吃的沙子更多，因为他们跑前跑后更多，在这待的时间更长。记者张磊还让摄影师专门拍摄了工作照。视频传至北京，编辑后当天播放。原计划播5分钟，实际播了12分钟，听说都把其他

图为本书作者（左二）在神舟五号落点接受中央电视台记者冀惠彦（左一）的采访。

节目给挤掉了。总台打来电话，称效果很好。冀惠彦告诉我此消息时，明显很高兴。

到目前为止，主着陆场进行了四次综合演练，副着陆场进行了两次综合演练。气象预报结果是：17 日主着陆场地面风 4~6m/s，100 米高度 8~10m/s，高空风 34~40m/s，能见度大于 20 公里，满足返回条件。副着陆场情况也满足返回条件。测量船所处海域气象条件满足执行任务条件。

主着陆场原有六架直升机，突然听说又要再来两架直升机，是怎么回事？后来一打听才知道，原来是工程总指挥听说航天员从着陆场现场返回毕克齐机场是乘坐救护直升机，条件有限，为航天员着想，专门派了两架首长乘坐的直升机去接航天员。从中可见，首长对航天员是多么关怀。

从返回舱到轨道舱串门

神舟六号飞船与神舟五号飞船相比，技术状态有 70 项变化；飞行任务变化主要是由一名航天员变成两名航天员，由一天变成五天，航天活动空间由一个舱变成两个舱，即航天员可以开启舱门从返回舱到轨道舱串门了，工作安排也多了，需要参与有效载荷操作和海事终端试验。

海事终端试验要追溯到 2002 年，当时载人航天工程测控网覆盖率为百分之十几，为了更好地完成后续任务，特别是交会对接任务，需进一步提高测控覆盖率，要提前谋划，为此，载人航天工程办公室组织专家组对利用海事卫星移动通信卫星系统完成数据中继的方案进行了可行性论证，专家组认为技术上可行，在我国中继卫星系统建成之前，对载人交会对接和我国其他卫星的高覆盖率测控都具有重要意义，但尚有几个关键性问题需要协调落实解决，例如海事卫星系统内部运营机制等需获取国外海事卫星系统总部、海事终端生产厂家的支持。为此，载人航天工程办公室组成一个中国航天技术代表团赴英国、挪威、丹麦等国，对国际海事卫星组织总部、挪威 NERO 公司、丹麦 THRANE 公司进行了考察，工程副总师陈炳忠、工程总体局局长王忠贵和高工王朋、测控局副局长陶有勤、北京跟踪与通信技术研究所高工翟政安和沈达正、飞船系统研究员余孝昌等七人，专程到英国、丹麦等国进行调研并洽谈合作事宜，回国后相关单位研制出了海事终端并安装在飞船上进行试验。

飞船飞至第 5 天，绕地球飞行至 73 圈远望一号测量船上空，航天员完成返回准备，进入返回舱，关闭返回舱舱门，完成舱门检漏，穿好航天服，等待返回。

返回前一圈，轨道舱开始泄压。之所以此时泄压，主要是轨道舱和返回舱需要分离，如果轨道舱还保持着一个大气压，则两者分离时，轨道舱会朝外（外面是真空）喷气，两舱的姿态都会受到影响，这对即将到来的制动姿态建立带来较大影响，故一般都会先让轨道舱放气，飞船会在返回调姿前把放气带来的姿态影响修正回来，再实施调姿、轨道舱分离。

根据着陆场对风的预报值，北京中心考虑这次瞄准点需要向东移，又是西风，经综合计算，计算出风修正量，并将此值上注至飞船。

2005 年 10 月 17 日是农历九月十五，正是团圆的日子，今天的月亮格外圆。

凌晨的月亮高高地挂在南方，月光洒满了内蒙古中部的草原，满天的星星繁多得让人吃惊，明亮得让人神怡。四子王旗以北大庙西侧的沙尔木伦高勒（河）泛着银光，向西北方向延伸。站在大庙的山头上仍然可以望见两座庙宇，神圣，庄重。几十户房屋静静地排在那里，显然牧民们早已进入了梦乡。

皓月当空，轻风拂面，这里的黎明静悄悄。

严阵以待

这种宁静没有掩盖住与往日不同的景象，那就是大庙东北边山包上灯光一片，大大小小的天线忽隐忽现，大庙东南边一栋三层楼灯火通明，院外的南边有些地灯也是亮的，远远望去是六个环，这些灯光和谐地加入满天的繁星之中，似乎在向宇宙诉说着什么。不时地有流星划破长空，似乎在预演着什么。

的确，神舟六号飞船的搜索回收工作已经拉开了序幕。

图为参加神舟六号返回舱搜救的工作人员集合待命。

凌晨 1 时 35 分，全体回收参试人员在大庙综合楼前列队，进行战前动员，大院里整整齐齐地排满了各种搜索车辆，车顶上装着形状各异的天线，红色的警灯早已迫不及待地闪着。大院外六圈地灯中显现出六架直升机，静静地卧在那里，像鹰。

2 时 35 分，地面搜索分队已开到理论落点南偏东 20 公里处待命，车头对着返回舱将要着陆的方向。而在车队待命点以西偏南不远处早已布有光学测量设备，大口径光学和红外镜头对着西方，严阵以待。

3 时 30 分，大庙四架直升机发出轰鸣声，螺旋桨急速地旋转着，机顶和机腹闪着警示灯。不一会儿，四架直升机相继起飞，分别奔赴预报落点的四个角上，指挥机布在西北角，一架医疗救护机布在西南角，另一架医疗救护机布在东北角，通信中继机布在东南角，距理论落点均30 公里，盘旋着、等待着……

瞄准跑道

"第一次调姿",10 月 17 日凌晨 3 时 43 分,远在南非大西洋上的远望三号测量船报告。飞行在 340 多公里高度的神舟六号飞船开始动作。

"轨返分离",远望三号测量船又一次报告。轨道舱分离,从此成了一颗独立运行的卫星,继续在轨道上进行科学试验。传至北京的航天员话音也证实了这一点。

"第二次调姿",返回舱和推进舱做好了制动准备。

"制动点火",坐在舱内的航天员通报着发生的一切:"轨控发动机开机指令发出,飞船工作正常,身体感觉良好,完毕。"显然,制动造成的过载没有对航天员产生明显影响,而且航天员此时还得工作——监视飞船执行情况并报告。

所有上述动作均在远望三号测量船和纳米比亚站的视野内完成。随后两个船站又对制动后的轨道进行测量,数据表明,返回舱和推进舱组合体已按计划进入下降管道,对准的就是主着陆场。

纳米比亚站一直跟踪着。过了两分半钟,设在肯尼亚的马林迪站发现了目标,七分多钟的跟踪再次显示制动的正确性。

目标进入卡拉奇站的视线。

"报告北京,密封板分离,仪表显示,推返分离!"航天员的话音与下行的遥测数据是完全吻合的。这里的"推返"就是指推进舱和返回舱,如果推返未分离,航天员要在几秒内手动按键执行,故航天员在返回时根本闲不着。

卡拉奇站还没有跟踪结束,国内的和田站便已捕获目标。"游子"是在亲人的"目光"中回到祖国上空的。空中交接仪式是无声的,甚至航天员自己都不知道，但多少地面测控人员在密切关注着空中骄子！

注意，从和田收到的下行遥测数据中可以分析判断，返回舱内的温度不到 20 摄氏度。为什么要关注此数据？下面再说。

返回舱在降至一定高度时滑出和田站观测范围。返回舱在调整着自己的姿态，做好了配平再入大气层的准备。

升力控制

返回舱降至 86 公里时，航天员渐渐感到有过载。高度在降低，大气密度在增加，阻力在增强。大气的阻力在快速地降低着返回舱的下降速度。

返回舱的结构设计和质量布局做得特别巧妙：一是由于返回舱大底很沉，大底内侧底部还布有铅块（为配重而有针对性地粘贴），故整个返回舱的质心靠近大底，在有阻力时永远让大底朝向运动前方；二是结构形状可以充分利用大气的阻力，使其一部分变成了向上的升力，相当于托着返回舱下行。返回舱舱体两侧安装着小发动机，通过调整自身的姿态，可以巧妙地利用升力，使得升力作用有所改变，让返回舱可以一会儿滑向左边，一会儿又漂向右边，就像鹰的翅膀受到空气向上的托力一样在滑行、在飞翔，返回航程因此而变长，高度下降速度因此而减小，飞行反向加速度因此而变缓，阻力过载因此而变少，航天员的不适感因此而减轻，过载最大时只达到 3g 多。从天上朝下看，返回舱似乎像在大气层中"蛇行"。利用这种技术还可修正各种误差、调整落点，例如：发现预定落点在航线的左边，返回舱就可以调整姿态，多朝左边滑行，发现调节过头了，可以再朝右滑行，最终可将返回舱调整到真正想落的地方，使着陆点更加准确；如果发现轨迹下降速度快了，而预定落点还远着呢，返回舱就可以调整姿态从而多利用一些升力，使得返回舱飘得远点。可见这种方法真是一举多得。这种技术就是"升力控制"。

返回舱与大气的剧烈摩擦，在产生阻力的同时，也在急速地加热舱体，舱体表面温度会急剧上升，最高可达 1600℃；大底与大气摩擦更加猛烈，最高温度可达 2000℃，舱体和大底的防热材料在顽强地保护着返回舱，良好的防热涂层阻断了高温向舱内传递，使舱内温度控制在航天员可承受的范围内，故航天员没有太多不适。

与此同时，5 分钟前分离掉的推进舱也以相同的角度和速度进入大气层。由于它没有防热设计，在与大气层剧烈摩擦后，整个舱体便迅速燃烧起来，燃烧速度远远大于返回舱，不久便在燃烧中解体，解体后的大块像爆炸后的礼花，每一个礼花又继续爆炸，变成众多的明珠，远远望去，就像彗星的尾巴，扫过浩瀚的星空；又像天女在散花，将天穹之美献给征服宇宙的航天英雄。推进舱"燃烧自己，照亮别人"，照耀着不远处的返回舱，照亮了航天员回家的路。所有这些难得的天象，好似银河系在过年。

推进舱的这种壮举是感人的，设在发射场附近的光学测量设备全部记录下了所发生的一切。

返回舱飞越设在发射场附近的副着陆场，任务解除后的副着陆场搜救人员高兴地翘望着黑障中的返回舱，心情如同发射时的逃逸塔设计人员："只要不用我，就说明一切都正常着。"工程中这些"备而不用"的系统太多了。这些默默无闻的人们在"牺牲着自己，祝福着别人"。

主着陆场地面搜救车辆上的所有搜救人员早已走出车外，脚踏辽阔草原，头顶银河星空，眼睛紧紧盯住西方，观望着，期盼着。月亮已移至西南角，高高地挂着；流星不时地出现在西北角，人们不为之所动。

这些搜救人员很有经验，知道西方才是他们现在盼望的方向。

突然，有人指着天边在喊："看，那是什么？"但见西方地平线上众多繁星中猛地多出一个暗暗的亮点，看上去跟星星差不多，但唯一的区别是它在动，而且慢慢地在变亮，慢慢地在爬高，像地平线上升起的一颗钻石。低头看表，月光中显示的时间是 4 时 14 分。不一会儿，钻石开始变成红色，下方渐渐冒出一个小尾巴，而且尾巴越来越长。尾巴就是大气电离后形成的等离子鞘。观看的人群兴奋着，呼喊着。摄影师拍下了天外游子归来的情景。

设在白云鄂博的前置雷达站于 4 时 15 分捕获了黑障内的返回舱。

回归祖国大地

4 时 18 分，布在西南角的一号医疗救护机的 243MHz 信标接收机指针猛地动了一下，一会儿便指向了一个方向。

"收到 243 信标信号"。直升机的报告声传到地面回收指挥车。没几秒钟，其他三架直升机都相继收到信号，方向均指向一个点，而这个点让人感到惊奇，因为它就是理论瞄准点！

随即马上听到北京传来的落点预报。记录落点预报时同样惊讶不已，因这组数据似乎是"抄"的理论瞄准点。我的怀疑仍然存在，因为这么准的还没见过，当时的确有点不信。

"发现目标"，声音从设在大庙的测量站传向北京，4 时 17 分，USB 测量设备稳稳地捕获住了三十几公里高度处的返回舱，此时的返回舱速度不到 2km/s。从 20 公里高度下降至 10 公里高度，返回舱的速度已降至 200m/s 左右。而这些过程全都在大庙 USB 测量设备的眼皮底下发生着。

技术人员马上观看 USB 接收到的遥测数据，一看返回舱内三处的温度大都在二十几摄氏度，温度都正常，说明航天员能够承受。前面提到我们特别关心此数据，是因为返回舱经过大气层的剧烈摩擦，舱外温度会骤升，如果隔热不好，会影响到舱内，那就会影响到航天员的生命安全。现在此值从十几摄氏度升高至二十几摄氏度，看来没有问题。将来可以事先再把舱温调低点，可能会更好。

返回舱气压高度计敏感到高度下降至海拔 10 公里时，发出弹伞舱盖指令。

"砰"的一声巨响，主伞伞舱盖从返回舱舱臂膀处向斜上方猛然弹了出去，并将一个引导伞拉了出来，这是一个四平方米多的大引导伞，紧接着将第二具引导伞拉了出来，这是一个不到一平方米的小引导伞。

"伞舱盖打开，拉引导伞。"这些语言可不是看飞船下行遥测的人发出的，而是在沃力格图使用主着陆场光学红外测量望远镜的技术人员看到图像后说的。

两具引导伞的目的是将减速伞伞包拉出，伞包带着减速伞。从弹伞舱盖到拉出减速伞，所有这些动作在不到半分钟内完成。减速伞呈收口状，先充满部分空气，目的是在高速气流作用下不会因受力太猛而损坏伞布。减速伞在近十秒钟后解除收口状，风挤进去而把伞衣完全张满，二十几平方米的减速伞在降低着返回舱下降的速度。下降一段时间后，返回舱高度降至 8 公里，速度也降至 90m/s 左右。

现在该是主角出场了。减速伞完成任务后，又使劲从主伞舱内拉出了主伞包、牵顶伞和主伞。牵顶伞是在主伞顶部固连的一具小面积伞，目的是改善主伞伞绳拉直性能，以避免伞衣顶部出现"甩打"现象。

"主伞打开。"光学红外测量设备屏幕上的减速伞渐渐消失，主伞从伞舱出来，开始是瘦瘦的，处于收口状，即一条细绳束缚住主伞周围，不让伞完全张开，如果刚开始就完全张开，巨大的风力会将伞衣撕破。空气在渐渐将伞充满，伞在渐渐张开，近十秒后，等主伞"装满"了空气后，收口绳自动切断，刚才还在受委屈的大伞，这时终于伸展开了自己的身躯，失去约束的大伞缓缓打开，红白相间的伞衣骤然呈现，瞬间罩住了1200平方米的天空。彩色大伞兜着巨大的气流，猛然产生的气流带来很大过载，这种过载，通过伞下长长的伞绳，迫使几吨重、近三米高的返回舱迅速减小下降速度。

返回舱下降至5公里高度时，又听一声巨响，返回舱底部的大底分离，在黑障内与大气层摩擦最剧烈、防热贡献最大的大底，像瓢一样，斜着飘了出去。大底是比较危险的东西，因为它飞行下降的轨迹比较随机，故在抛大底之前，我们都告诉直升机驾驶员离它远远的，一旦大底抛掉，你便可放心向返回舱靠拢飞行。这么一说，的确，驾驶员都警惕了，但带来的问题是，警惕过度了，以至于设置的躲避距离太大，不便于及时赶到现场。

隔了一段时间，附在主伞吊带上的短波天线开始工作，又一种无线电信号向空中辐射着。

"收到短波信标信号。"4时24分，地面搜索车辆几乎同时收到短波接收机"嘀嘀嘀……"的信号声，说明返回舱短波信标机已正常工作，为地面搜索车辆指明了方向。

与此同时，主伞吊带与返回舱的连接处由单点吊挂变成双点吊挂，返回舱由斜着吊挂变成垂直吊挂。

抛大底20秒左右后，航天员座椅开始提升，航天员双腿收紧，做好了着陆准备。座椅提升的目的是让航天员乘坐的地方在返回舱轴向方向朝舱门提高一点，这样在返回舱触地之时，有更多的缓冲距离。

此时返回舱的下降速度已基本稳定在 10m/s 以内。

"回收四号报告，光测跟踪正常。"光学测量设备的显示屏上伞绳都清晰可见。

返回舱剩余推进剂开始排放。

离地十米处，舱内指示灯亮了，提醒着航天员即将着陆。

接近地面时，四个缓冲发动机同时点火，返回舱缓缓地、稳稳地坐在了这片神奇的草原上。

就在返回舱落地的同时，刚才提到的提升航天员座椅，其真正的目的在于进一步缓冲。座椅下方有一个缓冲杆，杆下面有八个带孔的铝制胀环，此时缓冲杆顺势一个一个地把胀环冲破，航天员及其座椅的动能因此而被吸收掉，使得航天员着陆安全系数增大。即使缓冲发动机不工作，返回舱落地缓冲也有后手保障。从中可见，航天员的安全保障是层层设计、处处落实。

光学测量设备屏上刚才还缓缓下降的大伞，突然像是失去了牵动力，在空中左右摇晃了几下，像在招手，又像在说再见。这些动作都是在它完成历史使命之后才做的，一点儿也没有骄傲的成分。

刚表扬完大伞，但风却没有停止运动，在大伞缓缓下降时，风又把大伞吹了起来，大伞拽动了返回舱，使得返回舱转动起来，在地面拖拽摩擦中升空，在空中翻了一个跟头，再次落地时，又再次与地面摩擦，但最终却奇迹般地垂直竖立在草原上。恰在此时，航天员根据仪表"着陆"通报，确认安全着陆后，手控发脱主伞指令。伞绳被切断，大伞随风飘走。

"返回舱着陆。"4 时 30 分 36 秒，一个镇定但有力的声音通过调度传向了北京："根据光学测量，返回舱已着陆。"

飞船从轨返分离到返回舱安然着陆，从南半球到北半球，终于在祖国大地上画下了一个圆满的句号。

返回舱抛天线盖，自动弹出超短波天线，展开短波天线，406MHz 国际救援示位标开机。

此时四架直升机在呼啸着向落点飞行。

"主伞已脱落，身体良好。"4 时 37 分，从直升机 243MHz 信标接收机里收到了返回舱内航天员费俊龙的声音。如果刚才亲眼看到返回舱着陆，你心里还不踏实的话，当听到航天员这样的表述，再担心的确就多余了。

"目视返回舱闪光灯信号。"4 时 40 分，布在东南角的通信中继直升机首先目视返回舱在漆黑的草原上发出的闪烁灯光，其他直升机也相继看见闪烁的光线。

2005 年 10 月 17 日，神舟六号载人飞船完成中国真正意义上有人参与的空间科学实验后，在四子王旗顺利着陆。图为本书作者在神舟六号返回舱返回现场。

"报告实际落点。" 4 时 43 分，直升机飞至目标上空，先通报了直升机大概的位置。我记下了这组不同寻常的数据。此时已不容我再怀疑了，因态势显示屏上四架直升机空中盘旋的航迹就在返回前事先注入的落点位置上空。太准了。实际着陆点距离瞄准的理论着陆点很近。

神舟五号飞船返回舱落点偏差有些大，工程总体要求飞船系统考虑缩小误差范围，其中提到能否进行风修正。飞船控制分系统在任务前临危受命，加班加点把方案设计出来并加以实施，神舟六号飞船首次采用了"风修正技术"，这次完美的着陆，验证了方案的可行性，展示了我国载人航天工程的技术底蕴。

"神舟六号报告，飞船正常着陆，身体良好。"二号医疗救护机再次收到航天员的声音。真亲切。

4 时 45 分，第一架直升机借助红外助降系统和着陆探照灯顺利降落现场。

"返回舱呈直立状态。" 4 时 47 分，跳下直升机跑至现场的搜救人员看到了返回舱。直立是最好的状态，落地后航天员感觉最舒服，接触安全带最容易。怎么这么完美？

再仔细观察，发现通气阀盖正常弹出，弹簧落在舱体边上；主伞舱防水气囊正常充气；侧壁和大底的天线正常展开，但大底天线被舱体压住未完全伸展，有些受委屈；闪光灯工作正常。又是一组完美表现。

4 时 48 分，两架直升机从大庙起飞，飞赴现场。

4 时 52 分，两架直升机呼啸着从地面车辆的头顶上飞过。

4 时 55 分，直升机开始在现场降落。

4 时 56 分，地面车辆开始搜索前进。

5 时 01 分，在四子王旗的两架运输航天员的直升机专机起飞后飞向现场。

日月同辉迎骄子

5 时 07 分，打开舱门。地面人员在检查完舱体外观及燃料泄漏情况后搭起工作平台，准备迎接航天员。

5 时 16 分，地面车辆在"飞"。

5 时 33 分，从大庙飞来的两架直升机到达现场上空，看见了返回舱，看见了已降落的直升机。再朝南远处望去，地面车辆像一条长龙，打着灯光，在夜幕中左右穿行，延绵几公里，有 100 多辆，场面甚是壮观。

"航天员准备出舱。"5 时 37 分，声音传向北京，人们已按捺不住激动的心情。

"出来了，看，航天员出来了！"5 时 39 分，记者们的镜头齐刷刷地对准了直立着的神舟六号返回舱，对准了已打开的舱门，对准着站立出来的航天员，对准着回归祖国的骄子——费俊龙、聂海胜。

镁光灯齐闪，欢呼声齐喊，掌声齐鸣。

此时，有多少中华儿女昂起了头；此刻，又有多少华夏子孙掉下了眼泪。

激动吧，欢呼吧，所有的一切都是应该的。

今天的月亮大大的、红红的，此时正降至西方天际，被彩云包围着，真像初升的太阳；此刻，真正的太阳已从东方冉冉升起，更大，更红。

日月同辉，然也。

日光和月光同时照耀着傲立着的神舟六号返回舱，照耀着刚刚起飞的、载着两名英雄航天员的直升机，照耀着仍在忙碌着的航天人，照耀着正在腾飞的祖国大地。

费俊龙乘坐一架超美洲豹直升机，聂海胜乘坐另一架超美洲豹直升机。两架直升机起飞。

我们现场的部分人员赶快跑向其他两架直升机，两架直升机起飞，7时14分到达毕克齐机场。

7时30分，费俊龙、聂海胜乘坐的两架超美洲豹直升机到达毕克齐机场。

他们的直升机先起飞的，我们的直升机后起飞的，怎么他们的晚到？原来是在飞行的路上，他们飞得稳，让航天员舒服些，同时让我们的直升机飞快点，先到，可以做好迎接工作。

航天员和我们一起登上航天员专机，8时45分起飞，直飞北京。

图为本书作者与神舟六号航天员费俊龙（右）、聂海胜（中）合影。

飞行途中，两位航天员精神很好，我们一起照相。

我在现场曾跑去观察返回舱舱体情况，发现舱体Ⅲ象限备份伞舱下方有一处下凹变形，回北京后提醒飞船研制人员注意此事。

张柏楠总师对此事十分重视，在跟我谈起凹坑时说："凹坑的事搞清楚了，神舟六号着陆时，返回舱是直立的，但舱体的确有个凹坑，返回舱运回到北京后，我特意请摄影师对撞击印记进行了拍摄，包括备份伞舱下方凹坑、大底端框擦痕、侧壁防热材料脱落情况、前段框痕迹等，找到了证据，证明是返回舱着陆翻滚时撞的，是翻了一个跟头后才直立的，另外，返回舱被主伞拖拽时由于重心原因基本上是主伞舱在上，这样另一面舱体也会与地面磕碰。"

飞行试验，就是一直在寻找问题、发现问题、解决问题、完善设计，让飞行器越来越可靠，让航天员越来越安全。

感 言

在我国首次载人航天飞行两年后，我国神舟六号载人航天飞行任务又取得圆满成功，我们再次向全世界展示了中华民族在征服和探索太空事业中的雄心壮志和聪明才智，也雄辩地昭示了我国在载人航天领域的技术能力已达到世界领先水平，又一次向全世界展示了我国改革开放以来建设发展伟大成就和高科技水平的重大科技实践活动。

本次飞行任务不是神舟五号飞行任务的简单重复，实现了真正有人参与的空间飞行，即第一次进行了有人参与的空间科学和技术试验，第一次对飞船载人环境进行了较长时间和较大负荷的考核，第一次获得了航天员在轨较长时间工作和生活的医学和工程数据，使我们初步掌握了多人多天在轨飞行技术，对工程各系统进行了一次全面的检验和考核，同时我们下大力气解决了很多以往任务存在的问题，地面做了大量充分的试验，例如减轻了火箭上升段的低频振动问题，积累了宝贵的经验。

我国载人航天工程第二次太空飞行取得圆满成功，标志着我国已顺利完成载人航天第一步任务，为工程第二步开局以及后续任务奠定了坚实的基础，是一次具有里程碑意义的重要胜利。

第 九 章

神舟七号：突破出舱活动技术

2008年9月28日，神舟七号飞船返回舱安全降落在内蒙古四子王旗的草原上。图为凯旋后的航天员翟志刚（中）、刘伯明（右）、景海鹏（左）披哈达、手持鲜花向祖国人民报到。

神舟七号：让国旗在太空高高飘扬（来源：央视网）

此次任务是我国首次执行航天员空间出舱活动，实现三人多天在轨飞行，面向全世界进行电视直播，举世瞩目。为提高系统的可靠性和安全性，工程各系统进行了大量技术状态更改，其中飞船系统技术状态更改两百多项，火箭系统技术状态更改近四十项。

着陆场系统搜救模式由"空中搜救为主，地面搜救为辅"调整为"空中搜救航天员，地面处置返回舱"，上升段应急搜救责任区由四个调整为三个，取消了银川、榆林待命点，邯郸待命点调整到聊城，海上三个应急溅落区、运行段全部应急救生区、主着陆场、副着陆场均参加任务。

2008年9月25日21时10分，长征二号F遥七运载火箭载着神舟七号飞船和3名航天员从酒泉卫星发射中心点火起飞，船箭分离，飞船准确入轨。27日16时34分至17时，航天员翟志刚、刘伯明分别穿着中国研制的"飞天"舱外航天服和从俄罗斯引进的"海鹰"舱外航天服，成功实施了空间出舱活动。在轨飞行期间，开展了卫星伴飞、卫星数据中继、固体润滑材料和太阳电池基底薄膜材料外太空暴露等试验。在绕地球45圈后，神舟七号飞船返回舱于9月28日17时37分着陆于内蒙古四子王旗主着陆场，航天员安全返回。成功地实现了"准确入轨、正常运行，出舱活动圆满、安全健康返回"的任务目标。

"神舟七号"载人航天飞行任务，是举国关注、举世瞩目的科研试验任务，它的实施，拉开了我国载人航天事业"三步走"发展战略第二步任务的壮丽序幕。广大参试人员克服任务技术状态新、实施难度大、人员调整广、组织实施难等不利因素，以昂扬的斗志、顽强的毅力、严谨的作风，确保了整个任务的顺利实施。

二步开局拟漫步

2005 年 2 月，工程启动载人航天工程第二步第一阶段任务。主要目标：一是突破航天员出舱活动技术，二是突破和掌握航天器交会对接技术，三是开展空间应用、空间科学与技术试验，四是为工程进一步的发展创造基本条件。为此，工程将实施一次航天员出舱活动，三次交会对接试验。

神舟七号任务是中国载人航天工程进入二步一阶段的开局之战。神舟七号的主要任务是进行太空出舱活动，目的是掌握太空出舱技术，为未来空间站组装、在轨航天器维修等奠定基础，这是各个航天大国深入发展载人航天事业必走的一步，也是一个国家航天事业发展水平的重要标志之一。

从 2005 年 10 月 17 日神舟六号航天员返回地面以来，已经过去了近三年，其间中国进行了首次绕月飞行，但始终未见载人航天的消息，国人在等待着。

其实，早在 2008 年 7 月 4 日工程就已悄然拉开了帷幕，即召开奥运会之前，主份航天服就已进入发射场（简称"进场"），开展初步测试工作；7 月 10 日，神舟七号飞船运至酒泉发射场；8 月 4 日，长征二号 F 遥七运载火箭也运到了发射场；8 月 15 日，逃逸塔进场，各项准备工作悄悄地在进行着。8月8日20时，当全国人民的目光全部聚焦在北京奥运会开幕式时，发射场已经是一片忙碌的景象了。

针对飞船正常或应急返回的各种情况，神舟七号任务共设置一个主着陆场、一个副着陆场、三个上升段陆上应急救生区、三个海上溅落区、一个第2圈应急返回区和十个运行段国内外应急着陆区。搜索救援力量约2500人，共出动24架飞机（含直升机20架）、4艘救捞船、近百辆各种搜救和运输车辆。

2008年奥运会刚过，国庆节来临之际，老百姓的视线马上转移到一个新的焦点：神舟七号任务发射。

执行任务的航天员是翟志刚、刘伯明、景海鹏。

测控网准备如何保障出舱活动？

飞船在天上飞，但怎么飞、朝哪飞，干什么活、怎么干，航天员出舱如何保障其安全，出了问题如何处置，都得由地面专家来控制。

原来中国只有地面测控网（包括国内陆地站、活动站、国外测控站、海上测量船等），控制的手段就是测控设备，它可以将天线脑袋对准天上飞行的航天器，通过发射无线电载波，将控制指令、控制参数、地面图像话音等调制到载波上发送到飞船，飞船解码后便指挥平台和载荷开展工作，指示航天员进行相关操作。飞船将各种遥测信息（如设备状态、环境温度、电流电压等）、环境观测数据、科学实验数据、图像话音等，通过下行链路传至地面测控站，然后转至北京中心。飞船就像飞翔在太空中的一只风筝，而地面测控站就像放风筝的人，无线电链路则像一根无形的风筝线。

这次出舱活动是我国首次，出舱时间长，不确定因素多，实时性要

图为工程总体人员研究神舟七号出舱活动任务的测控支持问题（左一本书作者、左二宿双宁、中间周雁飞、右二王忠贵、右一张丽艳）。

求高，连续测控弧段也要求长，这对测控通信系统提出了挑战。

中国载人航天的这些测控需求以及其他卫星新出现的测控需求实际上早就纳入国家航天统一规划中，中国的测控网早已为此开始了布局，一种崭新的测控形式出现在中国航天测控方案中，那就是数据中继卫星系统。数据中继卫星系统由数据中继卫星、地面站、中继卫星控管中心组成。

数据中继卫星相当于将地面测控站搬到了 36000 公里高度的太空（地球同步轨道），由于站得高，可以看得远，从这个高度看围绕着地球飞行的低轨航天器，它的测控弧段会很长，观测的圈次会很多。一颗中继卫星可以覆盖低轨卫星约 50％的轨道，两颗中继卫星可以覆盖低轨卫星约 85％的轨道，三颗中继卫星可以覆盖低轨卫星近 100％的轨道，而地面十几个测控站总的覆盖率才百分之十几，可见中继星的测控通信效率是很高的。它居高临下，将天线脑袋对准眼皮底下的航天器，随着航天器的飞行而移动自己的脑袋，将航天器的数据收集后转发至地面站，地面站经中继卫星控管中心再传给北京中心；而北京中心的控制指令经中继卫星控管中心、地面站先发至中继星，然后再转发至航天器，这种智能转发实现了实时高效的测控通信。有时为了特殊需要，中继卫星也可以是非地球同步轨道，例如高倾角大椭圆轨道。

如果说地面测控站构成的是地基测控网、海上测量船构成的是海基测控网，那么中继卫星构成的就是天基测控网。数据中继卫星系统是 20 世纪 80 年代出现的航天测控技术重大突破，是一种革命，不仅解决了高覆盖率问题，还解决了测轨定位、高传输速率和多目标同时测控等问题，不仅可以为中低轨卫星服务，也可以为火箭发射、大气层内飞机、无人机、汽车、海上船只等服务，具有很高的实用价值和经济价值。

1982 年 5 月，苏联发射首颗中继卫星，之后陆续建成了自己的中继卫星系统基本体系，包括军用"急流"和民用"射线"两大系统，其中民用"射线"中继卫星系统由三颗地球同步轨道卫星组成，主要为联盟号飞船、卫星等用户提供数据中继服务。1983 年 4 月，美国发射了第一颗中继卫星，从此进入天基测控时代，后来陆续发射了几十颗中继卫星，建成了完善的军民中继卫星系统，其中民用的跟踪与数据中继卫星系统(Tracking and Data Relay Satellite System，TDRSS) 已发展了几代，同时在轨运行的有 6~8 颗，实现了全球覆盖，为航天飞机、国际空间站、哈勃太空望远镜和地球观测卫星提供测控和数传服务，第三代中继卫星返向传输速率已达 800Mb/s。

2003 年 1 月，中国第一代数据中继卫星立项开始研制，载人航天工程办公室为用户总代表，而我恰好负责并参与此项工作。2008 年 4

月 25 日，我国首颗数据中继卫星天链一号 1 星成功发射，从此中国开始建立自己的数据中继卫星系统，填补了我国卫星领域的一项空白。它的出现，为中国的航天测控提供了一种高覆盖率的测控手段，而中国即将到来的出舱活动恰好需要这种能力。如果说以前中国航天测控是一根风筝线，自从有了中继卫星，放风筝的线就变成了两根，一根是传统的地面上的线，另一根是新的、从天上垂摆下来的线，两根线控制一个风筝，增加了测控覆盖率，增加了信息量，增加了可靠性。

在神舟六号飞船上试验成功利用海事终端进行数据中继，本次任务在出舱活动前后，也安排进行了海事终端在轨测试和"天链"卫星船载终端数据中继试验，但正是因为中国有了自己的数据中继卫星系统，海事终端已不再作为重点。中国的航天发展速度开始快了起来。

着陆场勘察与演练

鉴于神舟六号任务主着陆场出现过一些不安全的地表建筑，为了慎重起见，载人航天工程办公室决定到现场看看是否存在不安全因素。

2008 年 9 月 9 日，工程总师周建平、副总师王忠贵和我参加勘察工作，乘直升机察看了主着陆场不安全的几个点，包括阿木古郎的测风塔、南区和北区之间的几条沟壑。

9 月 16 日，我随机关工作组再次前往主着陆场。上午 10 时 50 分从首都机场起飞，一小时后抵达呼和浩特，下午参加主着陆场指挥部会议。会上提到：一是前期演练中共出现了 30 个问题，现大部分已解决；二是各试验队都已到位，飞船试验队已对 4 级以上风的情况及未脱伞的故障提出了应对预案；三是当地组织了 12 支应急搜救分队协助搜寻；四是航天员如果受伤需要紧急医疗救治，需要将航天员用直升机运至位于呼和浩特的 253 医院，原定降落点放在医院内空旷的一块场地，但实地考察后发现附近有电线，后改选为附近的赛马场。我在会上提醒相关试验队："一是针对 406MHz 解码问题、光学观测设备捕获问题，相关单位需要研究解决；二是地面车辆布在返回舱散布范围以外以保证安全；三是返回舱外观检查时要认真。"

六架直升机（其中四架是新引进的）前来主着陆场执行任务，已飞行 319 架次，169 次起落，为直升机增加了探照大灯，效果很好。针对空中搜救，本次任务有三个特点：一是新，新增加了空中指挥平台；二是重，增加了上升段第二责任区的应急搜救任务；三是难，航天员夜间着陆后送，要在城市中间降落。

上面说的"重"，是指上升段应急搜救责任区由四个调整为三个，

图为本书作者（右）和直升机飞行团副团长袁水利（左）在着陆现场。

取消了银川、榆林待命点，将对应的应急搜救任务交给了主着陆场空中搜救队，这就在主任务基础上增加了工作量，自然任务就重了。并且飞行员吃住都很困难，吃饭有时只是就着辣椒吃。从中可以看出，飞行员外出执行任务十分辛苦。

9月17日8时30分，机关工作组赶赴四子王旗，慰问各试验队，14时30分，到大庙阵地视察，16时30分，到神舟五号落点，然后直奔演练现场，参加第三次着陆场综合演练。六架直升机很快找到目标，现场处置。晚上返回呼和浩特，次日返京。

发射前的保驾

出舱行走，航天员的安全是第一位的，如何保证航天员顺利上天、安全出舱、成功返回是任务成功的关键，同时应急救生、应急返回和备份返回也是飞行任务中必须考虑的工作，应急救援系统当仁不让地承担了神舟七号守护神的任务。

发射前三小时，航天员登上脐带塔九层工作平台，在轨道舱入口处准备进舱。

待发段航天员的应急救生有两种模式，一种是紧急撤离，另一种是启动逃逸塔实现航天员的逃逸救生。

此时测发楼的指挥人员时刻监视着整个箭体的一举一动，如果发生意外，立刻通知航天员进行紧急撤离。在脐带塔同一层的另一侧早已备好了紧急撤离滑道和防爆电梯，一旦出现灾难性故障，例如火箭燃料突然出现大量泄漏而引起着火、爆炸等，火工品误启动或误爆炸，发射平台出现火灾等，即使此时航天员已通过整流罩和轨道舱进入返回舱，只要来得及，航天员会尽量快速爬出飞船，选择紧急撤离滑道或防爆电梯，在最短的时间内快速转移至地下 5 米深的航天员安全掩蔽室。

发射前两小时，航天员通过轨道舱进入返回舱，飞船关闭轨道舱舱门。

发射前一小时，关闭火箭整流罩所有舱门。

发射前 40 分钟到 30 分钟，撤收所有工作平台和封闭间，紧急撤收通道离开箭体，此时段如果出现危及航天员生命安全的情况，则由专家组提出是否实施紧急撤离或逃逸的意见。如果仍选择紧急撤离，则首先需要合拢刚刚撤收的工作平台。

发射前 30 分钟，发射场发允许逃逸信号，船箭进入逃逸值班状态，此后再出现紧急情况，则优先考虑逃逸。飞船处于第一种救生模式，即低空回收着陆程序。空军和民航在上升段陆上应急着陆区和海上 A 区开始净空，不再允许任何飞机进入火箭航区。

发射前 5 分钟，船箭各自发"允许逃逸信号"，相当于把逃逸塔的保险盖打开了，此后，如果发生箭体倾倒、紧急关机后控制系统断电失败等情况，地面和火箭发逃逸命令，火箭顶部的逃逸塔将在瞬间拔地而起。火箭故障的统计和分析表明，在上升段发生故障概率最高和最严重的是火箭在发射台附近，而故障发生时环境条件最恶劣的区段是跨音速和最大动压区，最危险的故障是火箭发生爆炸。逃逸塔的任务是在火箭从即将发射开始到飞行高度 40 公里之前，火箭出现特殊应急情况下，将飞船轨道舱和返回舱连同整流罩上半部分快速带离危险的火箭，抢救航天员。如在发射前逃逸，逃逸塔先爬高 1300 米以上，同时水平方向偏离火箭 400 米以外，然后像下蛋一样将返回舱从整流罩中抛出，返回舱打开伞系统，降落地面。

整个待发段的工作在有条不紊地进行着，航天员已在箭体顶部的飞船返回舱内静静地等待着，待发段所有的应急救生准备工作悄悄地划了过去，但紧张还在后面……

发射段的护航

"10、9、8……3、2、1，点火！"

2008 年 9 月 25 日 21 时 10 分 05 秒，发射场指挥员一声令下，长征二号 F 遥七运载火箭底部猛然喷出八根火柱，四台助推发动机和芯一级四台发动机几乎同时点火，伴随着震耳欲聋的轰鸣声，强大的推力托举着火箭缓缓上升，熊熊火焰冲向发射架下"人"字形双面导流槽两侧，近二十米直径的火焰入口处，一圈数不清的消防喷头早在点火前几秒就开始朝着火焰入口中心喷着密密水幕，深深的槽体中已蓄好的水连同刚喷出的水顿时化为彩色气团，随着强大的火焰气流，翻滚着冲出发射台两侧，与庞大的箭体组成一幅壮丽的画面。神舟七号飞船承载翟志刚、刘伯明、景海鹏三名航天员，被火箭稳稳地举了起来。发射场指挥控制大厅顿时掌声一片。

掌声说明目前是成功的，但工程设计人员考虑较多的却是万一火箭和飞船出现故障时该如何处理，地面该如何应急搜救。火箭从起飞到入轨，每一个时刻都要考虑应急救生，飞船返回舱可能应急落在陆地上，也可能应急溅落海上，对应的应急救生方案都不一样。我们相信自己研制的航天器可靠性已达到一定的程度，也知道应急确属小概率事件，但为了航天员的安全，为了对事关人命的载人航天任务负责，工程中各个系统必须以较小的代价具备最基本的应急救生能力，工程设计人员在每个飞行阶段均做着各种努力。

陆上救生

从发射场到海边，火箭陆上航程共 1860 公里，从神舟七号任务开始，将陆上应急救生分成三个责任区：第一救生责任区长 500 公里，从发射场开始，沿途有戈壁滩、干枯的古日乃湖、浩瀚的巴丹吉林沙漠、吉兰泰盐地，一直邻近贺兰山和黄河，抛逃逸塔、助推器分离前后出现应急时飞船返回舱都落在该区，搜救任务仍由布在东风副着陆场的直升机承担；第二救生责任区长 630 公里，从贺兰山开始，跨越黄河，沿途有毛乌素沙漠、黄土高原和吕梁山山脉，火箭一二级分离、整流罩分离前后出现应急时飞船返回舱都落在该区，搜救任务改由主着陆场直升机承担，代替原银川、榆林两个救生点的搜救力量，这样就省掉了两个救生点的直升机，节省了大量的人力物力；第三救生责任区长 730 公里，从榆次开始，经过太行山、吕梁山外、黄淮平原等，一直到连云港，人口密集，搜救任务由布在聊城的直升机承担，代替了原邯郸救生点的搜救力量。

发射点火起，飞船依然延续发射前 30 分钟起的状态，处于第一种救生模式，即低空回收着陆程序。

46 秒，飞船转入第二种应急救生模式，即中空回收着陆程序。

70 秒前后，火箭经历着最大动压，这是风险较大的飞行阶段，也是火箭设计专家最担心的环节之一，一旦跨过这个阶段，大家会放心一些。

75 秒，飞船转入第三种应急救生模式，即正常回收着陆程序。

120 秒，火箭飞行到近 40 公里高度时，逃逸塔完成了自己的使命，逃逸塔分离，逃逸塔分离发动机点火后，侧面的固体发动机点火，使逃逸塔偏离火箭上升通道，坠落在距发射场 180 公里处巴丹吉林沙漠深处。抛掉逃逸塔，火箭可以轻装前行，同时飞船转入第四种应急救生模式，此后如发生应急情况，将使用整流罩上安装的小逃逸发动机进行救生。

就在火箭飞行的这个时段，长征二号 F 遥五运载火箭曾经出现过"低频振动"现象，杨利伟讲，有一段时间他感到特别难受，感觉心都要跳了出来。针对此问题，神舟六号任务对长征二号 F 遥六运载火箭进行了改进，但效果不是很理想。神舟七号任务对长征二号 F 遥七运载火箭再次做了改进，效果如何，仅从航天员的图像是看不出来的，通过遥测也不能全面反映人的真实感受，需要事后问航天员。

137 秒，四个助推器完成自己的任务，接到火箭分离指令后，像四只短粗的铅笔向四周散开，将所有的目光引向运载主体，即火箭主芯级，自己却默默地陨落下去，散落在 1 号责任区内蒙古苏海图一带。

160 秒，一级分离（连接火工品起爆，一二级连接段分离开来），同时二级发动机点火，强大的火焰喷向一级箭体顶端，二级踩着一级的肩膀继续勇往直前，而作完贡献的一级箭体，画着一条抛物线，落向 2 号责任区内蒙古黄河河套内鄂托克旗。

200 秒，火箭飞行速度已达到 2.5km/s，高度达到 100 多公里，已穿越稠密大气层，进入稀薄大气层，大气摩擦作用明显减少，为保护飞船而设计的整流罩，完成自己的使命，从中间分开（图像、话音、遥测同时证明整流罩分离成功），像两片花瓣一样向 2 号责任区内蒙古黄河河套内乌审旗一带落去。

自此，飞船的应急救生转入大气层外逃逸模式。从此刻起，如果再出现应急情况，飞船将依靠自己的能力与火箭分离，使用自己携带的发动机进行落点选择，飞船推进子系统开始值班，时刻等待着"万一"发来的救生指令。从此刻到 351 秒，飞船转入第五种模式，如出现应急，飞船将落在 3 号责任区。

351 秒，火箭仍在正常飞行。至此，上升段陆上所有的救生力量可以全部撤收。

海上救援

飞船飞行近 6 分钟后如再发生意外，飞船可能会落到海上，也可能进入较低的非设计轨道。

从此刻起到入轨前，对应的海上应急救生区是从黄海至赤道附近长约 5200 公里的海域。要完成这么长海域的救生任务，需要投入巨大的海上搜救力量。

为了减少海上搜救船只和空中搜救力量，前面已经提到，我国航天专家想出了一个妙招——选点溅落到 A、B、C 三个救生区之一，事先在这些海域布上打捞船，先让飞船在天上寻找海面打捞船，溅落在打捞船附近，然后打捞船再就近寻找飞船返回舱，营救航天员。这种选点溅落方案，既巧妙地利用了飞船的资源，将溅落海域缩短 3/5，又大大地减少了海上打捞船只。

本次海上搜救打捞任务交给了交通运输部救捞局，他们派出了四条打捞船、一架飞机和三架直升机。其中 A 区布设两条打捞船、一架飞机和三架直升机；B 区布设一条打捞船；C 区布设一条打捞船。打捞船上安装了高海况打捞网，可以在恶劣的海况下，在船的右侧伸出一个长达十几米的横杆，下挂一网，船迎浪航行，让返回舱自行钻入"网兜"底部，随即将网兜滑到船尾，再用船吊吊至甲板，实施航天员营救。如果是低海况，蛙人可先乘小救生艇赶到返回舱附近，套上海上辅助装置，爬上返回舱，将航天员救出。

近 10 分钟后船箭分离，飞船在青岛西南部海洋上空入轨。海上应急救生工作宣布解除。

此刻北京指挥控制大厅仍然静悄悄的，所有的工作人员都在紧张地等待着轨道计算结果。上升段所有的测量数据均汇集到北京中心计算机群，计算的上升段轨迹和理论弹道几乎严丝合缝。入轨后青岛站、远望五号测量船的测量数据实时传到北京中心，轨道计算软件高速运转，输出结果显示在指挥大厅后面大玻璃墙内的计算机显示屏上。随后，西安中心计算的入轨参数也传了过来，测控专家们对计算结果谨慎地进行着比对、核实。几秒钟后，入轨结果在大厅屏幕上显示了出来。

准确入轨！北京指挥大厅里响起了一片掌声。

显然，所有人的祝贺是送给火箭的，是送给运载工具的研制人员的，但我突然想到，应该去北京指挥大厅旁边应急搜救指挥室去看看，因为那里的人也是需要祝贺的。一进房间，满屋的指挥人员全部洋溢着一脸轻松，桌上放着各种牌子，有总参、总后、空军、陆航、外交部、交通运输部、民航等，每个牌子前面都有一部红色电话，上升段陆上和海上

图为神舟七号发射任务成功后应急搜救指挥部庆祝发射成功（前排右一范明磊、右三宋家慧、右四夏长法、右五倪炜；第二排右一本书作者）。

所有的应急救生工作由这里进行统一指挥，而这些准备工作本次任务全部没用。这是整个工程的希望，也是这些指挥人员的众望，更是这些指挥人员桌前电话线牵动着的每支搜救力量和每家后方支持医院医务人员的企盼。工程副总师、原神舟五号任务着陆场指挥长夏长法也来祝贺大家，亲自坐镇指挥的交通运输部救捞局局长宋家慧也加入欢庆之中。

运行段的呵护

从 21 时 19 分开始，飞船入轨，进入运行段飞行。入轨后约两分半钟，在远望五号测量船监控下，航天员手动实施帆板解锁操作，太阳帆板正常打开。电有了，飞船上各设备工作的能源有了保障，地面控制人员绷着的弦松了一些。

如果火箭将飞船的轨道高度打低了，飞船不能正常入轨，则会考虑利用飞船变轨发动机将飞船送入非设计轨道，在第 2 圈返回国内四川盆地遂宁地区，在成都附近机场早已准备好四架直升机待命；如果燃料允许，可利用变轨发动机将飞船的轨道送得再稍高些，让轨道寿命稍长些，在第 14 圈返回主着陆场。从测量到的轨道数据看，这两种准备都不会用了。

飞船飞至远望二号测量船时，地面确认帆板展开情况，并注入地面计算的初始轨道。在地面确认座舱环境正常后，航天员打开舱内航天服面窗。

第 2 圈，航天员打开返回舱舱门，脱舱内航天服，进飞行首餐，翟志刚和景海鹏到轨道舱睡觉，只能睡四小时，因第 5 圈要变轨。

第 3 圈，北京中心通过喀什站向飞船注入变轨参数。

第 5 圈变轨前，航天员穿好舱内航天服，回到返回舱，关闭返回舱舱门，以防万一。第 5 圈经过太平洋远望二号测量船上空时，飞船正处于轨道远地点附近，飞船发动机点火，将轨道由椭圆变成圆，而且是两天回归的轨道。变轨后，航天员打开返回舱舱门，脱舱内航天服，换成舱内工作服。现在轮到刘伯明睡觉了。

第 9 圈到第 17 圈，航天员先是进行舱外服在轨组装与检测。组装时间比预想的长些，地面和天上的区别的确很大。第 18 圈和第 19 圈，翟志刚和刘伯明进行舱外服穿脱训练。第 27 圈到第 29 圈，航天员做出舱最后准备。

飞船在运行段可能会出现各种故障，例如返回舱或轨道舱失压、失火，航天员突发致命性疾病等，如果出现这些应急情况，飞船会根据故障的紧急程度，尽快返回或立即返回地面，挽救航天员的生命。为了飞船应急返回，在国内、国外设计选择了十个应急救生区，航天员可自行选择，或飞船自主判断选择某个救生区。选择救生区总的原则是地势平坦、交通便利、拥有快捷的搜救通信设施、搜救装备和专业人员。中国搜救卫星任务控制中心负责协调国际救援组织，监视返回舱信号，通报返回舱落地信息，协调组织救援。

在地球上选择应急救生区，除考虑上述因素以外，还要考虑救生区的均匀性，即在飞船运行段飞行轨道上，任一时刻出现应急，都能在较短的时间内返回地球。目前这十个救生区针对神舟七号任务运行段而言，基本做到了每圈都对应着一个救生区。

如果应急返回国内，有三个救生区，分别是中国北部地区、华东地区、西南地区。空运机动搜救队设在发射场附近鼎新机场，充分利用副着陆场搜救力量，依靠伊尔-76 大型运输机将特种车辆和搜救人员投送到应急落区附近机场；依靠布在鼎新机场和开封机场的两架运八-C 飞机，携带伞兵，进行应急搜救。同时，可临时调用所在军区和政府相应力量进行救援。

如果应急返回国外，外交部会事先通知各所属国使领馆，相关驻外使领馆分别成立工作组，会同国际搜索救援组织和着陆区所在国政府，联合救援航天员和回收返回舱。

赴着陆场执行回收任务

9月26日，即发射后第二天，早上8时50分我乘机从首都机场起飞，一小时后到达呼和浩特。办公室司机王克亮开车去呼和浩特机场接我，然后直接翻过大青山，赶赴四子王旗。11时40分到达，住旗宾馆。

下午，我与直升机主管机关人员翁大勇交谈。他反映：夜间在跑马场降落的确有风险，因其周围有电线，万一旋桨刮上，后果严重，需要高度重视。我跟隋起胜谈了此事。隋起胜是着陆场指挥部指挥长，他协调能力强，办事干净利索。

下午，我与飞船试验队队长李卫、队员刘刚（从事结构工作）、朱亚力（从事飞船总体）、李健（从事返回工作）交谈。我提及上次返回舱舱体有凹坑的事，提醒他们这次在现场要注意返回舱首次着陆的地点和被伞拖动的痕迹，也提醒他们注意观察舱体有无异样。在谈到对舱内气体采样时，我问："落地后，外部气体已通过通气阀进入返回舱，特别是外部人员打开舱门进去测，这样测量准吗？"刘刚认为："这样测没有意义！"我说："如果要测，返回前航天员测一罐留着，落地后航天员不开舱门前再测一罐留着，看其前后的差异，这样测可能更有意义。"我又问了一些相关问题，队员们做了回答。

工程总体人员去参加任务，主要是看各参试单位是否按照工程总体要求实施了，任务执行时有什么问题，需要我们协调解决什么问题，同时寻找工程中还有没有尚未考虑到的方面，后续还需要完善什么设计，等等。

太空漫步

第 29 圈、第 30 圈，飞船从远望三号测量船、串行飞越纳米比亚、马林迪、卡拉奇、和田、喀什、东风、渭南、青岛、远五、远六等测控站（船）上空，地面测控网整个测控弧段长达近 50 分钟，这种测控覆盖安排都是为出舱活动而设计的；与此同时，天上的中继卫星是第二层测控保障手段。

2008 年 9 月 27 日 16 时 35 分，在刘伯明、景海鹏的帮助下，翟志刚打开飞船轨道舱舱门，开始出舱活动。翟志刚首先探出头，转身向舱外布好的镜头挥手，之后全身移出舱外，迈出中国人漫步太空的第一步。刘伯明也把头探出舱口，交给翟志刚一面小型五星红旗。翟志刚接过五星红旗，向太空挥动，宣告中国人的到来。随后，翟志刚拆下舱外发射前就安装好的固体润滑材料暴露实验样品并成功回收到舱内。16 时 58 分，翟志刚完成舱外活动，返回轨道舱。17 时 01 分，轨道舱舱门关闭。

飞船气闸舱泄压，航天员开舱、出舱、返回，气闸舱复压，一切活动都很顺利。

为了应对运行段出现应急，本次任务成立了境外应急搜救工作组。

至此，运行段准备的所有应急工作全部没有用上。

返回段的守护

飞船的主着陆场位于内蒙古四子王旗，副着陆场位于发射场东南几十公里处。设计的返回轨道正好串行经过副着陆场和主着陆场，两个着陆场都处在同一条返回走廊下。

如果在决策返回前，发现主着陆场气象不好，例如有大风、暴雨、暴雪等恶劣天气，则会考虑返回副着陆场，前提是副着陆场的气象条件符合要求。如果副着陆场气象又不好，则决策推迟或提前返回主着陆场或副着陆场。如返回副着陆场，制动点都一样，只是注入的制动参数有些调整，让制动时间增加一些即可，这样对应的返回舱航迹就会缩短，从而正好落到副着陆场。由于事先已经获知，主着陆场的气象很好，风和日丽，预报偏西风，风速 4~6m/s，天公作美，天遂人愿，返回副着陆场的预案便不用实施了，但副着陆场那边做了大量的准备工作。

制动返回

9 月 28 日 16 时 48 分，飞船第一次调姿、轨道舱分离、再调姿。

16 时 51 分，飞船制动，三名航天员猛然感到一种大的过载，由于背对着发动机，感觉像是跑车在玩命加速，实质上飞船是在减速。如果这两台发动机失效，则会启动另外两台。如果仍不成功，还会启用 8 台推力小的发动机。所有这些动作都是在布于南非开普敦西南方向大西洋洋面上的远望三号测量船和南非纳米比亚站的注视下进行的。获取的数据显示，飞船制动成功，对准的跑道正是我国主着陆场。

搜索回收布阵

此时，主着陆场的搜索回收战役早已拉开序幕。

16 时，着陆场指挥部举行了简短的出征仪式，直升机飞行员、飞

图为参加神舟七号飞船返回任务的单位举行出征仪式。

船返回舱处置人员、着陆场站搜救人员、北京跟踪与通信技术研究所总体技术人员、航天员科研训练中心医监医保人员、306 医院救护人员等列队出征。

16 时 15 分，地面搜索车队驶出大庙，奔赴地面待命地点，沿途浩浩荡荡，甚为壮观。

16 时 20 分，乘坐直升机的人员乘车前往停机坪。六架直升机静静地卧在大庙停机坪上，严阵以待。

16 时 45 分，四架直升机起飞，奔赴待命空域。

16 时 55 分，地面车辆到达返回舱着陆区南侧，此处离理论落点不到 20 公里。

至此，地面搜索营救之阵布设就绪。

穿越大气层

飞船减速后，在地球引力的作用下，高度在慢慢下降，速度也在慢慢增加。布在巴基斯坦南部的卡拉奇站跟踪到大气层外的返回舱和推进舱组合体。

制动点火后二十几分钟，推进舱完成了"护花使者"的护卫作用，景海鹏、飞船和地面相继发出密封板解锁指令，推进舱与返回舱分离，卡拉奇站关注着整个分离过程。分离后的推进舱和返回舱几乎沿着同一航迹，朝祖国方向落去，朝新疆上空落去。

还没等卡拉奇站跟踪完毕，返回舱就已经划入布在国内和田的地面活动站测控视野内，和田站发出指令，让返回舱开始调姿，建立再入姿态。17时16分，返回舱高速钻入稠密大气层，和田活动测控站眼睁睁地看着返回舱消失在茫茫大气层中。从制动到此刻已过去近半个小时，返回舱已在大气层外滑行了一万多公里。

推进舱在与返回舱分离后还是一直伴飞在返回舱左右不远处，同返回舱相继钻入大气层，但推进舱的命运与返回舱却大不相同。推进舱根本就抵挡不住与大气摩擦产生的高温，有棱角的地方先被磨光，然后在高温的熔炼下逐渐解体，解体后的组件一会儿就燃烧殆尽，护花使者就这样告别了返回舱，告别了航天员。

布在发射场附近的前置雷达捕获住了黑障内的返回舱，它是主动发射电波，依靠返回舱等离子体反射回来的电波，对返回舱进行距离测量，一直跟踪到56公里高度。测量数据证明飞行一切正常。数据即刻传到北京中心，计算的返回航迹引导着后面的测量设备。布在白云鄂博的前置雷达在高度50公里处也捕获住了返回舱。

自返回舱进入大气层，升力控制系统一直在起作用，但万一该系统失灵，返回舱将进行自动判断，自主停止升力控制模式，将返回舱进行旋转，转而采用弹道式方式进行返回。

两部测量雷达的数据表明，返回舱升力控制十分完美，升力控制系统一切正常，为升力控制故障时预备的弹道式返回方式没有启用。

返回舱高度降至 40 公里，由于大气层的摩擦，返回舱速度已下降至 2km/s 左右，这种速度对返回舱的阻力已大大降低，形成的等离子数也大大减少，等离子鞘已悄悄散去，黑障区结束。

搜索寻找

17 时 21 分，布在西南角的指挥机，其 243MHz 信标接收机表针猛地晃动了几下，然后便停在了一个方向上，无疑，这个方向就是返回舱所在方位。着陆场指挥部指挥长隋起胜、空中飞行总指挥崔小军正在该架直升机上指挥着空中搜索，驾驶员正是袁水利。此刻看到企盼的信号，所有搜救人员的心情都格外的激动。

返回舱降至三十几公里高度时，其应答机信号被布在大庙的 USB 设备捕获，航天员和返回舱的信息马上送往北京中心，在黑障中沉默了几分钟的返回舱又鲜活地呈现在人们面前，地面指挥控制人员又松了口气。

返回舱继续下降，大庙 USB 设备发出遥控指令，使返回舱返回母线接通，这是种保险手段，返回舱按程序也会自动接通母线，但在工程中，可靠永远是提倡的。

高度降至 20 公里，返回舱停止了升力控制。

17 时 24 分，返回舱气压高度计发出弹伞舱盖指令，但听一声巨响，主伞舱盖弹掉，引导伞、减速伞、主伞鱼贯而出。

巨大的空气阻力猛然让航天员感到一种大的过载，有经验的航天员知道，主伞已起作用。近百根伞绳组成一个精美的锥形，最终归结到一个点：转接头，返回舱即使在转接头下面旋转，也不会将伞绳缠绕在一起。周全的考虑和设计无处不在。

主伞打开不久，返回舱下降速度便稳定了下来，大约是 8m/s。

收到信号后，袁水利一直在高度关注着空中。突然，他发现直升机斜上方飘浮着一个小伞，在空中，似动，非动，时间是 17 时 28 分。他马上报告："目视发现降落伞。"在这么早的时间就目视发现下降中的降落伞，还是首次。

返回舱下降至 5km 高度时，只听"呼"的一声，烧得黑黑的大底与返回舱分离，像一个巨型的瓢，划着一条秀丽的弧线飞离返回舱，不一会儿便摔落在地面。

袁水利报告："大底已脱落。"崔小军在确认大底抛落后，命令分布在四周的所有直升机"归零飞行"。刚才还担心撞上大底而不好靠近的各架直升机，现在像四只高处俯冲的雄鹰，扑向返回舱。

此时指挥机早已在围着返回舱盘旋，摄影师和记者抓拍住了空中缓缓下降的骄子。正在狂拍之时，另一架前来助阵的直升机也闯入到画面中来。有人说，这是事先安排的，否，纯属偶然。但这绝对是一种美，是中国载人航天全体参与人员共同创造出的一种美，而且，这个伟大的工程的美远不只这些。

早已在理论落点以南近 20 公里待命的地面搜索车队，此时排成几排，整齐，壮观。所有的搜救人员都走出车外，对着返回舱返回的方向，焦急地望着天空。太阳还挂在地平线以上，红红的，光线柔和地斜着撒在茫茫草原上。风小，很难见到的小。突然有人喊道："看到了，那！"大家顺着他手指的方向望去，只见车队北方远处空中有一"小伞"，吊着一个黑点，缓缓下降，很慢，似乎在动，似乎又不动。所有的镜头，对准空中，赶紧抓拍。后来发现伞下降的速度的确很慢，改用精细拍摄法，捕获返回舱下降中每一个珍贵的镜头。当然，此时也有人在抱怨拍下的画面太小，只恨自己的镜头不好。他们在抱怨，我却暗自高兴，因看到这一幕，我放心了许多，只要主伞打开并正常下降，意味着安全落地已成功了一大半。

飞船从 6 公里下降至 5 公里高度要测下降时间，如小于某个时间，则认为返回舱下降速度太快，会判断主伞没起作用，会立即切断主伞，启用副伞。从目前景象看，主伞工作得相当漂亮，显然无需使用副伞了，副伞没有作贡献的机会了。又一个备份系统没用上。

17 时 36 分，布在"口袋"东南角的直升机呼啸着飞越地面车队上空，其速度似乎在向地面车辆显示着什么。但谁知道，驾驶员此刻的心情是多么的焦急，恨不得再生出两个翅膀。

17 时 37 分，我终于拍到降落伞即将落地的镜头。

"上车，出发"，一声令下，车辆一起发动，像一条巨龙扑向降落现场。

着陆

就在地面车队待命地点不远处，布设着一台光学测量设备，为其拍摄远处的景象奠定了基础。不仅如此，它还具有红外摄像能力，即使晚上也能将远处物体尽收眼底，甚至在黑障内飞行的返回舱也能纳入囊中，称其为专业摄影装备毫不为过。就在返回舱刚从黑障里出来不久，这台光学测量设备便捕获住了降至近 40 公里高度的返回舱，等到大伞打开以后，它已稳稳地锁定住了大伞，一直跟踪至接近落地。

此时，缓冲发动机点火。早在主伞打开不久，航天员座椅就已抬升起来，也准备着在落地瞬间起缓冲作用。工程设计人员对航天员的关爱是无微不至的。

火焰伴随着吹起的沙土，形成了一团巨型烟雾，将返回舱淹没在白色的滚滚尘埃之中，巨型大伞顿时失去了牵引力，盛满氮氧混合气体的圆伞，在西风的作用下，向东飘去。

返回舱在缓冲发动机点火向上托起的同时，又被拽向东边，飞跃四米，再次落地，滚动、倒地、风吹、尘散，刚才不见的返回舱重新又展现在空中搜索直升机的视野中。令人惊奇的是，舱门没有顺着风的方向，而是冲着西方的太阳，舱门撒满了金色的光芒，柔柔的，暖暖的。英雄出场的方式总是与众不同。

从制动点火到缓冲发动机点火，从飞行轨道高度到地面，从地球南半球到地球北半球，返回舱飞越的距离比美猴王一个跟头远些。

落地的感觉不好受，只听"咣""铛""哐"三个声音，航天员像制作过程中的汤圆，任人摆布。返回舱倒地后，返回舱抛天线盖，自动弹出超短波天线。三名航天员感觉返回舱不动了，知道自己确实回归祖国大地了，心里踏实了，手按下一个按钮，这个动作切断了主伞伞绳。

切伞前，大伞仍在空中舞动，心里挂念着航天员，迟迟不肯落地。当航天员手动切伞后，大伞才顺风吹向东方，像一位美丽修长的淑女，羞涩地躺在长势良好的草原上。长长的白色伞绳整齐地排列着，随着伞绳的方向，便能看到几十米处的返回舱，三名中华民族的英雄就在那里面。

倒地后的返回舱里，刘伯明的位置最好，正好是背斜靠着地，舒服。翟志刚像是侧卧，近似于悬在空中。而景海鹏是彻底地悬在空中，胸正好冲着地。也可能是因为他没有通过气闸舱进入真正的太空，落地

图为神舟七号飞船返回舱返回着陆现场。

图为本书作者（左一）与神舟飞船航天员家属（左二翟志刚妻子、左三景海鹏妻子、左四杨利伟妻子、左五刘伯明妻子、左六张晓光妻子）热烈欢迎英雄航天员胜利归来。

后让他补充感受一下空中悬挂的滋味。

近一个小时前还是失重状态，现在又回到真实的人间，地球引力再次回到航天员的身上。血液流淌方式的改变，着实要让他们好好地适应一会儿。

航天员解开座椅束缚带，打开舱内航天服面窗，脱下手套，打开返回舱舱门平衡阀，使舱内舱外空气相通，航天员开始渐渐呼吸到祖国大草原上的空气，新鲜。

我们的英雄回来了，所有参与神七飞船保驾护航的应急救援人员终于松了一口气。

"备而不用"永远是应急救生、应急返回和备份返回工作的最高追求。

迎接亲人

指挥机在返回舱落地一分钟后也已降落，搜救人员和医监医保人员快步跑向返回舱。返回舱落地后 6 分钟，搜救人员李涛开舱，医监医保人员与航天员打招呼，一切均好。

医监医保人员递进两瓶水，航天员轮着喝，兄弟情处处体现。

兄弟情能追溯到 1966 年，他们都在这一年出生；兄弟情能追忆到大学时代，他们在同一个学院深造；兄弟情能联想到上次载人发射，他们都是神六任务替补航天员；兄弟情竟也扩展到了他们的夫人，全姓张。

喝了有地球引力的水，感觉清爽了很多，经过大气层洗礼的余热散了一些。医监医保人员又递进几块热毛巾，航天员擦了把脸，旅途的疲劳顿时减了不少，感觉舒服透了。

返回舱落地 40 分钟后，航天员感觉良好，准备自行出舱。所有的媒体、记者开始忙碌起来，镜头不约而同对准了舱门，灯光齐闪。18 时 21 分，翟志刚第一个走出舱外，对着人们招手致意，精神十足，这就是我国太空行走第一人。刘伯明、景海鹏相继走出舱外。

这时，太阳仍在地平线以上，迟迟不愿落下，总想多看一眼这激动的场面。红红的柔光撒在航天员的身上。这种光线与航天员在太空中看到的似乎不同，却更有亲切之感，因为这是在祖国大地上沐浴到的温暖，让人感到踏实。

18 时 36 分，地面搜索车队赶到，航天员已在医监医保直升机中进行例行检查。翟志刚站在称上一称，地球对他的吸引力竟减少了十五分之一，这绝对不是上过天的人就拥有了轻功，而是艰难的出舱活动及巨大的付出带来的直接结果，无形的操劳与精神上的压力是称不出来的。

图为出舱后的神舟七号航天员翟志刚。

图为出舱后的神舟七号航天员刘伯明。

图为出舱后的神舟七号航天员景海鹏。

刘伯明和景海鹏的体重也明显减少了许多。细心的医监医保工作人员不失时机地端了一碗热热的二米粥给翟志刚。喝了，感觉很好，普通的咸菜进一步增加了食欲，又要了一碗。另两位航天员也在美美地喝着。看着英雄们的满足感，医监医保队队长白延强的心是酸酸的，想到他们为祖国付出那么多，只要喝点粥就满足成这样，你着实能感觉到他们的朴实。等翟志刚喝了四碗后再要时，被制止，因晚餐已在呼和浩特准备好了。

19 时 35 分，航天员完成了医监医保检查，翟志刚从医监医保直升机走了出来，精神好了许多，太空中的疲劳现在已荡然无存。坐在备好的座椅上，翟志刚被搜救人员高兴地抬了起来，送往停在左侧的一架直升机。两架直升机间约有 50 米，通道两侧全部用人墙拦了起来，否则激动的人群会拥上去，摄影记者会凑上去。场面的确热烈，不控制是不行的。翟志刚举起双手，向欢呼的人群致意，随即又握住了拳头，摇动着。我感受到的不仅仅是力量，更是向世人表达着祖国的强大。所有的人都兴高采烈，在欢呼，在追逐。这才是人们心目中真正的英雄。

刘伯明走下直升机，羞涩些，但坐在座椅上仍不忘向欢呼的人们招手。实质上，刘伯明也算是在太空中出舱了，传递五星红旗的方式可以多种多样，他采取的是更积极一点的办法，在舱外太空露出半个身躯同样是中国航天历史的改写者。

景海鹏走下直升机的方式明显是利索的，在座椅左前方，向人们敬礼，精神头体现在他每一个动作上，包括他灿烂的笑容。

三名航天员，三架直升机，就绪，旋桨。

我跑向指挥机，路过返回舱，飞船返回舱处置人员正在忙碌着。他们研制的飞船让全国人民放心，他们生产的返回舱让航天员安心。与飞船研制者照张相所体现出的自豪是实在的。

图为神舟七号载人飞船返回着陆成功后本书作者和飞船试验队在返回舱前欢庆胜利。

等跑到指挥机的位置，螺旋桨早已旋转起来，与坐在驾驶室的袁水利对视一笑，算是祝贺。我刚上去，直升机便拔地而起。19时51分。坐定，只见崔小军静静地坐在旁边，作为着陆场副总指挥，圆满完成任务的他，满脸轻松。紧张高考后得了状元，可能也是这种感觉。他对我叙述着在直升机上看到返回舱空中乘伞而降的经历。他的嗓音是哑的，你能想象得出他在指挥直升机时的情景。而开舱者李涛，现在正操纵着机载通信设备，空中指挥平台直接连着北京。

21时01分，我们的直升机率先到达毕克奇机场。袁水利指挥着乘坐三名航天员的三架直升机先后安然落地。

22时01分，分乘三辆车的航天员到达呼和浩特，内蒙古党政军领导在宾馆楼前迎接。饭后三位是否打电话给家里了，未知。航天员该休息了。这一觉，三位睡得都好。

回家真好

29 日 5 时 40 分，早餐桌上，中央电视台记者冀惠彦在给我叙述着昨晚回到宾馆后采访航天员的情况，一会儿不见了踪影，墙壁上的电视却响起了他在直播的声音。两分钟后，他又回来继续吃饭。服务员好奇地望着这些。

6 时 26 分，吃完早饭的航天员从 5 号楼出来。穿着蒙古族盛装的人们载歌载舞，哈达、鲜花表达着内蒙古各族人民的敬意和厚意。从内蒙古硬戈壁发射，在内蒙古大草原返回，这种敬意是有含义的，这种厚意是有分量的，这种奉献是巨大的。举行欢送仪式的大楼叫"凯盛楼"，的确，我们的航天员凯旋了，这里的场面是盛大的。

6 时 36 分，车队开赴机场。沿途街道已站满群众，在目送着英雄；

图为本书作者与翟志刚（左）、刘伯明（中）在从着陆场返回北京的专机上。

沿途各个路段已站满警察，在护卫着英雄；车队后面跟着五辆警车，在护送着英雄。三名航天员分坐三辆车。我与景海鹏坐同一辆车。医监医保工作人员仲崇发始终坐在景海鹏的旁边，寸步不离。我过去，他让座，我和景海鹏坐在一起，照相。

7时30分，航天员专机从毕克奇机场起飞。人民日报社请航天员写寄语，中央电视台记者抓紧时间采访，有人考虑周全，拿出事先准备好的信封让航天员签名。我灵机一动，脱下搜救工作服，让三名航天员直接签到服装上，这让大家着实羡慕了一把。

8时32分，飞机稳稳地降落在北京西郊机场，首长迎接，体现的是对载人航天的重视，出舱活动的成功向世人再次展现了中国的国力和实力，政治上的影响有时远比看得见的收获大得多。六名少先队员献上鲜花，他们的队礼和航天员的军礼在交流着，祖国载人航天当下的辉煌与可期的未来在无声地传承着。

早已等在欢迎人群中的航天员家属，这时快步走向自己的亲人。翟志刚的夫人在离航天英雄尚有五米远时便张开了双臂，扑向自己的丈夫。翟志刚静静地等待着，尽力地控制着自己的情绪。就在夫人抱住自己的瞬间，翟志刚也抱住了自己的夫人。刘伯明的夫人也是情不自禁地从上方抱住了久盼而归的丈夫，而刘伯明显然主动了些，向前半步迎抱。只有景海鹏的爱人是从下方侧面拥到自己丈夫的怀里，而景海鹏尽情地让她抒发着感情。

亲人的眼泪下来了，喜极所致；

首长的眼泪下来了，难以控制；

群众的眼泪下来了，为情所动；

我的眼泪也下来了，不由自主。

眼泪说明了一切。这些眼泪折射出珍贵的柔情，折射出航天人的奉献，体现了中华儿女的自豪。

谁都能想象，送自己的丈夫踏上登天征程，妻子们的心情是多么的复杂；谁都记得，国外那些为航天事业献躯的勇士们；谁都明白，再可靠的载人航天器也有万一的时候。代表人类去征服宇宙本身就是一种真正意义上的献身。经历过生死之别的人们才能真正感受到重逢的凝重，做过最坏打算的亲人才能理解此刻的悲壮。夫人们的眼泪包含的内容太多太多，夫人们的拥抱释放出的情感也太多太多，甚至藏在心底的许许多多委屈也尽情地宣泄了出来。

航天员的孩子们簇拥在拥抱在一起的父母旁边，久久难以加入进去。但他们知道，爸爸心目中永远装着自己的宝贝。刘伯明的女儿两手擦着不听话的泪水，模糊的目光一刻也不愿离开自己的爸爸。8时40分12秒，爸爸的吻终于印在女儿的额头上。

看到这一幕，无人不动情。

回家真好。

在航天员返京后，王永志总师特别关心上升段低频振动问题，就询问三名航天员："上升段有没有异常感觉？"他们回答说："没有异常感觉。"看来，这与遥测数据快速分析的结果相吻合，低频振动问题基本解决了。

随着我国载人航天各项任务的顺利完成，特别是神舟七号任务成功后，国外纷纷猜测，中国载人航天下一个目标究竟是什么？

感 言

本次飞行任务的圆满成功，是我国载人航天事业发展史上又一重要里程碑，是中国人民攀登科技高峰的又一伟大壮举，标志着我国成为世界上第三个独立掌握空间出舱关键技术的国家。

本次飞行任务取得的成果众多，例如突破了舱外服研制技术，与国际主流在用舱外服接近，达到了国际先进水平；突破了气闸舱研制技术；火箭彻底解决了前几次任务出现的低频振动问题；首次验证了我国中继卫星系统可行，开辟了天基测控应用新领域；通过低速率海事中继传输，可扩大测控通信支持；着陆场实现了搜救模式转变，首次实现了全系统搜救态势感知，实现了空中跨区直接指挥调度和返回舱各种姿态测向定位。

2008年我国大事很多，但从中央到各研制单位对神舟七号任务均高度重视，特别是胡锦涛总书记不但为自研舱外服亲笔题名，而且在三天的任务过程中，在发射和出舱阶段两次亲临现场关心关怀任务进展情况。任务中，宣传部门大力协作，进行全方位直播报道；任务完成后，国家隆重召开表彰大会；组织事迹报告团赴全国各地宣讲；成立代表团去港澳访问。海内外全体中华儿女为之骄傲自豪，国家形象和实力得到了充分展示，凝聚力得到空前提高。这些启示我们搞载人航天工程必须考虑其政治影响，在工作中一定要有政治意识、大局意识，坚持集中领导、统一组织，在追求技术进步创新的同时，必须绝对保证航天员安全，保证任务成功，为实现国家战略意图作出贡献。

载人航天是一项伟大的事业，使命光荣、责任重大。一次任务的成功决不能代表我们的工作已经尽善尽美，下一步将面临空间交会对接任务的巨大挑战，目前还有部分关键技术尚未完全吃透，研制进度也存在短线。对此，我们一定要按照党中央的要求，踏踏实实地做好各项工作，确保交会对接任务取得圆满成功，实现我国载人航天技术新的跨越。

第 十 章

神舟八号：突破交会对接技术

2011年11月17日19时32分，神舟八号飞船返回舱在内蒙古中部预定区域安全着陆。至此，天宫一号目标飞行器与神舟八号飞船交会对接任务取得圆满成功。图为交会对接任务成功后航天专家们欢呼庆祝。

天宫一号与神舟八号"太空之吻"（来源：央视网）

2011 年 9 月 29 日 21 时 16 分，改进型长征二号 F/T1（"T"指发射天宫的火箭代号，"1"指第一发）运载火箭从酒泉卫星发射中心载人航天发射场点火起飞，天宫一号目标飞行器准确入轨。目标飞行器入轨后，通过两次变轨进入自主飞行近圆轨道，在神舟八号飞船预定发射日前，经调相控制和圆化控制进入对接轨道，等待与飞船对接。

2011 年 11 月 1 日 5 时 58 分，改进型长征二号 F 遥八运载火箭从酒泉卫星发射中心载人航天发射场点火起飞，神舟八号飞船准确入轨。经远距离导引、自主控制和对接段，11 月 3 日 1 时 36 分，神舟八号飞船与天宫一号目标飞行器成功实现对接。11 月 14 日，两个飞行器分离并完成二次对接。11 月 16 日，神舟八号飞船与天宫一号目标飞行器分离，11 月 17 日 19 时 32 分，飞船返回舱安全着陆于主着陆场。

11 月 18 日，天宫一号目标飞行器进入自主飞行轨道，转入在轨运营管理。天宫一号与神舟八号交会对接任务成功实现了"准确进入轨道、精确交会对接、稳定组合运行、安全撤离返回"的任务目标。

神舟八号飞船与天宫一号目标飞行器交会对接是我国首次空间交会对接试验，突破了天地往返、出舱活动技术之外的第三项载人航天基础性技术，使我国在突破和掌握空间交会对接技术上迈出了重要一步。

神八和天宫在太空有个约会

载人航天发展有三项基本技术：一是载人天地往返技术，二是航天员空间出舱技术，三是交会对接技术。

2011年是人类载人航天50周年，也是我国载人航天准备实现第三个基本技术的时刻——突破交会对接技术。这正是中国载人航天的下一个目标！

图为神舟八号任务周建平总师（中）、郑敏副总师（右）与飞船系统副总师胡军（左）交谈交会对接技术。

交会对接技术究竟有多重要？这样说吧，中国人要组建大型航天器，要想登上月球，要想飞到更远的太空，一定要掌握交会对接技术。

空间交会对接需要两个航天器，一个作为被动对接目标，称为目标飞行器，一个作为主动追踪飞行器。交会对接是指两个航天器在空间轨道上交会，并在结构上连为一体的过程。交会对接技术是发展航天技术、增强人类探索和利用空间能源能力的一项重大关键技术，是一个国家走向大型航天器组装、航天员定期轮换、货物运送、燃料补给、空间营救、走向载人登月、走向载人深空探测的必由之路。

首次交会对接试验是我国载人航天工程的一次全新任务。

各国突破交会对接技术的途径

不同国家突破交会对接技术采用了不同的方法。

1965 年 12 月 15 日，美国双子星座 6 号飞船和双子星座 7 号飞船实现了世界上第一次有人空间交会①。1966 年 3 月 16 日，美国使用双子星座 8 号飞船，由航天员驾驶，与不载人的阿金纳靶标飞行器（由阿金纳火箭末级改装）对接，首次突破有人控制轨道交会对接技术②。1967 年 10 月，苏联使用宇宙 188 号飞船和宇宙 186 号飞船成功对接，进行了世界上首次无人自动交会对接③。1975 年 7 月 18 日，美国的阿波罗 18 号飞船与苏联的联盟 19 号飞船在大西洋上空对接成功，实现联合飞

① 中国载人航天工程网：《世界载人飞船大事记（上）》，见 http://www.cmse.gov.cn/kpjy/htzs/xtfc/200809/t20080910_37285.html。

② 中国载人航天工程网：《世界载人飞船大事记（上）》，见 http://www.cmse.gov.cn/kpjy/htzs/xtfc/200809/t20080910_37285.html。

③ 中国载人航天工程网：《世界载人飞船大事记（上）》，见 http://www.cmse.gov.cn/kpjy/htzs/xtfc/200809/t20080910_37285.html。

行①。日本是先在地面组装好两个航天器，一起发射入轨，在轨道上分离，远离，再靠近，进行无人对接。2008 年，欧洲的自动转移飞行器（ATV，Automated Transfer Vehicle）实现与国际空间站的交会对接②。2009 年，日本的 H-II 转运飞行器（HTV，H-II Transfer Vehicle）没有主动对接机构，接近国际空间站时，被国际空间站上的机械臂抓住，实现与国际空间站对接③。

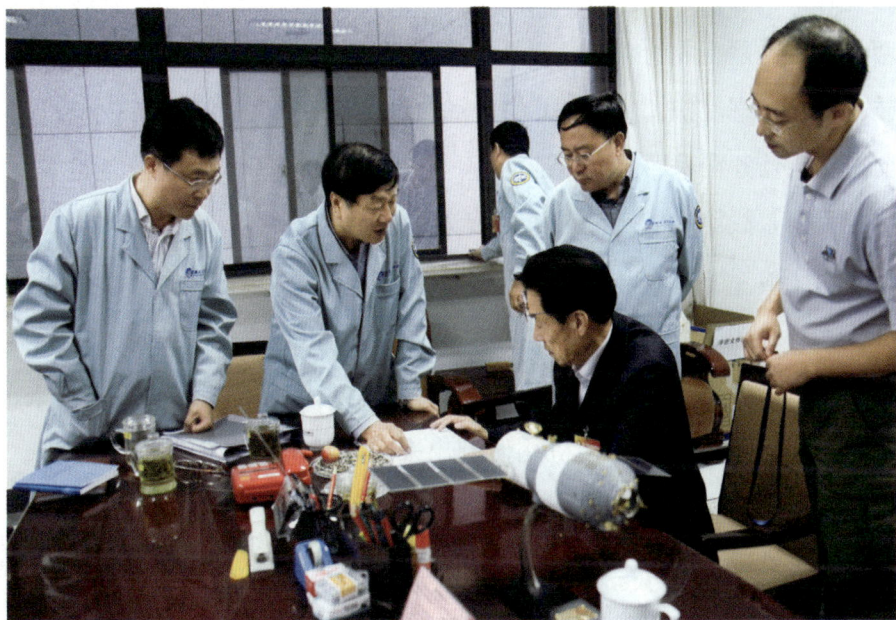

图为高级顾问王永志院士（中间坐者）与工程总体人员研究交会对接技术细节（站者左一宋伟、左二工程副总师赵宇棋、右二工程副总师王忠贵、右一李少宁）。

---

① 中国载人航天工程网：《世界载人飞船大事记（上）》，见 http://www.cmse.gov.cn/kpjy/htzs/xtfc/200809/t20080910_37285.html。

② 中国载人航天工程网：《空间交会对接技术概述》，见 http://www.cmse.gov.cn/ztbd/xwzt/gwjhdjrwjj/jhdjjsdfz/201510/t20151030_39338.html。

③ 中国载人航天工程网：《空间交会对接技术概述》，见 http://www.cmse.gov.cn/ztbd/xwzt/gwjhdjrwjj/jhdjjsdfz/201510/t20151030_39338.html。

我国是在飞船基础上研制一个目标飞行器，使用原有飞船与之对接。

辗转诞生的天宫一号

工程立项时打算先发射一个飞船进入太空，再发射第二个飞船上去，两个飞船在太空中进行交会对接。这种方法的好处：一是对接用的两个航天器是现成的，运载火箭也是现成的，只需突破交会对接需要的技术即可，进度快，成本低；二是每次对接任务不用发射两艘飞船，因前次飞船任务在返回舱返回地面后，轨道舱留轨使用，轨道舱就是一个对接目标，故第一艘飞船就不用发射了，只需要发射后一艘飞船即可，这样相比国外模式而言，每次交会对接试验任务都可以节省一艘飞船和一枚火箭，任务费用会进一步减少。原来之所以这么安排是想先进行交会对接，然后再出舱，但由于对接机构研制难度大，一时研制不出来，故决定先出舱，等到对接机构研制出来时，我们也该研制空间实验室了，空间实验室技术和空间站技术也要进行准备和试验了。

为了可持续发展，使我国载人航天工程能够顺利过渡到第二步第二阶段（即空间实验室阶段）和第三步空间站阶段，最后决定跨过飞船与飞船对接阶段，直接用飞船与空间实验室雏形对接，即在长征二号F运载火箭能打得动的前提下，充分使用原来飞船推进舱和轨道舱技术，研制一个空间实验室雏形，既可作为目标实现交会对接技术，又尽可能多地试验空间实验室及空间站技术，这种思路确定下来的载人航天器命名为"目标飞行器"，就是天宫一号。这样做的好处是，目标飞行器可以支持多次交会对接，减少发射次数，同时可按我国后续的空间实验室要求设计，在完成交会对接任务的同时，验证空间站部分关键技术，另外可以开展更多的空间科学实验和技术试验。

长征二号F运载火箭发射的飞船重量是8吨多一点，由于发射天宫一号目标飞行器时不载人，故火箭上方的逃逸塔可以去掉，这样火箭运载能力可以提高到8.6吨，这就是目标飞行器的重量。原飞船是三舱结构，由轨道舱、返回舱和推进舱组成，其中推进舱为整个飞船提供电力、动力、气源等保障条件，现改为天宫一号目标飞行器的资源舱，将飞船的轨道舱和返回舱变成一个实验舱（本质上是将返回舱去掉，把轨道舱放大，成为一个大舱段），作为航天员工作、生存的主要空间，这样，目标飞行器就是一个两舱结构，由实验舱和资源舱组成，直径和长度均比飞船大。为了在上升段保护本体长大了的目标飞行器，火箭整流罩由原来的3.5米增加到4.2米。根据这些改进，相应地设计研制出长征二号F/T运载火箭，专门用于发射天宫空间实验室。

全新测量设备掌控天宫一号与神舟八号对接。图为监测神舟飞船返回的测量设备。

目标飞行器实验舱由密封舱和非密封后锥段组成。对接机构安装在密封舱前端，在前端周围安装有十字靶标、标志灯、雷达合作目标、激光反射器、CCD 远场标志器、CCD 近场标志器、空空通信天线、舱外摄像机等交会对接测量和通信设备，用于支持与飞船的交会对接。舱外摄像机安装在密封舱柱段舱斜下方前端。中继天线安装在密封舱对天方向，S 波段测控天线对天、对地方向都有。密封舱是航天员工作、生活的环境，需要密封，需要建立一个类似大气的环境，即气压为一个大气压，温度在 18~26℃，湿度为 30%~70%，航天员能在里面舒适地生存，舱内有航天员活动区、仪器区、睡眠区，有工作平台、仪表照明、通风设施、锻炼身体的设施、上网聊天的设备，还有解决个人卫生的地方以及观测地球和苍穹的窗口。装饰不豪华，但整洁、紧凑、材料不易燃。非密封后锥段提供了外露载荷工作的平台和环境。

资源舱既是整个飞行器的发电站，又是整个飞行器的动力舱，也是提供气源的服务舱。太阳电池翼由左右两翼组成，每翼均为 4 块板，在阳照区收集太阳能量，转换成 100 伏的电能，供所有设备工作，也为蓄电池充电；进入阴影区时，蓄电池放电，继续为设备供电。推进剂储存在增压罐中，在资源舱后部纵轴处安装大发动机，用于轨道机动，在后端框四周六个方向上装有对称的小发动机，在需要调整飞行姿态时，发动机点火，目标飞行器可以在偏航、滚动、俯仰三个方向上进行姿态变化。例如，对接时，目标飞行器需偏航 180 度，形成倒飞姿态；为了对准太阳，用偏航方式让太阳帆板持续跟着太阳转动；为了对地观测，可以滚动一个角度，形成侧摆，以便让镜头对准轨道某一侧的景物；当出现姿态紊乱时，可以进行全姿态捕获，先找太阳，再建立对地三轴稳定姿态。航天员使用的气瓶如空气瓶、氧瓶，也安装在资源舱。

谁是平台的大管家？目标飞行器有很多分系统，如制导导航、姿态与轨道控制、能源与供配电、环境控制、测控通信等，要想整个平台协调一致地工作，需要一个大管家来统一控制和管理它，数据管理分系统就起这个作用。它用一种中速总线将各个分系统的控制器、存储器等挂在网上，控制每个远程终端，收集遥测信息，发送控制命令。它用一种高速总线，专门收集空间技术试验数据、应用载荷数据。它用光纤等进行更高速率的数据传输。

做哪些空间站技术试验？为了后续可持续发展，必须在目标飞行器上提前进行空间站相关技术试验，如再生生保试验和平台技术试验。再生生保技术包括电解制氧和水汽分离。氧气是航天员每时每刻都需要的，如全靠从地面上行，代价太大，需要想办法从已有资源中，甚至是航天员使用过的废水中，提取出来，做到综合使用，而电解制氧是最佳解决途径。在对舱内冷凝水、航天员使用过的废水、尿液进行收集时都会含有气体，在微重力条件下需将气液分离开，以便各自循环使用，故要进行水汽分离。平台技术包括长寿命结构技术、元器件技术、电源技术、姿控技术、组合体管理技术、在轨维修技术等。

目标飞行器的在轨寿命由一期飞船轨道舱的半年提高到两年，而飞船要求是七天，说明我国载人飞行器在轨寿命指标大幅提高。

着陆场系统准备了内蒙古四子王旗主着陆场，另外在国内外陆上和海上也准备了各种应急着陆区。

为什么先进行无人对接？

我国决策首先进行无人对接，然后进行有人对接，主要原因是飞船和运载火箭均进行了较大技术改进，而目标飞行器又是新研。飞船采用了自主相对测量、制导导航和控制技术，使用了高精度空间测量微波雷达、激光雷达、CCD 敏感器等关键设备。火箭做了 170 多项技术改进，例如控制系统采用了迭代制导技术，使得入轨精度大为提高，研制使用新型曲面整流罩。天宫一号目标飞行器首次采用多模型、变结构姿态控制方案，实现了组合体姿态和轨道控制、供电并网、信息并网和环境控制等功能和性能，首次采用控制力矩陀螺进行目标飞行器和组合体控制，采用整体壁板结构设计密封舱。综上，出于安全考虑，先不载人，首先验证自动交会对接技术、组合体控制技术，同时考核飞船和运载火箭改进后的可靠性和安全性。

这次实验和美国、苏联不同，过去它们都是先进行交会试验，等交会技术稳定后再进行对接试验，这次我国是把这两个动作合二为一，一次完成试验，充满了风险与挑战。

无论是火箭、飞船还是目标飞行器，都采用了大量新技术、新工艺，新状态大幅增加。能否一次成功，全世界都在拭目以待。

目标飞行器发射窗口的选择

目标飞行器发射时需考虑飞行轨道面与太阳光的夹角，夹角越小，目标飞行器的太阳帆板接收到的太阳光越多，越有利于太阳能发电。特别是在发射后几天内，要保证太阳光入射角较小，以利于飞行器的平台测试。符合上述条件的发射时段称为目标飞行器发射窗口。发射后，当太阳光与轨道面的夹角大到一定程度后，目标飞行器需偏航飞行，即向左或向右转动，使太阳帆板对准太阳。

2011 年 7 月 11 日，中国成功发射了第二颗中继卫星，使得我国中继卫星系统更加完善，也为后续的交会对接提供了更好的测控条件。

天宫飞天

2011 年 8 月 18 日，长征二号 C 运载火箭发射实践十一号 04 星失利。发射天宫一号的长征二号 F 运载火箭与发射实践卫星的长征二号 C 运载火箭属于同一系列火箭，长征二号 C 运载火箭故障导致天宫一号发射由原计划的 8 月底推迟到了 9 月 27 日。经调查，长征二号 C 运载火箭飞行失利原因定位于火箭二级姿态失稳。长征二号 F 运载火箭采取改进措施后，具备了发射条件。瞄准的 27 日来临之际，发射场的气象条件不好，风大且有雪，故又推迟到 9 月 29 日。

从上面的故障处理可以看出，航天任务中有许多变数和异常，需要制定许多故障预案。交会对接任务中，除了正常飞行程序外，对目标飞行器和飞船系统制订了约 600 种故障预案，并加强了故障处置演练。尽管事先进行了大量的地面仿真和验证试验，但由于受地面环境和试验条件限制，部分新研设备在空间环境下的功能和性能还是无法得到全面真实的验证，需通过飞行试验考核，每个环节都不可掉以轻心。

2011 年 9 月 29 日 21 时 16 分，改进型长征二号 F/T1 运载火箭在酒泉卫星发射中心载人航天发射场点火发射，飞行近 10 分钟，成功将天宫一号送入预定轨道。

从数据看，运载火箭入轨精度大幅提高，发射长征二号 F/T1 运载火箭与发射长征二号 F 遥七运载火箭相比，近地点高度偏差减小为原来的 1/3，轨道周期偏差减小为原来的一半，轨道倾角偏差减小为原来的 1/3，升交点经度偏差减小为原来的 1/5。这是交会对接任务的要求，也表明科技人员技术水平的提高。

"明月几时有，把酒问青天。不知天上宫阙，今夕是何年？我欲乘风而去，又恐琼楼玉宇，高处不胜寒……"

天上真的有琼楼玉宇吗？有，现在有了，它就是天宫一号。

今夕是何年？2011年！

天宫一号的入轨，正式拉开了交会对接大幕。

这次天宫一号的发射非比寻常，它是我国进驻太空建立中国空间站的前奏。

目标飞行器入轨后，由于受火箭分离的干扰，姿态是不稳的，需要消除初始偏差。几分钟后，目标飞行器姿态稳定，转入对地三轴稳定飞行。平台和有效载荷开始进行在轨测试。

天宫一号在哪条天路上和飞船相会？

首次交会对接轨道高度设计成近350公里，其目的是将轨道周期调整为某个值，即绕地球转一圈的时间约1.5个小时，同时考虑轨道自然摄动，一天飞15.5圈，两天飞31圈，恰好是两天回归轨道，即飞行两天后的轨道与以前的轨道重合。这种轨道的设计有利于地面测控站布局，有利于交会对接飞行控制的实施，也有利于飞船的随时返回及着陆场的准备。当交会对接技术成熟后，可以考虑在其他轨道上进行。

经过9月30日凌晨第4圈近地点和下午第13圈远地点变轨，分别在卡拉奇测控区内、纳米比亚和马林迪测控区内，将远地点和近地点轨道高度抬高，目标飞行器进入轨道高度更高的近圆轨道。轨道高度越高，大气密度越小，衰减速度越慢，可以减少轨道维持所需的燃料消耗。之所以仅爬高至目前这个高度，是考虑从这个高度开始，经过一个月的轨道自然衰减，在进行适当变轨调相后，在飞船发射前，目标飞行器正好降低至交会对接轨道高度，轨道维持消耗最小。

在神舟八号飞船发射前三周左右，目标飞行器开始进行变轨调相控制。如果轨道状况良好，可以视情减少调相控制次数。10 月 26 日凌晨，即目标飞行器运行至厦门测控区内时进行了第一次调相控制。10 月 30 日下午，在天链一号卫星跟踪期间，进行了第二次调相控制，即将轨道变成近 350 公里的近圆轨道。当天晚上，目标飞行器开始偏航 180 度掉头，将头部冲着后方，变成倒飞状态，等待飞船前来对接。飞船发射前一天半，目标飞行器已准备就绪。

神八飞船发射

天宫一号发射升空一个多月后，神舟八号飞船准备奉命赴约，追赶已经在太空飞行了一个多月的天宫一号，拟在洁净的太空上演中国首次无人交会对接的"深情一吻"。

2011 年 11 月 1 日凌晨近 6 时，长征二号 F 遥八运载火箭在酒泉卫

图为神舟八号任务主着陆场区战前动员会上航天员试验队集体合影。

图为 2011 年 11 月 3 日神舟八号与天宫一号交会对接任务成功后王永志高级顾问与工程科研人员合影留念（前排左起本书作者、胡军、周建平、王永志、郑敏、单桂波、李少宁）。

星发射中心发射升空，神舟八号飞船入轨后进入与天宫一号目标飞行器共面的初始轨道，入轨精度较长征二号 F 遥七运载火箭相比提高了 4 倍。

飞船发射的时刻是有讲究的，即选择飞船发射窗口需要考虑很多因素。因素一是要考虑发电条件，飞船飞行轨道面与太阳光的夹角必须小于某个角度才能让飞船帆板接收足够的太阳光用来发电。因素二是要考虑飞船发射入轨后与目标的相互位置，在目标飞行器飞行轨道面与发射场接近重合且飞船入轨后两者的飞行相位合适时才能发射，只有这样，飞船入轨点才能恰好与目标飞行器在同一个轨道面内，轨道高度比目标飞行器低，位置恰好在目标飞行器后面的下方，只有这样才能保证飞船顺利追赶目标。因素三是需要考虑交会对接敏感器的工作条件，太阳光不能进入激光交会对接雷达探测器视野内，否则会把探测器烧坏；同样太阳光不能进入 CCD 敏感器，因光线饱和时看不清目标。综合考虑上述因素后的发射时段称为飞船发射窗口。从中可以看出，航天界经常说的发射窗口是很难选的，特别是交会对接发射窗口，是与众多因素相关联的，并不是想发射就能发射的。

飞船入轨后轨道高度较目标飞行器低些，对应的周期是近 90 分钟，入轨飞行速度约 7.8km/s，而当时目标飞行器的飞行速度约 7.7km/s，说明飞船比目标飞行器的运行速度快。子弹最高速度不到 1km/s，这意味着飞船和天宫此时是以比子弹还快的速度上演一场太空追逐大赛。飞船追赶速度大于 100m/s，也就是大于 360km/h，这就是说，飞船一入轨就展开了快速追踪历程。

为什么飞船轨道低反而运动速度快呢？

航天器轨道周期 $T=0.00995201a^{\frac{3}{2}}$（T 是周期，单位为 s；a 是轨道半长轴，单位为 km），为了好理解，假设轨道是圆的，a 就是圆的半径，则航天器绕地球的角速度 $\omega=2\pi/T=631.35/a^{\frac{3}{2}}$（单位为弧度 / 秒，或 rad/s），线速度 $\upsilon=2\pi a/T=631.35/a^{\frac{1}{2}}$（单位为 km/s）。

从以上公式可以看出，飞船轨道高度越低（a 越小），飞行角速度就越快，飞行线速度（即平时我们说的飞行速度）也越快。

其实，对高中生来说，使用中学学到的知识就能很好地理解航天中很复杂的问题。

太空如何相会？

飞船入轨后比目标飞行器轨道低，作为追踪器就可以渐渐靠拢目标，靠拢过程中，逐渐抬高轨道高度，其逼近的速度也会逐渐减小，当飞船高度接近目标飞行器的高度时，正好控制飞船到达目标飞行器后方不远处。这好比空中加油机在空中稳定飞行，将加油管口露在后下方，需加油的飞机从后面慢慢靠近。

交会对接飞行过程分为交会段、对接段、组合体飞行段和撤离段。交会段分为远距离导引段和自主控制段两个过程。

远距离靠近时，地面进行轨道测量，开展远距离引导，控制飞船何时调姿、何时抬高轨道、何时刹车；飞船也可以通过导航系统计算好两个目标的相互位置，在两个目标距离近到一定程度时通过雷达测量相互距离。近距离靠近时，飞船用激光雷达、CCD 相机进行测量，自行计算何时调姿、何时抬高轨道、何时停泊。CCD 相机相当于人的眼睛，当看到目标时就盯住，左右移动，上下腾挪，靠近，最后对接上去。我国交会对接靠拢对接段安排在祖国上空，这样可以得到地面测控网和中继星更好的照顾，也为中国人用望远镜观看创造了条件。远距离导引段主要由地面控制，飞行四十几个小时。自主控制段由飞船自己控制，飞行近两个半小时。

远距离导引段

飞船发射入轨后，相位比目标飞行器落后近 90 度，要想对接，必须进行变轨调相。变轨就是地面控制飞船不断抬高轨道，逼近目标轨道；调相就是减少相位差，或者说是减少两者相距的角度。相位差近 90 度，相当于四分之一个地球。

11 月 1 日中午，发射后第 5 圈远地点远望六号测量船测控区内，地面控制飞船进行第一次轨道控制，将近地点抬高近 70 公里，目的是使轨道高度更接近目标飞行器轨道，减少轨道衰减速度。为什么抬高轨道能减少轨道衰减速度呢？因轨道越高，大气阻力越小，所以轨道衰减越慢。

飞船发射后，对应的轨道面或多或少会与目标飞行器的轨道面有差别。这次飞船发射入轨后，发现两个飞行器的轨道面差别很小，入轨轨道倾角与要求相差不到千分之一度，近地点高度仅差十几米，说明火箭打得很准。经轨道测量，决定在 11 月 2 日凌晨第 13 圈天链一号卫星测控区内，飞船飞经与目标飞行器轨道面相交时，进行第二次轨道控制，在飞行器轨道面垂直方向上，速度调整量很小，使飞船进入目标飞行器共面轨道。

11 月 2 日凌晨，第 16 圈远望五号测量船测控区内，飞船飞经近地点进行第三次轨道控制，将远地点进一步抬高，轨道高度更接近目标飞行器轨道。

11 月 2 日上午，第 19 圈天链一号卫星测控区内（飞船远地点附近）进行了第四次轨道控制，将近地点抬高至近 330 公里，这时飞船的轨道已接近于圆轨道，比目标飞行器轨道只略低一点。

11 月 2 日 17 时刚过，第 24 圈纳米比亚测控区内进行了第五次轨道控制，飞船进行了组合修正，前面飞船跑得稍微过了点，需要刹车，使飞船追的速度放慢一些。

上述五次变轨，使飞船由相距约 1 万公里到达天宫一号后下方 50 多公里处，均是由地面测控网测量两个飞行器轨道、北京中心根据变轨策略、计算变轨参数、控制飞船进行的。11 月 2 日深夜第 28 圈，地面将飞船导引到南美智利上空，即远距离导引终点，并帮助两飞行器建立起相对导航。导引精度很高，在飞行航迹上的位置误差是要求的 1/13，在径向上的误差是要求的 1/8，在法向上的误差是要求的 1/5。地面测控网首次进行远距离导引就干得这么漂亮，实属不易。地面将飞船引领到这里，就算完成了使命，后面的追踪就完全依靠飞船自己的能力了。

图为神舟八号任务主着陆场区战前动员会上工程总体人员合影（左起林西强、郑敏、张静波）。

飞船从距离目标飞行器 200 公里到追至距离 100 公里正好需要一个小时，就是说这个时候飞船追赶目标的平均速度是 100 公里／小时，这比在高速路上警车追赶前方绑匪汽车的刺激程度强多了，假设绑匪汽车速度是 150 公里／小时，警车的追赶速度可是 250 公里／小时。从 100 公里到 50 多公里的平均追赶速度是近 80 公里／小时，追赶速度相当于在北京三环路的限速（假设目标不动）。第 28 圈到达南美智利上空时，飞船的飞行速度约为 7.7km/s，追赶速度约为 9m/s，相当于中学时的苏炳添以百米冲刺的速度去追赶目标飞行器。

自主控制段

两个飞行器相距五十几公里时，地面判断飞船导航工作一切正常，便发令，将飞行控制权交给飞船。这个时间是 11 月 2 日深夜，从此时此刻开始，飞船完全依靠自己的导航控制进行追踪。自主导航控制是交会对接中最关键的技术。

飞船自主导航的依据在不同的时间阶段是不一样的，所采用的控制策略也是不一样的，使用的测量敏感器也不一样。在距离五十几公里以前所依据的主要是空空通信机传输的卫星导航信息和微波雷达信息，这两种手段作用距离远。实际上，飞船在距离目标飞行器很远的地方便与目标飞行器建立了通信链路，双方开始相互传递导航定位信息。微波雷达开机在几百公里处发现并捕获了目标飞行器的信号，飞船开始测量两者之间的距离和相对速度。飞船制导导航系统根据空空通信机获取的导航信息和微波雷达信号，不断计算两者的位置和速度，建立了自主导航状态，即飞船在转自动导航之前几个小时就已具备自己控制自己进行后半段交会对接的能力了。

自主控制段分为三个阶段，即寻的段、接近段和平移靠拢段。

寻的段是从相距五十几公里到"几公里"（飞船第一个停泊点）这一阶段，在第28圈到第29圈，飞船从南美上空飞至青岛上空，历时近一个小时，通过几次轨道机动，自主导引至飞船第一个停泊点。在此期间，飞船的激光雷达也捕获了目标，开始测距。激光雷达与微波雷达相比，缺点是作用距离近，且受光线影响，但优点是距离近时测量精度高。

飞船接近第一个停泊点时，开始使用反推发动机进行刹车，将相对速度降为零，这种方式称为停泊。停泊的目的是检查飞行器状态及相对位置、速度是否满足继续交会的条件，检查相关设备是否切换到位或工作就绪，一旦满足，则点火继续逼近。当然还要考虑地面测控网的布局，为了让关键事件能有好的测控条件，可能会停泊更长一段时间。飞船之所以能在太空中停泊得住，主要是两个飞行器的轨道高度已经完全一致，对应的轨道周期几乎一样，所以跑的速度是一样的，只是让两个飞行器一前一后串行。追的时候，利用正推发动机点火，加快速度；停泊时，利用反推发动机点火刹车。

第一个停泊点是相当重要的，因这是一个相对安全的距离，如果判断两个飞行器的状态好，便继续；如果判断状态不好，则果断退出。飞船到达第一个停泊点时，已是 11 月 3 日凌晨。由于前面跑得太顺利了，瞄得也太准了，故飞船节省的时间很多，另外考虑到需要适应后面的测控弧段，只好在第一个停泊点多停了一段时间。

接近段包括从第一个停泊点至"几百米"（第二个停泊点）接近、"几百米"至"一百多米"（第三个停泊点）接近两个阶段，历时近一小时。

11 月 3 日 1 时，即第 29 圈从第一个停泊点出发，经历四十几分钟后，飞船飞至纳米比亚测控区内，进入第二个停泊点。进入纳米比亚测控区，飞船此时也进入了当地的阴影区。首次交会对接选择在晚上进行，主要是避免太阳光对激光、CCD 相机等光学敏感器的影响，首先重点试验交会对接的制导导航技术及对接机构设计技术。飞船停泊几分钟后，由地面发送遥控指令控制飞船转第三个停泊点接近。从此时此刻起，地面测控网布设了相当长的测控链进行测量、监视和控制，纳米比亚站、肯尼亚站、卡拉奇站、和田站、东风站、渭南站、青岛站、远望五号、远望三号等站（船）串联接替测控，同时天链一号卫星也从天上进行监控。

第 29 圈马林迪测控区内，飞船进入第三个停泊点，停泊几分钟。

平移靠拢段是从第三个停泊点开始，设置"几十米"停泊点（第四个停泊点），沿对接走廊逼近目标飞行器。

飞船开始转出第三个停泊点，向第四个停泊点靠拢。3 分钟后，第 30 圈卡拉奇测控区内，飞船进入第四个停泊点，停泊几分钟，CCD 相机持续工作。如果有航天员，航天员可以使用 TV 电视进行手动控制，就像飞行员驾驶飞机一样，驾驶飞船对接。CCD 相机直接用于环路控制，图像并不下传。其实这些图像对航天员的地面训练是有用的，可以让航天员了解实际交会对接过程，建立感性认识。

飞船转最后靠拢。这段时间用得最多的是平移发动机，也就是左右上下四个方向的发动机。

距离几米时，两个飞行器的相对速度已很低，飞船的反推发动机在不断地制动刹车，最后相对速度降为每秒仅十几厘米。通过舱内摄像头拍摄的图像，能够看到目标飞行器迎面而来。通过电视画面，能够清晰地看见目标飞行器的十字靶标在十字线附近来回移动，靶标越来越大，距离越来越近，当两个庞然大物在太空撞击的一刹那，十字靶标和十字线距离仅差几厘米，这比允许的误差小了近一个量级。相距不到半米时，飞船停止控制，飞船依靠惯性缓缓靠拢目标飞行器。

11 月 3 日 1 时 29 分，第 30 圈东风站测控区内，两个飞行器的对接环接触。这是历史性的接触。飞船在测出有接触信号时，从尾部发动机打出几个脉冲，对飞船产生一个作用力，顶着飞船柔柔地撞向目标飞行器，使对接瓣顺利撞进锁孔中，成功接触。这些动作一气呵成，毫无拖泥带水。

历史上曾经出现过好几次大的交会对接失败的事故。1966 年双子星 9 号飞船与阿金纳的交会对接任务没有完成。20 世纪 70 年代到 80 年代初，联盟号飞船与礼炮号空间站对接曾经出现几次因对接系统问题，未能完成交会对接任务。1997 年，进步 M3-4 飞船与和平号空间站相撞，使和平号空间站上的光谱号实验舱被迫关闭，部分氧气泄漏，动力系统也受到影响，和平号因撞击加之超期服役诸多故障最终导致陨落。2010 年 6 月 30 日，进步 M-06M 号货运飞船从哈萨克斯坦境内的拜科努尔发射基地升空，打算将约 2.5 吨燃料、食品、水、衣物和设备输送给在国际空间站工作的 6 名航天员，但货运飞船飞过了国际空间站。对接前大约 30 分钟，飞船的自动驾驶仪突然失灵，国际空间站上的航天员尝试手动对接也没成功，航天员眼睁睁看着货运飞船飘过。

目前看，这一关，我们闯过来了。从数据看，两个飞行器相对导航精度实现了历史性突破：飞船发射入轨后，要从距目标飞行器 1 万多公里外，经过一系列地面飞控和飞船自主控制进入到相对距离 100 多米、角度偏差小于 10 度的安全管道，为了保证对接环接触并有效捕获，在对接轨道高度上，以约 7.7 公里 / 秒高速运行、重逾 8 吨级的两个飞行器最后的相对位置偏差不能超过十几厘米，角度偏差小于几度。形象地说，就是举重若轻，沧海舞两粟，而且这两粟还必须在太空中面对面，才能完成对接。

对接前，速度慢是需要的，防止误撞；交会对接最担心的就是追尾、碰撞，也有可能擦肩而过。确认对准后提高速度也是必需的，确保能撞进锁坑并锁住。天宫一号和神舟八号其实就像两辆汽车一前一后在高速行驶，前车尾部有一小气球，后车保险杠前面有一个短针头，要求针头扎破气球还不能撞坏前车，故两者对接就像是轻微追尾，重了会撞坏，轻了又扎不破气球，所以用力必须刚刚好。

太空相会怎么"握手"？——对接过程

要进行对接就得有对接机构，对接机构的作用是在太空中将两个航天器对接并连接在一起，密封好，中间形成通道，使两个航天器可以连通，航天员可以自由穿梭，货物可以来回搬运。对接机构是连接多个舱段、组装空间站、运送和撤离航天员、货物补给必须的装置。

目前国际上有两种对接机构，一种是杆—锥式，一种是异体同构周边式。

杆—锥式对接机构有主动、被动之分，联盟号飞船、和平号空间站、国际空间站中俄罗斯舱段、欧洲的 ATV（其对接机构是购买俄罗斯的）都在使用这种对接机构，优点是结构简单，缺点就是航天员从一个飞行器进入另一个飞行器的过渡通道中心部位被对接机构堵塞，对接以后需拆卸一部分机构才能通行。

异体同构周边式对接机构阿帕斯（APAS，Androgynous Peripheral Assembly System）安装在隔框周边，无主动、被动之分，任何一方都可成为主动方或被动方（当然在使用时也有些区别，见下文），中央留有直径近 1 米的通道，较好地克服了杆—锥式的缺点，但它的结构很复杂，由上万个零部件组成，是迄今为止我国航天器在轨使用的最复杂的空间机构，现在的国际空间站、航天飞机等都使用这种对接机构。我国直接采用了异体同构周边式（导向器内翻）对接机构，这样，我们就为未来与欧美合作打下了基础，我们的飞船可以造访国际空间站，美国的飞船也可以造访我们的空间站。

对接机构是一对，一个是被动端装在目标飞行器上，一个是主动端装在飞船上。两个机械结构几乎完全相同，区别在于，飞船主动端装有对接密封圈而目标飞行器没有，飞船主动端装有伸出装置而目标飞行器没有。伸出装置是飞船准备对接前，提前使用六个推出杆，将对接环伸出，对接环装有三个导向对接瓣，看上去像三个爪子，相当于触须，最先碰到目标飞行器的三个导向对接瓣，六个导向对接瓣正好相间交叉，利用前进力和撞击能量，使飞船导向瓣上的捕获锁撞进对方每两个导向瓣中间的凹锁坑（或称卡板器）中，三把锁卡住，实现捕获锁合。撞击的能量将通过伸出的对接环传递到弹簧机构、电磁阻尼器、摩擦制动器而被吸收，两个飞行器不管从哪个角度发生相互撞击，伸出的对接环都将会随之而动（或转动），上述装置被不同程度地挤压、蓄能，是一组很好的缓冲机构。锁合后，飞船才告诉导航控制系统关闭后面的发动机，取消正推。

对接过程分为四个阶段：接触、捕获、拉近、锁紧。

捕获后，飞船将对接环推出，强制消除相对偏差，对接环推出至极限位置后再慢慢拉回，六根伸出杆开始收紧，将目标飞行器拉进飞船的怀抱。当目标飞行器的对接面拉近到飞船对接面并压紧时，对接框上的六把锁锁紧，两个航天器连为一个整体。对接后形成密封通道，将来的航天员经此通道就可以进出目标飞行器了。对接机构还具备对接后支持供电和总线并网的能力，能够进行气、液补加。

可见，伸出的对接环实际上是起了探寻目标、抓住目标、缓冲目标的作用，上面说的触须相当于接触，捕获锁被卡住相当于捕获，伸出杆收紧相当于拉近，对接框上的六把锁起的作用相当于锁紧。从我国中部东风站开始接触，到最东端青岛站出海，经布于日本东部海域的远望五号测量船，再到布于太平洋上的远望三号测量船，都是对接的过程，可见对接之难，不亚于牛郎织女的相会。

经过七分多钟，飞船飞经青岛站时，对接锁锁紧完成，飞船和目标飞行器组成组合体，由目标飞行器负责组合体飞行控制。

飞船进入远望五号测量船测控区时，组合体消除对接造成的姿态偏差，转入正常对地模式飞行。担心锁紧过程会很长，故设置了远望三号测量船在后面进行接力测控，万一出现锁不紧情况时，可以应急处理。

对接后的两个飞行器形成了一个刚性组合体，从此进入了组合体飞行阶段。对接后，用气体填充两个对接机构中间形成的空间，两个密封圈内的探测器开始检测是否与外界密封。如果载人的话，在正常状态下，飞船的轨道舱和目标飞行器的实验舱（气密舱）通过通气阀开始均衡压力，两个空间的压力相同时，就可以开启舱门了。本次任务由于无人，故仅进行密封圈检漏。

综上所述，交会对接像一对男女朋友谈恋爱，远距离导引有点像是由地面这位朋友牵线搭桥，解决大家不认识的问题；近距离引导有点像两个人认识了，到了近距离追逐时，就是自由恋爱了，就靠各自身上携带的传感器和对方进行交流了；对接有点像两个人感觉良好，那就恋爱成功，相互拥抱接吻。

传说中的美丽天宫，天地间的往返神舟，终于对接相会，从此，吹响了中国进驻太空的号角。

图为 2011 年 9 月 29 日天宫一号发射成功后王永志高级顾问等老一辈专家看望工程总体人员（前排左起沈力平、陈炳忠、王永志、舒昌廉、林树，后排左起王锟、贺元军、陈向、冉隆燧、单桂波、张启平、蒋立正、郑敏、李英良、王兆耀、丁溯泉、杨利伟、王震、刘晋、李少宁、刘国宁、宋伟、张丽艳、周亚强、王岩、作者、齐宏、盛宇兵）。

地面能看到吗？

地面上可以看到这场"太空相会"盛事吗？当然啦，但肉眼凡胎可看不到，要借助望远镜才有可能。神舟八号飞船和天宫一号靠拢对接过程安排在祖国上空，这样中国人是可以用望远镜看到它们相会的。

人类天生就是"追星族"，正是对星空的好奇心和求知欲造就了天文学这一探索宇宙奥秘的学科。中国是世界上天文学起步最早、发展最快的国家之一，天文学也是我国古代最发达的四门自然科学之一。我国最早的天象观察，可以追溯到好几千年以前，观测天象的台址名称很多，如灵台、瞻星台、司天台、观星台和观象台等，现今保存最完好的就是河南登封观星台和北京古观象台。目前，我们已不满足在地面观测宇宙了，正在研制中国自己的巡天空间望远镜。

组合体飞行及二次对接

对接后，飞船转入停靠状态，在有人期间充当救生艇。对接五个多小时后，目标飞行器控制组合体偏航180度，使目标飞行器头部冲着飞行方向，即目标飞行器处于正飞状态，飞船处于倒飞状态。从此组合体进入正常飞行阶段。

二次对接的主要目的是进一步验证交会对接技术，积累更多工程经验。

二次对接采用飞船后向撤离和正向接近的飞行方式。11月13日晚上，在喀什站上空，组合体开始偏航180度，目标飞行器处于倒飞状态，飞船转为正飞。

组合体在飞行11天后，即11月14日进行了第二次交会对接试验。

11月14日18时，对接通道泄压。19时24分，对接机构首先解锁，飞船与目标飞行器分离，撤离至相对距离"几十米"，在纳米比亚测控站弧段内，停泊几分钟，转"一百多米"撤离。在"一百多米"处停泊几分钟。在马林迪站测控弧段内，检查所有状态均正常时，正推发动机点火，控制飞船转"几十米"接近。19时48分，在喀什站上空，飞船进入"几十米"停泊点，保持几分钟，转最后靠拢。接近20时，在东风站和渭南站共视测控弧段内，对接环接触。在远望五号测量船跟踪弧段内，对接锁锁紧，再次构成组合体。第二次对接毫无悬念。

神舟八号飞船在飞行期间，还首次成功开展了中德合作空间生命领域科学实验，实现了空间生命科学17项研究目标，首次分析得到了数十种在微重力下发生改变的植物细胞骨架相关蛋白，发现了微重力环境改变痢疾杆菌四磷酸二腺苷酶分子组装方式的现象，成功筛选得到了数千种微重力相关差异基因。

继续飞行两天后，飞船进入撤离段。

完成组合体飞行任务后，11月16日18时27分，对接机构解锁，两飞行器分离。飞船撤离至距离目标飞行器约几公里处，撤离段飞行完成。

生物样品回收演练期间出现"绑匪"

神舟八号开展的中德合作空间生命科学实验有很多活性生物样品需要随返回舱返回下行地面，空间应用中心专门组成中德合作回收试验队，党炜是负责人。

11月16日，着陆场指挥部组织一次空地综合演练，党炜带领空中小组乘直升机前往演练现场。飞行在茫茫草原上，除了直升机与直升机间、直升机与地面间有无线电联络信号外，手机通信无线电信号全无。

演练顺利，生物活性样品的保温问题得到顺利解决，回收流程合理可行。待下午演练完，直升机刚刚在大庙落地，党炜的手机猛然响了起来，接通电话，手机里传来远在北京的赵黎平急促的声音："终于打通了，全单位都在找你，赶紧给你妈妈打个电话，报个平安！"

这是怎么回事？原来就在党炜升空执行任务时，党炜的妈妈在家里接到一个电话："你儿子被绑架了！"随即话筒里传来了模仿党炜的哭声！绑匪要求老人不准放下电话、不准报警、不准联系儿子，立刻准备钱款，到银行汇款。老人紧张坏了，边拿着电话维持着与绑匪的联系，边偷偷派人打儿子的手机。巧了，不管怎么打，手机就是打不通，这更加验证了儿子被绑架的真实性。

就在妈妈跑到银行汇款时，直升机落地了，两条途径中止了转账进程：一个是赵黎平通知了党炜夫人，另一个是党炜给银行打电话，同时报了警。

航天人在草原上拼命，绑匪们在暗地里索钱。无语。

但从另一个角度看，绑匪选择下手的时机绝妙，正是直升机升空演练之时；模仿哭声的艺术绝伦，恰是频谱高仿技术；防范他人识破的措施绝佳，确是微妙周全细致！不得不让人拍案称奇。可惜，这些智商没有用在正地方。

飞船返回

11月17日4时22分，飞船进行微小轨道控制，使用4台B发动机进行喷火，令其工作了不到半分钟，速度变化了近2m/s，变轨后，飞船的轨道对准了主着陆场。轨道调整的规律是：如果想让轨道朝西飘一点，就让发动机正着推，使得轨道对面的高度高一些，这样轨道周期就会大一些，意味着转一圈的时间会长一些，地球在这段时间里转动的角度会多一些，自然飞船下一圈的船下点就朝西飘了。反之，如果想让轨道朝东飘一点，就让飞船掉头，尾部朝前，相当于发动机反着推，运行速度降一点，使得飞船跑到轨道对面时的轨道高度低一些，这样轨道周期就会小一些，地球在短时间里转动的角度会少一些，自然飞船下一圈的船下点就朝东飘了。

17时13分，轨道舱开始泄压。根据预报五小时的风场数据计算出了风修正量为：航向十几公里，横向几百米，之后马上注入飞船。

18时44分，飞船在纳米比亚测控区内，完成调姿、制动，控制飞船进入返回轨道。飞船下降至140多公里高度，推进舱和返回舱分离，再入大气层，返回舱升力控制系统开始起作用。

就在返回舱钻入大气层之时，远在1万多公里以外的内蒙古四子王旗主着陆场五架直升机已在待命空域等候。

本该返回舱出黑障后243MHz信标机就会发出信号，但不知为何直升机一直没有收到信号，这下可把搜救指挥员和飞行员急坏了。

等啊等啊，没有信息。

突然，就在时针走到19时19分时，直升机罗盘转动了一下，说明收到243MHz信号了，但此时返回舱已经下降到10公里高度了。

返回舱主伞打开，制导导航系统开始减旋控制。

返回舱5公里高度时抛防热大底，然后座椅提升到位。尽管没有航天员，但这些动作都要做，目的就是一遍一遍地练习，争取把每个动作做到成熟可靠。

19时32分，反推发动机点火，返回舱着陆。

由于直升机开始收到243MHz信标信号的时间较晚，故直升机在有了方向指示之后，马上扑向目标。

19时47分，通信直升机目视发现闪光灯。驾驶员谨慎地报告：“发现闪光信号！”

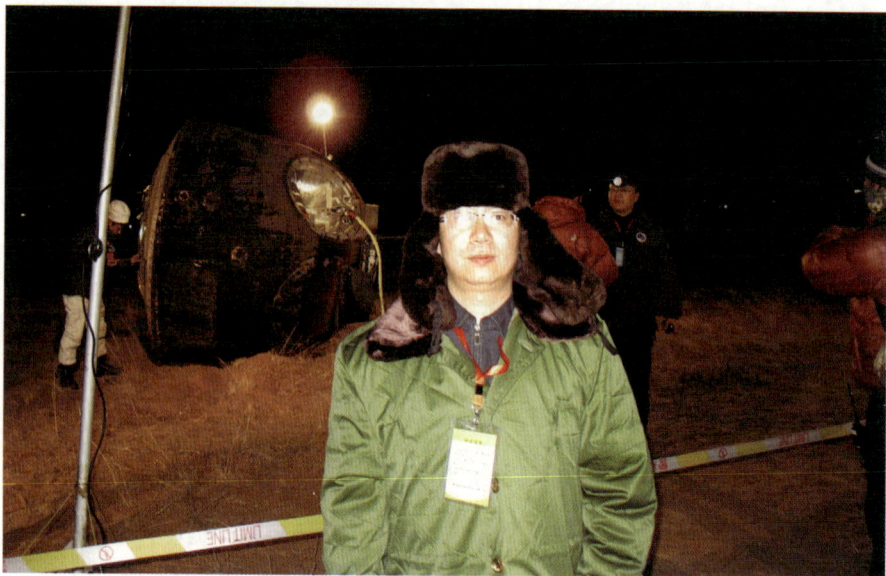

图为林西强在神舟八号飞船返回舱处置现场。

19时50分，指挥直升机在返回舱边上降落。一看返回舱，好好的，搜救人员这才放心。

19时53分，地面回收分队收到406MHz示位标信号，根据收到的落点位置，开始扑向落点。

20时29分，开舱手使用开舱工具打开舱门。此时，距离降落时刻近一个小时。

20时42分，地面车队到达现场。

21时34分，飞船试验队队员从返回舱取出中德合作培养箱，马上交给科学院的专家，由他们将这些宝贝运到载荷直升机。载荷直升机立刻起飞，飞至大庙，停，加油；22时10分，载荷直升机再次起飞，连夜飞越大青山；23时10分，飞抵毕克齐机场。23时29分，装载着科学实验返回样品的挑战者号飞机起飞；18日凌晨0时18分抵达西郊机场，载荷科学样品立刻放至汽车，警车开道，送往科学院某研究所。这些样品很多都是生命科学样品，存活性极为重要，故整个任务为抢时间做足了功课。下面研究的事就交给科学家了。

11月18日，运载返回舱的专列从呼和浩特火车站出发；19日10时22分，专列抵达北京昌平火车站。

19时49分，国际救援卫星组织的S7卫星收到神舟八号飞船返回舱406MHz示位标信号，解调出的结果与实际落点相差不大。

飞船返回后，目标飞行器变轨进入约370公里近圆轨道，转入长期在轨管理模式，等待下次交会对接。

图为神舟八号飞船返回舱从内蒙古中部的主着陆场被送到呼和浩特，而后运回北京。

感　言

　　此次交会对接任务的圆满成功，标志着我国空间交会对接技术取得重大突破，意味着我国成为继美国、俄罗斯后，第三个独立掌握航天交会对接技术的国家，不仅为我国建立空间站打下了基础，也提升了中国载人航天技术在世界上的地位。

　　这是中国航天史的盛事，也是世界航天史的盛事。

　　当11月17日任务全部圆满成功后，党中央、国务院、中央军委发来贺电：交会对接实现了我国空间技术发展的重大跨越，这是我国载人航天事业发展史上的重要里程碑，是建设创新型国家的标志性成果……贺电深刻揭示了交会对接任务成功的重大意义，给了全国人民，特别是广大参试人员极大的鼓舞。

　　工程总师王永志接受采访时说："从神舟一号飞天到天宫一号飞天，这是一次巨大的飞跃，天宫一号和神舟八号的空间交会对接，更是对各大系统先进性能的一次大检阅，它成就了成千上万航天人进驻太空的梦想，在我国和平利用与开发太空的伟大征程中又一次迈出了坚实的一步。"

　　在神舟八号与天宫一号首次无人交会对接任务后，我读到一位中学生写的一首诗：

大漠酒泉邀明月，
天宫一号问苍穹。
古老炎黄将须叹，
中华儿女建奇功。

这个"奇功"，的确让中国人于世界之林扬眉吐气，国内媒体争相报道。国外媒体也给予了高度关注。海外评论称中国为建设一座长期在轨运转的空间站，投入了长期且巨大的努力，这次完美的对接使中国向建设自己空间站的目标迈出了关键一步。

美国空间政策专家约翰·洛格斯登教授认为："这次交会对接是中国朝着计划十年后建造更大规模空间站迈出的第一步。"在美国航天飞机悉数退役，国际空间站前途未卜之际，我国这次交会对接的成功为世界太空活动格局增添了许多机遇，未来的太空十年，中国将扮演更加重要的角色，准备在太空中有更多的发言机会。

第 十 一 章

神舟九号：实施我国首次载人交会对接任务

2012 年 6 月 29 日 10 时 03 分，神舟九号飞船返回舱成功降落在位于内蒙古中部的主着陆场预定区域。航天员景海鹏（前排中）、刘旺（前排左）、刘洋（前排右）经过近 13 天的任务飞行，身体状况良好，安全出舱。图为航天员出舱后手捧鲜花向大家招手致意。

神舟九号：我国首次载人交会对接（来源：央视网）

2012 年 6 月 16 日 18 时 37 分，改进型长征二号 F 遥九运载火箭载着神舟九号飞船和景海鹏、刘旺、刘洋 3 名航天员从酒泉卫星发射中心点火起飞，飞船准确入轨，刘洋成为中国首位进入太空的女航天员。经远距离导引、自主控制和对接段，6 月 18 日，神舟九号飞船与天宫一号目标飞行器成功实现自动交会对接，航天员景海鹏打开目标飞行器实验舱舱门第一个进入目标飞行器，航天员刘旺和刘洋随后进入，3 名航天员在目标飞行器内开展了航天医学和再生生保试验任务。6 月 24 日，两飞行器分离，航天员刘旺操控飞船完成了手控交会对接，3 名航天员再次进驻目标飞行器。6 月 28 日，神舟九号飞船与天宫一号目标飞行器分离。6 月 29 日 10 时 03 分，飞船返回舱安全着陆于主着陆场。6 月 29 日，天宫一号目标飞行器进入自主运行轨道，转入在轨运营管理。神舟九号与天宫一号顺利牵手，中国首次载人自动及手控交会对接顺利完成。

神舟九号飞船于 2012 年 6 月 16 日发射升空，执行我国首次载人交会对接任务。航天员景海鹏、刘旺、刘洋顺利进入太空。6 月 24 日，神舟九号航天员成功驾驶飞船与天宫一号目标飞行器对接，我国载人航天工程"第二步"战略目标取得了具有决定性意义的重要进展，这标志着中国成为世界上第三个完整掌握空间交会对接技术的国家。

神九发射

2012 年 6 月 16 日 18 时 37 分，在长征二号 F 遥九运载火箭腾空的巨大轰鸣中，搭载着景海鹏、刘旺、刘洋的中国神舟九号飞船顺利升空，执行与天宫一号首次载人交会对接任务。2012 年 6 月 24 日，航天员刘旺通过手柄操作，完成中国首次空间手控交会对接试验任务。3 名航天员在太空建起了中国第一个太空小家。刘洋成为中国第一位进入太空的女航天员。

航天员在组装后的"别墅"里如何工作生活？

飞船与目标飞行器对接后，组装成了一个大的航天器——组合体，两个航天器的电源可以并网供电，总线可以转接，数据可以互通，气液可以对流，资源可以共享。对接后的组合体形成了一厅两室的格局，航天员可以在目标飞行器的大厅内工作、锻炼和睡觉，可以到飞船就餐、处理个人卫生。舱内安装多个摄像机，可以将舱内航天员工作生活状况和设备工作状况实时传至地面，直观地反映舱内实际情况。

对接后形成的组合体，由目标飞行器进行统一管理，例如控制整个组合体的姿态、轨道、环境温度、湿度等。目标飞行器在控制组合体姿态时要考虑两个航天器的动力学特性，同时为保障能源供应，在太阳光与轨道面夹角大于一定数值后需偏航飞行，目的是使太阳电池翼正常跟踪太阳，能够接收更多的阳光进行发电。在目标飞行器姿态控制出现故障时，由飞船代替，保证组合体分离安全。组合体飞行期间，轨道维持由目标飞行器负责，保证飞船分离时，正好对准我国内蒙古主着陆场。

由于目前平台尚无成熟制氧装置，航天员呼吸用的氧气全部需要从地面携带上去，一人 60 天需要 50 公斤氧气，可见将来长期载人飞行时必须学会自己产生氧气，例如从航天员用过的水中电解制氧。空气也是从地面带上去的，需不断补充密封舱漏掉的气体，如空气被污染，如失火后，需彻底置换空气。航天员将目标飞行器的热支持软管拉至飞船返回舱，将返回舱较冷的空气吸至目标飞行器，实现一厅两室的对流换热。针对人活动区和睡眠区的风速要求，结合组合体控温和除湿需求，在不同位置放置多个风口，不同风口，出风量不同。例如工作区风速大，睡眠区小。目标飞行器配置多个二氧化碳净化器、微量有害气体净化器、微生物控制装置串联在通风管道中，过滤掉对航天员有害的东西。组合体期间食品、饮水、废物收集装置等设备由飞船上行携带，食品加热装置、饮水设备、大小便收集装置、睡袋等两个航天器共用，以优化配置。航天员饮食、饮水在飞船轨道舱完成，每人每天饮水量两千克多，每人每天一个食品包。工程中要考虑每人每天的排便量、排尿量，要配置卫生用品、大型废物收集桶、大型尿液贮箱，要考虑有害气体的过滤，例如舱体内平台设备、有效载荷都会释放有害气体，仅大小便挥发的有害气体就有八种。航天员使用飞船配置的睡袋在睡眠区休息。睡袋用挂钩安装在舱壁上，航天员睡觉时，背向侧壁。在睡袋旁边有助力扶手，辅助航天员进入睡袋。为抵抗航天员在微重力环境下的生理变化，配置了负压筒、拉力器、自行车功量计、骨丢失对抗仪、企鹅服等，配合航天员进行在轨锻炼。

飞船处于停靠状态时，不必要的设备可以关机，最大程度地节省电源，延长飞船在轨停靠时间。此时的飞船还兼有救生艇的作用，一旦目标飞行器出现紧急故障，如失火、舱体击穿等，航天员可以迅速转移至飞船，关闭舱门，进行避难，需要时可以紧急脱离目标飞行器，返回地球。1984 年，苏联礼炮 7 号空间站出现严重故障时，就是用停靠在站上的联盟号飞船把两名航天员紧急撤回地面的。

人类为什么要探索太空？

除了完成交会对接任务、进行空间站部分技术试验外，载人航天的一个重要任务就是空间科学研究和空间应用。

图为担负神舟九号回收任务的测控通信装备。

人类进行太空探索和实验的目的就是通过宇宙探险了解宇宙奥妙，利用宇宙和太空的特殊环境、得天独厚的太空优势条件，发现和认识各种自然现象。太空应用不仅与工业、农业、国民经济有着密切的联系，也与政治、商业等有着越来越广泛的联系。

对地观测的发展有助于人类了解自己居住的地球，从而为自己及后代创造更好的生活环境。国际空间站51.6度倾角的轨道可覆盖地球表面75％的区域，涉及全球95％的人口。现在，美国国家航天局（NASA）已经明确将国际空间站所承担的对地观测任务作为"地球行星任务"计划的补充。国际空间站上的对地观测设备很多，按对地观测设备在站上的位置，国际空间站的对地观测可分舱段观测和桁架观测两种类型。

舱段观测是指通过美国实验舱、欧空局"哥伦布"舱及日本实验舱等舱段上安装的遥感设备执行对地观测任务。如美国实验舱的下部设有光学观测窗（WORF），航天员通过该观测窗可获得地球上任意指定区域的海洋、陆地或大气的图片。欧空局也在"哥伦布"舱外安装外露设施，并在其上装有测雨雷达、雷达高度计、激光雷达、辐射计、散射计及多谱段成像仪等器件，承担大气与海洋动力学观测、陆地资源与环境观测，进行包括低纬度区域热动力学探测、大气化学特性探测、辐射平衡探测等环境参数探测任务。日本实验舱的外露设施中也安装了不少对地观测仪器，例如超导亚毫米波边缘发射探测器（SMILES），它是由通信研究实验室研制的大气成分观测仪，其目的是测定平流层和逃逸层中气体和水汽等成分的含量和分布，以探测它们对长期气候变化的影响。

桁架观测是由位于国际空间站桁架上的对地观测设备完成的。国际空间站桁架上的主要对地观测设备是被称为SAGE-3的大气测试仪，其全称为平流层气溶胶和气体实验设备。该设备以太阳能为动力，是同类地球大气探测器的第三代产品。SAGE-3的主要任务是寻找平流层中令人感兴趣的成分，如氮气、二氧化氨及水等。同时，它还将测量这些成分在时间和地理上的分布变化，以了解它们在气候变化、生化循环中的作用。

天文观测是天文学研究的重要手段，是了解宇宙天体位置、分布、运动、结构、物理状态、化学组成及其演化规律的重要途径。

科学实验是科学家的挚爱，可以充分利用太空失重、超高真空、超净、深冷等特有环境，开展各种形式的探索，进行特殊的产品加工。太空是一个天然的实验室，是人类得以开展在地面无法进行的各种科学实验的场所，是获取在地面无法获取的资源的场所，是认识宇宙、探索自然的理想环境，是造福人类的巨大财富源泉。

目标飞行器的应用载荷安装位置可以在密封舱内、实验舱后锥段、资源舱外等。应用方式可以是由航天员手动操作，也可以是由地面遥控指令控制。由于目标飞行器的空间、资源比飞船大，故可以开展的应用比飞船要大得多。空间应用领域包括对地观测、空间环境监测、科学实验等。例如在天宫一号目标飞行器上，国际上首次在空间成功开展了复合结构的光子晶体生长实验，采用Kossel线观测研究技术，研究单组元和双组元胶体晶体随温度与电场变化的相变动力学过程，为拓展由胶体晶体制备光子晶体积累了理论认知和技术经验。

三名航天员在天宫中驻留任务结束后，准备回家了。

在飞船撤离前，航天员需将返回地面的载荷或样品转移至飞船返回舱，将垃圾运至飞船轨道舱，在轨道舱进入大气层后烧毁。

回收准备

2012 年 6 月下旬，主着陆场已完成了四次回收演练。这次任务有直升机 7 架，地面车辆 46 辆。我作为机关工作组成员提前赶到四子王旗，参加回收工作。

6 月 26 日下午，召开神舟九号任务搜索回收主着陆场指挥部会议。指挥长张海东向机关工作组汇报了主着陆场任务准备情况，参试单位汇报了任务就绪情况。

阴转晴

大庙西边的那条沙尔木伦高勒（河），一直延绵流向西北方向，渐渐深入辽阔的草原之中。入夏以来，雨水比往年多，草比往年高，河面比往年宽。主着陆场夏季多雨多雷暴，气象条件复杂。

2012 年 6 月下旬，连续几天，一直在下雨，而且很大，乌云密布，间有雷电。河里的水明显多了起来，站在大庙西面悬崖峭壁上往下看，河水浑黄汹涌，让人误认为到了黄河。

预报 27 日雷阵雨转多云，实际持续中雨，气温 12~20℃，东南风 3~4 级。我跑到气象台，看到技术人员正在通过电话与北京中心的气象人员会商，台长王永生鬓角和眉毛之间挂着汗珠，着急使然。气象万一预报不准，挺让人为难的。

预报 28 日雷阵雨转多云，实际还是持续下雨，气温 13~20℃，南风 3~4 级。

6 月 29 日神舟九号飞船就要返回，准备返回的主着陆场天气却不争气，这些天总是雨水不断，让人担心，甚至人们都想到了是否启用用于气象备份的副着陆场。这可怎么办？

终于，28 日上午，一名气象人员从大庙气象台跑出来，忘了打伞，冒着雨，跑向院西侧那栋大楼，手里拿着的就是 29 日的气象预报，预报结果：晴。大家松了一口气。从天气趋势分析，飞船返回当天会是好天。但愿气象台预报得准。

再细看数据：0~3 成高低云，气温 17~21℃，偏北风 4~6m/s，高空风 37~42m/s，海拔 7~12 千米高度范围内 300 米高度差最大切变风速 <8m/s，满足返回着陆条件。

"返回主着陆场。"决策依靠的是天气预报。

6 月 28 日，在四子王旗召开主着陆场指挥部动员大会。我印象深刻的就是传达的六个字："淡定、坚定、稳定！"会上又进一步明确了找到航天员后的三条线：第一条是运送航天员从现场到毕克齐机场，第二条是运送返回舱从现场转运至昌平，第三条是以散落物为中心寻找、运回。从上可以看出，着陆场工作事无巨细，有一件小事处理不好都不行。

28 日下午 14 时 30 分，大家又在开会讨论返回搜索回收过程中各种异常情况的处置预案。整个神九任务的故障预案就有 337 项，各个系统任务前都是绞尽脑汁在想可能会出现的问题及解决措施。

"神舟九号飞船轨道维持成功。"在太空飞行 191 圈后，于 6 月 28 日傍晚，神舟九号与天宫一号分离，飞船进行了返回前最后一次轨道维持。经过这次变轨，飞行轨道完全对准了我国载人航天主着陆场。

6 月 29 日上午，果然，一扫几天来的阴云风雨，换来了天空晴朗、白云缕缕、微风绵绵。今天的天格外的蓝，天上的云格外的美妙，像银丝、像射线。今天回收，真是好运当头，像是苍天的特殊眷顾。

出征

上午 7 时，驻扎在四子王旗的参试人员出发，警车开道，各试验队车辆相继驶出宾馆大院，老百姓在周围看着，警察在维持着秩序，他们每个人只能看见车队的一节，要想看全已无可能，有人想数，一会儿便数乱了，从这车队的阵势便知道马上要有大事发生。

7 时 50 分，车队到达大庙，会同原驻扎在这的地面、空中搜救人员，集结完毕。

8 时 10 分，大庙，神舟九号回收出征仪式开始。直升机飞行员、飞船处置人员、医监医保人员、医疗救护人员、搜救人员，整齐列队。大战在即，动员简单，但每个人的脸上都严肃凝重。

"出发！"一声令下，每个参试人员立即奔赴各自的岗位。

8 时 30 分，地面分队开始出动。院门口，鞭炮齐鸣，为航天人壮行。搜索指挥车、特种车辆在前，其他车辆随后，鱼贯而出。车队头车早已穿过苏木，爬上山头，深入草原，而尾车尚未出院。车号编码方式也暗藏智慧，例如给工程运输车的编号是 6，中央电视台转播车希望加入车队，领导便创造出了 6A、6B、6C。百余辆车，浩浩荡荡，向待命地点进发。

9 时 05 分，空中分队准备完毕。巨大的停机坪，直升机螺旋桨起旋，发动机开始轰鸣。飞船刚制动，五架直升机便接到命令，陆续起飞，在大庙上空，向不同方向转弯，各自奔向自己的待命空域。

9 时 37 分，五架直升机飞至各自位置，形成了一个方形口袋，等待着天外骄子的到来。其中指挥机、通信机两架直升机布在西南角，搜救机布在西北角，医监医保机布在东北角，一号医疗救护机布在东南角，口袋中心点就是返回理论瞄准点。

制动返回

6 月 29 日上午 9 时许，已在太空中飞行了 200 圈的飞船，正飞经南非纳米比亚上空，这是设计的飞船返回航程的起始端。

"开始进行第一次调姿。" 9 时 14 分，飞船偏航 90°，然后轨道舱与返回舱和推进舱组合体分离。

"开始进行第二次调姿。" 返回舱和推进舱组合体变成倒飞状态。

"飞船返回制动。" 推进舱尾部的两台发动机瞬间喷出巨大的火焰，就像汽车刹车。

上述动作均在南非纳米比亚的测控站测控弧段内，地面时刻监控着飞船的一举一动，测量着飞船的轨道变化。运行在地球同步轨道的我国中继卫星也在密切监视着飞船。从制动后的轨道测量数据来看，制动完全正常。

飞船制动后，飞行轨道高度开始从 343 公里滑行下降。

飞船制动后几分钟，进入马林迪测控站上空。轨道测量再次表明，制动效果一切正常。

9 时 33 分，飞船进入卡拉奇测控站上空。从制动完成到推—返分离，推进舱共陪伴返回舱 20 分钟，伴飞近九千公里，现在一切正常，推进舱可以放心地让返回舱独自进入大气层了。

穿越黑障

推—返分离后两分钟，返回舱开始调整配平攻角，即调整返回舱的姿态，做好了进入大气层的准备。

返回舱从祖国西南边疆进入新疆上空。

"发现目标"，布在和田的活动测量站捕获跟踪到了返回舱。返回舱滑行高度已降至 100 公里左右，渐渐进入稀薄大气层，大气对返回舱产生阻力，航天员开始感到有过载，且愈发明显。当下降至 80 公里高度，过载达到一定值，返回舱开始进行升力控制。

和田站的轨道测量数据立刻传到北京中心，中心马上计算出落点预报数据，内蒙古四子王旗主着陆场指挥部的态势显示系统立刻将其显示出来。返回舱降落的大体位置有了。

此时的返回舱正在与大气阻力进行着搏斗，搏斗的结果是返回舱被等离子鞘包裹了起来。此时地面是无法知道航天员的身体状况及返回舱的变化情况的，地面控制人员和祖国的亲人都悬着一颗心。

布在甘肃安西的雷达发现了目标并持续跟踪。摩擦带来了高温，蜂窝状防热层有效地减缓了热量向舱内扩散，再加上事先舱内有预冷，故航天员可以承受这种严酷的磨炼。

同样是再入大气层，推进舱由于没有防热装置，在与大气层进行剧烈摩擦不久，便开始燃烧、解体。推进舱解体后，像一把扫帚，又像一个彗星，解体后再燃烧，更像天女散花，远远地跟在返回舱的后面，不久，燃烧殆尽的碎片便消失在茫茫的黑障中。

此时返回舱航迹下方，东风还有几台光学测量设备参加了任务，捕获到了在黑障中返回舱和推进舱两个目标的图像，从图像可以看到整个壮丽的场面。"燃烧"是为了照亮别人，"解体"是为了成就他人，"消失"不代表没有贡献。这种牺牲精神在载人航天工程中随处可见。

就在安西站雷达结束跟踪后不久，布在内蒙古白云鄂博的雷达发现了目标。尽管地面人员无法得知黑障内航天员的信息，但测控链仍然密切关注着返回舱的飞行。空中接力也体现了深情。

几乎是同时，设在大庙北侧沃力格图的光学设备用红外发现了黑障内的返回舱。

返回舱下降至 40 公里高度，此时的飞行速度已降至 2km/s 左右，返回舱与大气摩擦产生的等离子鞘消失，黑障结束，返回舱重新向地面发出无线电信号。

返回着陆

"捕获目标"，布在大庙的 USB 设备马上跟踪到了刚出黑障的返回舱，通过遥测信息判断，航天员一切正常。

"返回舱出黑障，搜索开始。"空中等待的五架直升机，打开所有搜索信标接收机，期盼着信标信号的出现。

"收到 243 信标信号，定向稳定。"9 时 49 分，布在西南角的指挥机、

图为返回现场指挥员研究何时出舱。

通信机，布在西北角的搜救机几乎同时发现了目标。说明返回舱当下在西边。

"看，在那！"顺着指挥机驾驶员张治林的手指，领航主任程庆欣、北京空间机电研究所副所长高树义也看到了北方上空有一个亮点，亮点变得越来越大。张治林判断，既然目标在北边，不妨先朝北靠近，便驾机直接北飞。

"指令发出"，大庙 USB 设备向返回舱发出遥控指令，控制返回舱打开回收主开关。其实，返回舱按程序早已自己打开主开关，因事件过于关键，为了确保，地面补了一枪。

返回舱下降至 20 公里高度，返回舱停止升力控制。

返回舱下降至 10 公里高度。

"砰"，一声巨响，返回舱弹出伞舱盖，伞舱盖带出一串伞具，伞具中的减速伞最后拉出主伞。但见主伞红白相间，伞衣渐渐舒展，最后形成半球状巨伞，或称"环帆伞"，伞衣由很多同心圆环组成，每环伞衣之间有宽度不同的缝隙，便于漏掉一些空气，以免风力太大把大伞鼓破。

条条伞绳汇集到主伞旋转接头，牵系着返回舱，同时也牵动着亿万中国人的心。

空中搜救人员目视乘伞下降的返回舱。

大伞使返回舱下降的速度从近 200m/s 降至不到 10m/s。伞的拉出，加上风的作用，致使返回舱晃动了起来。每次拉伞，舱内航天员都有明显的过载感觉，就像高速行驶的汽车，每次刹车，乘客都有前倾的感觉一样，不过主伞拉出时过载最大。如果航天员在空中能感觉到这么大的过载，会意识到主伞打开了，主伞打开就意味着着陆安全有了基本保障。有时磨难反而意味着美好的未来。

大庙附近的光学测量设备始终跟踪着乘伞下降的返回舱。

9时51分，通信机光学吊舱捕获返回舱，不间断地拍摄到开主伞等后面一系列动作。

9时51分，待在大庙尚未起飞的二号医疗救护机收到243MHz信号。

9时52分，布在东南角的一号医疗救护机收到243MHz信号。

奇怪，待在大庙尚未起飞的医疗救护机收到了信号，布在东北角的医监医保机却没收到信号？难道真实落点离西边近、离东北角远？

返回舱下降至5公里高度。

"蹦"，又一声巨响，返回舱防热大底分离，大底像一个巨型的碟子，坠向茫茫草原。抛掉大底有三个意义：一是大底是个"铁板烧"，聚集了大量的热量，抛掉后便不会继续朝舱内传热；二是减轻返回舱重量，使主伞的负担更小些，着陆重量更轻些；三是露出伽马射线探测器、缓冲发动机、各种天线等设备。

"归零飞行"，空中指挥长下达命令，五架直升机立刻像雄鹰展翅一般，按243MHz信标接收机指示方向，直扑过去。

9时55分，在大庙待命的另外两架医疗救护机拔地而起，直扑预报落点。

大底抛掉后不久，主伞由斜吊挂变成双点垂吊挂，即吊挂点由位于返回舱臂膀处的伞舱口上方移向舱门上方，返回舱底部开始正对着地面，航天员座椅也提升了起来。着陆准备就绪。

指挥直升机一直目视着乘伞下降的返回舱。安装在通信直升机上的吊舱摄像机拍摄着珍贵的返回舱下降过程。开始，返回舱在指挥直升机斜上方下降。直升机的上面是返回舱，下面是条河。这条河叫沙尔木伦高勒，就是从大庙西侧流过来的那条河，河向西北方向延伸，恰好延伸到这。这个位置在理论瞄准点西南方向十几公里附近，离指挥机和通信机很近。直升机飞近后，开始绕着返回舱飞行。返回舱下降时，一会儿向左飘，一会儿向右飞，高空风的风向左右着返回舱的去向，但似乎始终没有离开河的上空。难道非得落到河里？直升机上的搜救人员感觉垂直下降的速度很慢。

10 时许，返回舱接近地面，5m/s 的风吹着大伞，使返回舱在下降的同时也在横向飞行。直升机上的搜救人员眼看着返回舱划过一座牧民房屋，又跨过弯弯的小河，最后直奔河岸东侧不远处一略有起伏的草原落去。

返回舱底部四台缓冲发动机同时点火，灼热的火焰瞬间喷向地面，吹起滚滚沙土，巨大的反作用力将返回舱下降速度由 8m/s 降至 2m/s 左右，吹起的浓烟像一个无形的海绵，托举着返回舱缓缓着地。与此同时，风将大伞吹向南方，刚失去牵动力的主伞绳马上再次绷紧，将返回舱横向一拖，垂直的返回舱靠惯性顺势翻动起来，先是翻动 180 度，大底冲向天空，然后在烟雾尘埃中继续翻动 90 度，最后倒向南方。风是北风，伞带着返回舱朝南飞，最后落地时反而是大底朝南、舱门朝北，真是奇迹。如果你没有亲眼看到返回舱是如何落地的，你无法解释这个现象。历经磨难的航天员，在最后又来了一个高难度——体操大回环。登天难，落地也不轻松。此处刚好是一个小坡，返回舱呈倾倒状态。历经各种艰难险阻，返回舱终于安然返回祖国怀抱，稳稳地躺在内蒙古大草原上。

舱内航天员感到返回舱已平稳落地，便果断手动切断大伞伞绳，以免风通过伞对返回舱继续产生拖动作用。

失去牵动力的大伞顺风飘向小山坡，近百根伞绳整齐地排在草地上，像巨型百弦乐器，在风的作用下，轻轻地奏响中华民族的华丽乐章。依坡势，顺着伞绳，将人们的视线引向大伞。红白相间的大伞，柔软地镶嵌在长势良好的草地上，像是久别亲人的孩子，紧紧地抱住自己的母亲。大伞在阳光的照射下，在草原的衬托下，红色、白色、绿色，浑然一体，显得格外炫丽。阵阵北风不时吹起片片伞衣，伞衣间露出秀美的眼睛，像是揭开红盖头的小媳妇，羞涩抬头，想再多看一眼舱内的英雄。

重力适应

返回舱落地后 3 分钟，指挥直升机第一架降落，搜救直升机第二架落地，其他直升机陆续降在返回舱周围。搜救人员在跑，医监医保人员在跑，医疗救护人员在跑，人们急于亲眼看到亲人的身体状况。

跑在最前面的是航天员科研训练中心白延强、谢琼，到达现场，先

图为医监医保人员等待航天员出舱。

是观察返回舱。此时，医监医保人员刘建中也到达现场，冲过去就用手敲返回舱舷窗，没有回应，马上转向舱门。此时，开舱手李涛带着开舱工具也到了现场。

其实景海鹏在搜救人员到达之前早已把舱门打开了，然后又关上了，以便地面人员过会儿测量舱内真实的气体成分。景海鹏在舱内接通电话天线，想拨电话，但还没打通时，便听到外面搜救人员的谈话声和敲舱门的声音。刘建中探头进舱，只见刘旺的座椅在最上方，他相当于是侧挂在空中；景海鹏位置稍好些，但也是头部略朝下方，双腿翘向上方。他俩已经自己解开束缚带，慢慢移至舱门内狭小的空间。刘建中没看见刘洋，一阵紧张，赶忙喊了一声："刘洋，你在哪？""我在这呢。"顺声望去，原来刘洋在最下方，头部朝下，藏在最里面。三位航天员均安然无恙。

两位航天员的悬挂感觉和太空中的悬浮感觉完全不一样，此时地球引力已不再起向心力作用，而是直接作用在他们整个身体上。重力适应就以这种不寻常的方式开始了。尽管他们落地后体位是悬着的，但地面搜救人员悬着的心倒是可以全部放下了。

每次到太空飞行后返回地面，航天员都需要重力再适应。适应的快慢，与太空飞行时间的长短有关、与太空中锻炼的效果有关、与个人的体质也有关。从神舟五号到神舟七号，最长的飞行时间是 7 天，这次是 13 天，故航天员需要重力适应的时间就会长些。

此时我才问飞船试验队的侯向阳："落点测量结果测完没？""有了，在瞄准点西南方向。"

医疗救护人员站在外圈，航天员健康，他们便无事可做，来的都是国家最好的医生，但此时医术没有机会展现。布在国内的四十几家后支急救医院也都没有上。在载人航天工程中，有些工作准备了但不用，反而是最好的。

"神舟九号报告，飞船已安全返回，我们三名航天员感觉良好，请祖国和人民放心。"无线电波将景海鹏的声音传向北京中心，顿时，指挥大厅响起了热烈的掌声，许多人的手拍疼了，许多人的眼眶湿润了，欢呼声、笑声交织在一起，形成了一片沸腾的海洋。电视信号传向全国亿万人民，传向全球华人，传向地球不同角落……

草原上，牧民骑着摩托车、驾驶着汽车，朝着着陆现场赶来。从空中望去，汽车一串接着一串，显然他们在地面已目视返回舱的下降过程，而天上直升机飞行的方向也是他们最好的导航标志。公安、武警、防暴警察也在赶来维持秩序。

警戒线围了起来，返回舱底部冲着的方向禁止人们进入，以防 γ 射线造成人员损伤。

现场，人山人海。

航天员落地后，大脑供血明显不足，此时的航天员是虚弱的。快从天上返回时，刘旺曾对刘洋说："落地后咱可能站不起来。"刘洋在空中飘着调侃道："这么轻，还站不起来？"当时不相信，现在却变成了现实。三个人中，刘洋的体重最轻，但她现在却感到自己的身体最重。

医监医保人员开始协助航天员进行重力适应。医监医保人员递进去温毛巾，同时也递进去航天员各自喜爱的营养液。航天员真渴了，再次喝到地面的水，真好。这是历经过生死磨难后的珍贵感受。经过 13 天的太空生活，刘旺的体重下降了很多，平均一天减少一斤。

有时，航天人付出的心血，是可以用体重衡量的。

有时，航天人付出的艰辛，是无法用指标衡量的。

特别是航天员的冒险和牺牲精神，更是无法用有价的东西去衡量的，我们感受到的，除了敬佩，还是敬佩！

出舱

11 时 08 分，航天员开始出舱。返回舱舱门正前方约十米处，整排的媒体记者将镜头齐齐对准了舱门。

"景海鹏出来了"，11 时 08 分，中国历史上首位两次进入太空的航天员，他微笑，敬礼，看上去轻松自然，精神很好。

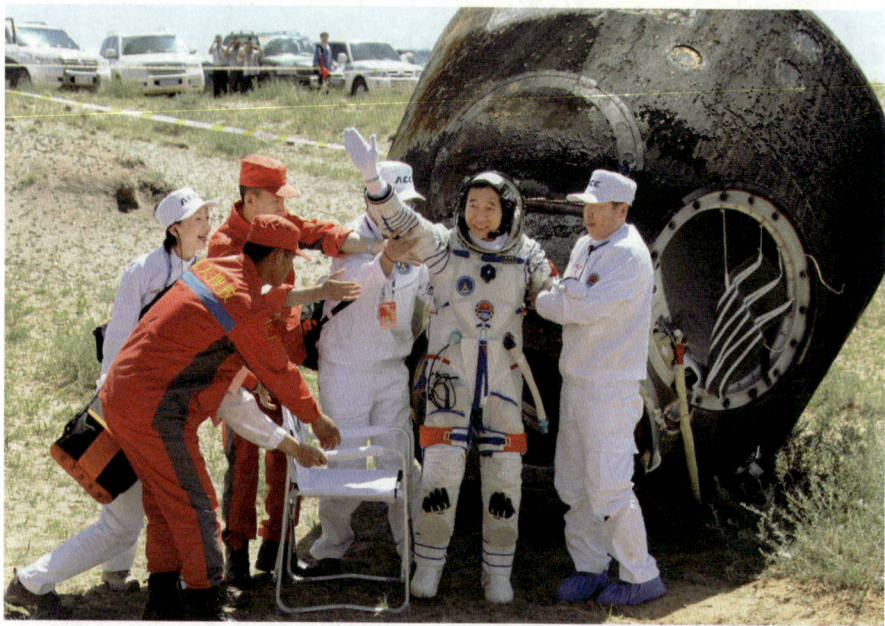

图为神舟九号航天员景海鹏出舱。

"刘旺出舱"，11 时 10 分，中国首位驾驶飞船交会对接成功的英雄，出舱时依然是那么淡定，从容。

该刘洋出来了，但迟迟不见动静，这是怎么回事？难道她感到不舒服？外面等着的人都在着急，我就问医监医保人员到底咋回事，他说："景海鹏、刘旺回到地面后适应重力较快，但刘洋适应慢些，感觉一点

图为神舟九号航天员刘旺出舱。

图为神舟九号航天员刘洋出舱。

劲也没有，自己连限脚带也打不开，故让她稍微缓缓。"我鼻子一酸，眼睛湿了。一个女孩子，为了航天，得遭受多少罪啊。

过了足足9分钟，开始看到有动静。

"刘洋出舱"，中国首位女航天员，此时的她异常年轻、漂亮，她恢复过来了，每一位中华儿女都为她感到自豪，每一名女性都为她感到骄傲。大家一下子高兴了起来，这么柔软的女子，竟是闯过了这么多难关，让人佩服，她终于回家了。

按动快门，拍下这激动人心的瞬间。眼泪早已不听使唤，像是脱线的珍珠，顺脸快速流下。不擦了，让泪水尽情地释放吧。

11点21分，首长慰问，内蒙古小姑娘献花，坐在软椅上的航天员现在已经是神采奕奕。

中央电视台冀惠彦的采访让全国人民了解到了航天员特殊的感受。

景海鹏出舱后向大家敬礼："我们顺利到家了。感谢祖国和全国各族人民对我们的关爱。"

刘旺的语言朴实："脚踏实地的感觉真好，回家的感觉真好。"这种回答让人感觉亲切、真实、发自肺腑。

刘洋的语言显得甜美："天宫是我们在太空的家，很温馨很舒适。"这个家仍在天上翱翔着，正等待着神舟十号飞船的造访。

11时24分，航天员被抬至医监医保直升机，欢呼的人群簇拥着民族的英雄。

医监医保直升机内，体检、擦洗、换衣、采样、休息。考虑到女航天员的私密性，机舱后部专门隔出了一个舱室，由两名女医生帮助刘洋体检。

午餐是羊肉炖萝卜、醋溜土豆丝、清炒荷兰豆、榨菜、咸菜丝、二米粥、小花卷。刘洋想吃红烧牛肉方便面、奶茶、巧克力，自然要满足她。

榨菜好吃极了

12时51分，三名航天员分别被抬送至三架医疗救护直升机。我登上其中一架直升机。刘旺已坐在机舱内一张床上，他给抬他的工作人员签名，在感谢着工作人员的辛苦。我感动了，当全国人民感谢这些为祖国献身的航天英雄时，英雄却不忘感谢普通的搜救人员，他实际上是在感谢所有参与飞行试验的每一位航天科研参试人员。此时与英雄一起拍照留影，显得格外珍贵。衣服上有了航天员的签名，高兴。我问他午餐什么最好吃，他回答："榨菜好吃极了。"朴实无华。

是呀，回家的感觉真好，连普通的饭菜也给他们带来了如此美妙的印象。

13时14分，五架直升机起飞，翻越大青山，50分钟后抵达毕克奇机场。一架专机等在那里。六名身着蒙古族服装的少女向航天员献了鲜花和哈达。内蒙古自治区的领导慰问。

专机前，三名航天员通过扶梯，均独自走上飞机，看来他们的重力适应较快。中国培养出的航天员是好样的。

就在扶梯快要撤走时，突然跑来一名空军军官，手里摇着一张纸，展示给我看：

一倾碧海对空天，

神九遨游谓大观。

归来寄语青山外，

三军把酒醉无眠。

14 时 16 分，载着太空凯旋的航天英雄，专机起飞了，朝着祖国的心脏——北京飞去。

15 时 15 分，专机到达北京西郊机场。首长等到机场迎接，其中有载人航天办公室王兆耀副主任、杨利伟副主任、武平局长、郝淳副局长、季启明、逯耀锋等。

返回舱于 6 月 30 日凌晨 2 时从呼和浩特火车站启运，17 时 10 分到达北京昌平火车站。经仔细观察，此次返回舱舱体没有凹坑。

6 月 30 日 15 时 20 分，返回舱散落物全部找到。

感 言

神舟九号任务在我国载人航天史上实现了许多第一次：第一次实现航天员手控交会对接，第一次实施航天员访问在轨飞行器，第一次实现女航天员上天，第一次实现较长时间在轨飞行，第一次进行再生式环控生保技术试验……这么多第一次在书写着我国载人航天新的历史，同时也在缩短着与美俄两个航天强国的距离，也在进一步确立着中国航天大国的地位。神舟九号任务的成功，使我们可以自豪地向世界宣告，中国已全面掌握空间交会对接技术。

第一次实施航天员手控交会对接，这既对飞船控制系统的适应性提出了更高要求，也对航天员操作的精准性和灵敏性提出了很高要求，我们实现了。既然自动方式能够完成太空对接，为何还要进行手控对接？载人航天工程总设计师周建平说，从世界载人航天的发展来看，交会对接应涵盖自动和人工两个方面，两者互为备份，缺一不可。第一次航天员访问在轨飞行器，首次考核天宫一号目标飞行器支持保障航天员工作生活的能力，这是一个质变，即中国开始从单一舱体工作和生存转为空间多舱体工作和生存，标志着中国逐步掌握迈向空间站时代的多舱共存技术。第一次女航天员上天，标志着中国已填补在女航天员选拔训练、医学监督和保障以及成员设备研制等方面的空白，代表着中国载人航天迈开崭新步伐，全球已有50多位女航天员造访太空，其中3位来自亚洲，只有中国的女航天员是乘坐自己国家研制的飞船进入太空的，太空中的女性航天员，不仅能够承担一些细致的工作，也为枯燥的航天带来独特靓丽的风景。

民族的伟大复兴不是空喊口号就能实现的，而是靠这些类似的"第一次"组成的，是靠各界科技人员的不甘落后、奋发有为积攒的，是靠全国各行各业的齐心协力拼搏向上铸就的。

第 十 二 章

神舟十号：开启首次应用性太空飞行

　　2013 年 6 月 26 日上午 8 时 07 分，神舟十号飞船返回舱顺利降落在内蒙古中部主着陆场预定区域，三名航天员健康出舱。至此，天宫一号与神舟十号载人飞行任务圆满完成，实现了"准确进入轨道，精准操控对接，稳定组合运行，健康在轨驻留，安全顺利返回"的任务目标。图为航天员聂海胜（中）、王亚平（右）、张晓光（左）出舱后行军礼。

神舟十号：太空 15 天　首次应用飞行（来源：央视网）

　　2013 年 6 月 11 日 17 时 38 分，改进型长征二号 F 遥十运载火箭载着神舟十号飞船和聂海胜、张晓光、王亚平 3 名航天员从酒泉卫星发射中心点火起飞，神舟十号飞船准确入轨。经远距离导引、自主控制和对接段，6 月 13 日，神舟十号飞船与天宫一号目标飞行器成功实现自动交会对接，3 名航天员进入目标飞行器并开展了航天医学、科普教育和在轨维修等试验任务。6 月 23 日，两飞行器分离，航天员聂海胜操控飞船完成了手控交会对接，3 名航天员再次进驻目标飞行器。6 月 25 日，神舟十号飞船与天宫一号目标飞行器分离。6 月 26 日 8 时 07 分，飞船返回舱安全着陆于主着陆场。6 月 26 日，天宫一号目标飞行器进入自主运行轨道，转入在轨运营管理。

2013 年 6 月，神舟十号与天宫一号成功交会对接，中国航天员太空授课。本次任务是我国第五次载人航天飞行，是改进型神舟载人飞船和长征二号 F 运载火箭组成的载人天地往返运输系统的应用性飞行。实施神舟十号飞行任务，将全面完成载人航天工程第二步第一阶段任务，进一步考核和验证有关技术，为未来航天员中长期在轨飞行和载人空间站建设积累经验。

应用性飞行

2013 年 6 月 11 日 17 时 38 分，神舟十号飞船在酒泉卫星发射中心，由长征二号 F 遥十运载火箭发射成功，入轨后与天宫一号目标飞行器对接，聂海胜、张晓光、王亚平三名航天员进驻天宫，在轨飞行 15 天，

图为长征二号 F 遥十火箭装配现场(左二林西强、中间林树、右二张智、右一容易)。

期间实施两次交会对接（一次为自动完成，一次为航天员手控完成），开展空间科学实验、航天器在轨维修试验和空间站等关键技术验证试验，并首次在轨开展面向青少年的太空科学讲座科普教育活动。

全面掌握交会对接技术是建造和运营空间站的前提条件，通过神舟八号和神舟九号任务，我们已经突破和掌握了自动和手控交会对接技术，后续任务将向应用性发展。

着陆场系统有几十架直升机、多台特种车辆、多艘救捞船、多架固定翼飞机、几十家医院、多个驻外使领馆、近千台套装备设施（跟踪测量、回收搜索、处置通信、医监医保、医疗救护等）参加任务。

太空授课

美国、俄罗斯、欧洲空间局（11 国）、加拿大、日本等国际空间站成员都很重视空间站作为教育平台的功能作用。美国 NASA 很早就意识到学生们将会对太空实验产生浓厚兴趣，NASA 教育部门还专门设立了太空教学办公室。国际空间站可以为学生提供参与航天科学和工程项目的难得机会，为学生和老师们的想象力提供了一种独特条件。迄今为止，国际空间站已实施了业余无线电通信、天地视频通话直播、教育演示视频等计划，其中包括伯努利定律、向心力与加速度、角动量守恒、牛顿定律、液体表面张力等实验，甚至还包括"愤怒的小鸟"太空展示、"太空蚂蚁筑巢实验"、微型太空温室实验等。

神舟十号任务航天员太空授课是我国载人航天史上第一次进行，旨在普及航天知识，为载人空间站有关教育活动积累经验。此次活动是由载人航天工程办公室联合教育部、中国科协共同主办，中央电视台协办。

授课目标是使青少年了解失重环境中航天员生活与工作情况，观察并了解失重环境条件下物体运动与地面物体运动的差异，以及失重环境下液体表面张力的作用，了解空间微重力环境在科学研究中的作用和价值。

授课形式是航天员在轨演示讲解失重条件下测量质量、单摆、陀螺旋转、水膜、水球等物理现象，地面设立课堂配合太空授课并与航天员进行问答互动，中央电视台等媒体对授课现场进行直播，教育部组织全国中小学生收看。

2013年5月7日，为了授课的准确性和严谨性，我专程跑到中科院力学所国家微重力实验室，请学术带头人康琦等三位老师，成立太空授课复核专家组。专家组从7日至18日，通过仿真计算和地面实验，对确定的所有太空授课演示项目可实施性进行了复核，期间，我去了解复核进展多次。专家针对前期不同单位在不同阶段对太空授课实验项目多次评审和复核中均没提及的，可能影响实施成功的浸润性、弹簧形变失稳等关键因素进行了研究，建议航天员系统严格限制弹簧的拉伸长度，以减小压缩形变，研制方采取了相应措施，对太空授课成功实施起到了重要作用。

6月20日10时11分至10时51分，开展在轨科普讲座和太空实验授课，王亚平在聂海胜、张晓光配合下，依次完成了质量测量演示、单摆演示、陀螺演示、水膜演示、水球演示、天地互动与寄语，用时40分钟。太空授课，飞行乘组配合默契，各项演示精确到位，授课自然流畅、生动活泼、深入浅出，全国直播，拓展了我国中小学教育平台，极大地激发了广大中小学生们爱航天科技、学航天科技的热情，增加了热爱祖国、热爱科学的情感，在全国人民、港澳台同胞、海外侨胞中产生了极大反响，扩大了载人航天工程的社会影响力，取得了显著的社会效益，达到了预定的目标。

人们感到，神舟十号到目前为止，一切进展都很顺利，但其实我们圈内人士的心里还是有不踏实的成分的，为什么？因为有风险。2011年9月天宫一号发射入轨以来，已在轨运行600多天，先后与神舟八号和神舟九号进行了4次交会对接。天宫一号已处于设计寿命后期，部分电子器件性能可能会有所降低，特别是经航天员驻留及在有氧环境下密封了近一年后，微生物的存在可能会使舱内环境发生变化，这些都是本次任务面临的新情况。

神舟十号已完成预先安排的驻留任务，我们在天宫寿命方面的担忧，略微减轻了一些。

用哪个着陆场？

2013年6月23日早8时13分，我随机关工作组乘专机从北京西郊机场起飞，赴四子王旗参加回收任务。9时15分到达毕克齐机场。一辆警车、八辆越野车接人后马上翻越大青山到达四子王旗。

15时，召开主着陆场区指挥部会议。会上，各参试试验队报告了参试人员和前段准备演练情况。会上部署了第五次系统演练工作。

会上又再次提到气象问题。为什么呢？因为这段时间，四子王旗经常气象不佳。神舟十号飞船计划2013年6月26日返回，返回前，主着陆场、副着陆场都做着执行任务的准备，两个地方都聚集了直升机、地面特种车辆、各航天试验队，机动搜救飞机和伞兵也在不同机场待命，到底用哪个着陆场，要看气象。

6月23日傍晚，四子王旗，一会儿乌云遮天、电闪雷鸣，一会儿云移晴出、彩霞满天。散步遭遇的落汤状态，在后续的散步中又逐渐晒干消失。这些天似乎都是这样，早上晴，午间云，晚间雨。草原也呼应着上苍，你给我雨露，我还你绿意，你给我阳光，我还你盎然，往年不甚理想的草场，今年格外苍幽。

6月24日早8时30分，驻扎在四子王旗的参试人员乘车出发，9时35分到达大庙，会同地面搜索分队，一起奔赴演练现场，进行第五次演练。空中分队八架直升机10时30分从大庙起飞，模拟11时15分落地，待地面车辆到达时，返回舱模拟处置已结束。整个演练现场井然有序，天气好，白云多。乘车返回大庙时，有一辆车撞得厉害。看来安全问题时刻不可放松。

从5月17日至6月24日，主着陆场指挥部已先后组织进行了5次空地协同综合演练，45次单项演练或专项训练，5次模拟机位训练（即直升机不参与，空中分队按照任务要求和定岗定位，把搜救流程演练一遍，属于模拟专项训练）等。

下午14时20分返回到四子王旗。不久，我带车到呼和浩特机场接杨利伟、张骁兵，晚上返回四子王旗。路上，仍然是乌云滚滚、闪电频现、下雨不断。气象现状让人担心。

主着陆场返回着陆窗口（7h~11h）的气象预报数据终于出来了：0~3成高低云，气温20~25℃，偏西风6~8m/s，高空最大风速37~42m/s，海拔7~12公里高度范围内300米高度差最大切变风速＜8m/s，无雪暴、无大风、无沙尘暴、无降水，满足返回着陆条件。

任务总指挥部研究了主着陆场、副着陆场对26日早上的天气预报，气象都好，决定按原计划：神舟十号飞船返回主着陆场。

此时在太空飞行的天宫一号目标飞行器—飞船组合体刚在澳大利亚上空完成轨道调整，此时的轨道已基本上对准了四子王旗主着陆场。

6月25日早7时06分，神舟十号飞船从天宫一号目标飞行器分离，8时，飞船围着目标飞行器进行绕飞试验。

6月25日早9时，主着陆场召开任务动员会。至此，着陆场准备工作一切就绪。

6月25日傍晚，杨利伟、张骁兵和我三人外出散步，路过四子王旗主干道东边一四岔路口等红绿灯时，有一过马路的当地老汉看见了我们，马上惊讶地把双手抬起，捂住自己后脑勺，自言自语道："这不是，这不是，这不是航天英雄杨利伟吗？"我们过马路了，他仍在扭头观望，不确定这是不是真的。

爬上四子王旗镇东部的陵园山上，天又开始乌云密布、雷雨交加，势头远超昨日。这丝毫没有影响我们返回主着陆场的决定，摸清气候自然规律，如同摸透航天技术一样重要。此时，离开目标飞行器而独立飞行的神舟十号飞船，正在进行着最后一次轨道维持，轨道已经瞄准了返回十字靶心，三名航天员已坐在返回舱。散步时，杨利伟跟我们谈的就是这三位的一些轶事。

布阵

6月26日凌晨4时，天还没亮，整个草原沉浸在一片寂静之中。

此时，四子王旗的回收参试人员驻地却不寂静，飞船试验队、航天员医监医保队、航天员医疗救护队已将各种处置工具整理完毕，为航天员特定的血浆也随身携带就绪，为队员们特制的服装十分醒目，一眼就能识别出他是哪个试验队的、是干什么的。

凌晨5时，驻扎四子王旗的参试人员出发，奔赴大庙。

东方，霞光渐现，紫云渐红，草原偶然出现的点滴水池同时映射出彩云和风车。风车不转，似乎空气是静止的，难道是在为飞船降落伞制造良好氛围？

此时的飞船轨道舱正在空中提前泄压。估计忙碌的地面搜救人员都没理会这事，因为他们的重头戏还没开始。

凌晨 6 时，天上的轨道舱刚泄压完毕，我们的车辆也到达了大庙。

大庙这段时间更加神奇，由于近期雨水多，塔布河流经这里，河里的水汹涌了许多，河水的颜色让人感觉像是壶口之水。河的两岸有悬崖，与辽阔的草原截然是两种地貌。由于着陆场设在附近，故这逐渐成了旅游胜地，悬崖也成了游客拍照的首选；河下游不远处，神九飞船返回舱就降落在那。河的东岸坐落着一座庙宇，这是方圆十几万平方公里的草原上，牧民朝拜的地方。

庙宇东南方向几百米远的地方有个巨型停机坪，停放着八架直升机，机盖已打开，地勤人员在忙碌着。停机坪的北侧是参试部队驻地，地面搜救部队、空中飞行员、各试验队已整队完毕。

战前动员。这是一场战役，一场巨型战役。任务总指挥部指挥着全局，主着陆场指挥部指挥着这里——即将诞生奇迹的地方。

6 时 15 分，地面搜救分队出发。三辆引导搜索车在前，一辆指挥通信车，三辆特种车辆（吊车、工程运输车）随后，再后面就是各试验队的车了。两位阿拉伯数字的车序号显得有些紧张，估计有超过三位数的苗头。另外看到了补充的大写英文字母，一个车序号可以引出一串车，例如有辆车排序 68 号，愣是借此派生出 68A、68B、68C 等车号。将来航天国际合作时可以采用这种方式，例如让 68 代表一个国家，69 代表另一个国家。

7 时 20 分，指挥机、通信机、安全警卫机、搜救机、医监医保机、医疗救护机六架直升机相继起飞，飞赴四个待命空域，形成一个"口袋"，"口袋"的中心就是飞船理论瞄准点，每架直升机距离中心的距离是考虑飞船返回散布范围误差后确定的。另外两架医疗救护机在大庙待命。

至此，搜索回收布阵就绪。

制动返回

"飞船第一次调姿"，6月26日早上7时19分，完成全部航天试验任务的神舟十号飞船，在飞经南非纳米比亚上空时，开始偏航90度。承载3名航天员的飞船开始准备回家。

"轨返分离。"

"飞船第二次调姿"，飞船建立了返回制动姿态。

"返回制动"，飞船开始踏上回家旅程。

从地面测控站和天上中继卫星获得的测轨数据及遥测数据分析判断，飞船制动正常。

飞船在逐渐降低着高度，20分钟时间里，飞船划过南非大陆，越过阿拉伯海，踏上南亚大陆，来到巴基斯坦卡拉奇上空，平均时速达25000公里以上，高度下降近200公里，平均每分钟下降约10公里。

"推返分离"，推进舱和返回舱在卡拉奇上空分离。

"和田发现目标"，飞船在120公里高度，穿过克什米尔，进入祖国上空，跨过喜马拉雅山脉、喀喇昆仑山脉，设在新疆和田的活动测控站捕获跟踪到了目标。一分钟后，返回舱调整姿态，在新疆塔克拉玛干沙漠东南部上空，做好了进入大气层的准备。

此时，航天员感到一丝过载，像汽车在轻微刹车，说明返回舱前进方向有阻力，阻力越来越大，说明高度已在100公里以下，大气层的密度在增加。

大气在拼命地阻止着返回舱，气体快速地划过返回舱大底和舱壁。

"目标消失"，黑障的出现，阻挡了地面和田测控站的测控，说明返回舱已钻入80多公里高度以下的大气层。

"看，返回舱"，布在航迹下方的一台光学设备用"鹰眼"发现了刚进入大气层不久、正在与大气层搏斗的勇士——返回舱。但见它无畏地击穿大气，后面拖着长长的尾巴，高度在逐渐下降。

返回舱在感到过载大于某个特定值时便进行升力控制，开始"蛇行"，"蛇行"的下方是克拉玛依干沙漠的南部、阿尔金山的北翼、罗布泊和库姆塔格沙漠……

"发现目标"，进入黑障不到半分钟，布在甘肃的一部雷达便发现了目标。

大气在剧烈地摩擦着返回舱，舱体外温度急剧升高，整个返回舱像炼炉中的铸铁。返回舱舱壁涂有防热层，大底因受热程度最高更是严加防热，这些设计使得舱外高温不能快速传递到舱内，返回舱内的三名航天员泰然自若。

"看，还有一个"，航迹下方一台光学测量设备的图像上，在第一个目标的后方，又出现了一个目标，而且面积比第一个大，尾巴却比第一个短，图像形状不稳定。这是与返回舱几乎同时进入大气层的推进舱，

图为三名蒙古族姑娘给航天员献哈达。

由于无防热设计，无法抵抗大气的残酷摩擦，只好任凭大气层肆意燃烧，姿态随机翻转。做过轨道控制、姿态调整，也做过远距离交会、精准对接，还做过返回制动，推进舱作为护花使者，在完成了自己的历史使命之后，恋恋不舍地望着返回舱，默默地燃烧着自己。这些壮观的场面都被中央电视台直播了出去。

不久，航线下方多个点号的光学设备均接续拍摄到目标。

"发现目标"，布在出黑障前后的主着陆场前置雷达站发现了黑障内的返回舱。此时的返回舱已下降到 50 多公里以下，从轨道看，返回舱升力控制精准。

不到一分钟，布在主着陆场附近的大光学设备也抓住了黑障内的返回舱目标。

"大庙发现目标"，7 点 50 分，布在主着陆场的测控站发现了信号，信号一会儿丢失、一会儿闪现。过了 20 多秒，测控设备终于捕获跟踪到了返回舱，这次信号稳定，遥测信息和测距数据开始显示，从数值看，距离大庙已不到 700 公里，说明返回舱已穿过祁连山脉和马鬃山中间的河西走廊，跨越酒泉发射场、副着陆场、巴丹吉林沙漠，正在阴山山脉以北、中国与蒙古国边界以南一条狭长的平坦地带上空奔向主着陆场。返回舱测控信号的出现，表明高度已下降至 40 公里以下，说明返回舱已经钻出黑障。

搜索回收

内蒙古中部草原，阳光普照，白云连片，云底离地 500 米，云层厚约 300~400 米。地面风是西风，时速约 7~8m/s，吹着云朵在整体飘移。布在返回舱瞄准点四周的直升机都在预定空域盘旋着，一部分人的注意力放在罗盘上，大部分人的注意力放在空中，盼望着目视到空中目标。西南角布着三架直升机，因指挥机在这，所以通信机、警戒直升机跟在附近，但航高不一，其他三个角都各布着一架直升机。

指挥机航行高度约 200 米，说明它是在云层下方。机长是张治林，向东北方向望去，近处云少，远处云多，云占 4~5 成。

"直升机收到信标信号"，7 点 54 分，布在"口袋"西南角的指挥机罗盘指针猛然晃动了一下，接着定定地指向一个方向。这是返回舱发出信标信号的方向。不到一分钟时间，其他直升机都收到了信标信号。

"开始搜索寻找"，指令长一声令下，所有直升机开始密切关注罗盘指针的指向，判断着返回舱距离的远近。

返回舱下降至 10 公里高度时，只听"砰"的一声，主伞舱盖打开，伞舱盖瞬间飞了出去，一条连线带出了引导伞、减速伞、主伞。

主伞敞开自己的胸怀，红白相间的图案开始显现，近百根伞绳收敛

图为本书作者与神舟十号搜救指挥杨利伟。

成一个点，牵引着返回舱，开始缓缓下降。

空中所有的搜救人员都在紧张地朝外观望。指挥机机长张治林感到，原来离自己较远的云团，现在逐渐朝自己这个方向移动过来，原本有较好的观察视野，现在变得差了一些。正在懊恼之时，突然，透过云朵中间的空档，他发现了乘伞下降的返回舱，主伞正在张满。差几分钟到 8 时，返回舱高度 8 公里。

兴奋、激动……

机长马上调整机头，对准大伞，疾驶而去。此时是西风，风速7~8m/s，大伞正在逐渐舒展着自己的身躯。

正在全神贯注于大伞时，机长突然发现，直升机前面不远处有一个飘浮物直面而来，定神一看，是拉出主伞后不用了的减速伞。机长果断地向侧面转弯，顺利躲避开几十平方米的减速伞，然后修正航向，继续扑向返回舱。

此时，飞在云层上方的通信直升机航高离地约 1000 米，由陈卫驾驶，也在直升机"1 点"的位置发现了返回舱，马上喊："快看，在那！"装在腹部的光学吊舱顺着他的指向稳稳地抓住了大伞下降的画面，7 时59 分 40 秒开始通过机载卫通朝外传输。图像立刻飞向北京，传至中央电视台，传至亿万观众的眼前。当返回舱钻入云层时，机长果断降低自己的飞行高度，迅速降至云层下方。刚钻下来，离地 500 米高时，陈卫就发现返回舱也从云中露出了笑脸。光学吊舱再次捕获目标。

"返回舱抛大底"，下降至 5 公里高度时，随着"砰"的一声巨响，曾经保护返回舱穿越大气层的防热大底离开了返回舱，像一个巨型的飞碟，顺势飞了出去，划着弧线，飞过云层，翻滚着落向茫茫草原。由于研制质量很好，摔在地上，竟没摔坏，完整地躺在草丛中，等待着主人的认领。

"归零飞行"，一声令下，布在四周的六架直升机像脱缰的野马，功率立刻开到最大，扑向返回舱。

"航天员状态良好"，通过无线电信号，传来了航天员王亚平的声音。北京中心指挥大厅的人们松了口气。

西风在吹着，返回舱在下降着。返回舱向东跑的速度跟下降的速度差不多，甚至还快些。离返回舱最近的指挥机在拼命地追着返回舱，追的速度是目标横向移动速度的八倍。

突然，返回舱钻入云中，大伞也随之消失，直升机继续朝着原先的方向飞着，所有搜救人员心里焦急地盼望着返回舱再次出现。这种焦急足足持续了一分多钟。

"看，出来了"，刚钻出云层的返回舱更加清晰了，伞显得更加漂亮了，亲人更近了。

图为从空中俯视神舟十号飞船返回降落现场。

刚才在搜索时，云量还不大，此时此刻，却是白云连片，似乎是担心返回舱温度过高，云主动跑来遮阳。

就在指挥机终于追上返回舱不久，返回舱已接近地面。

返回舱底部缓冲发动机喷出火柱，巨大的冲击波吹出两个半米多深的大坑，火焰和沙尘汇成一个巨大的浓烟团，盖住了返回舱。火焰的反作用力托举着返回舱，返回舱像踩着海绵，缓缓落地。四个发动机，怎么只吹出两个坑？原来两个发动机挨得很近，另两个在舱体底部对称的位置，也挨得很近，如果地表质软，每两个发动机看上去只吹出一个坑，总体看只吹出两个坑。

大伞顿时失去了牵引，伞顶中央顺势塌陷下去，但马上就被大风重新吹起。在大伞作用下，返回舱又再次拔地而起，顺风向东偏南飘去，空中移动六米后，大底再次撞向地面，大底四分之一的一侧边沿斜着扎入沙土中，形成一个一尺多深的半月牙状坑。返回舱下端被土挡着不能动，而上端舱门又被大伞横向牵引着，致使舱体顺势拔地腾起，空中翻滚 180 度，移动两米，舱门朝下，重重落去，结结实实地在草地上盖了个舱门"印"。紧接着，大伞再次拽起舱体，舱体垂直朝下的状态下又沿风向平移两米，舱门再次撞向地面，第二次在地面盖了个舱门"印"，似乎要在草原上留下两枚邮戳，反复证明自己来过。在返回舱着陆时被撞击一次，又被大底斜着撞击一次，再被扣着撞击两次，可以想象，航天员在舱内的滋味极不好受。

风继续发挥着它的巨大威力，鼓满风的大伞再次将舱体拖平，又将返回舱舱门拖向斜上方，开始拖着返回舱顺风而去。返回舱舱体一侧极不情愿地划着草原，舱外被烧蚀过的防热层黑片，像没烧完的黑炭，擦在地表草上，使得草原露出生土。此时的返回舱，像个沉重的压土机，在草原上压出一条宽约两米的跑道。大自然的力量势不可挡，似乎想尽一切办法历练我们的航天员。

舱内的航天员此刻都是头部朝下，刚才还在太空失重的环境中，现在却都在地球重力场中倒立着！负责切伞的航天员张晓光正好处于最不好的状态：整个身体通过头顶重重地压在航天服头盔上，身体和舱内航天服有些错位，同时头部还被多次撞击，可以想象他的遭罪程度。风继续吹动着大伞，大伞继续牵动着返回舱，返回舱继续用舱体摩擦着地面。整个过程中航天员无法调整自己的身体，不巧的是，倒扣着的航天服，正好遮挡着张晓光观察其右侧舱壁单元的视线，导致其看不到"手控脱主伞"按钮，更谈不上操作。看不见，张晓光只好用手去盲摸，费了半天劲，凭着难以想象的毅力，才好不容易触到按钮。

按了，起作用了。此时离落地已过去180秒，返回舱被拖了171米，几乎一秒一米。

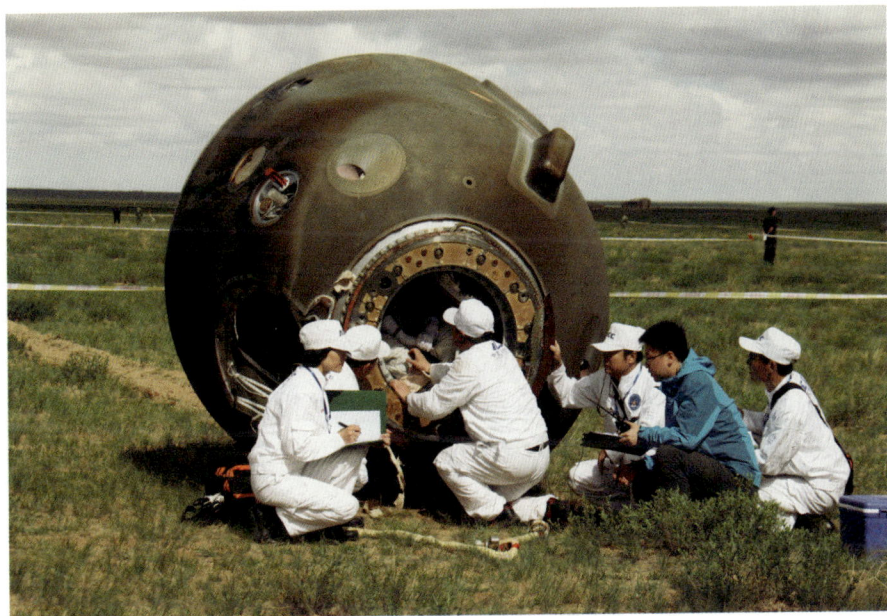

图为等待航天员出舱的医监医保人员。

从空中看去，返回舱落地的整个过程，就像宇宙降落的一块巨大的鹅卵陨石，在水面连打四次水漂，然后拖着一条长长的尾巴，拖了很长时间，最后才停止下来。

伞绳终于被切断，失去牵引力的大伞，这才丢掉了刚才的威风，缓缓地盖在草原上。既立了功，也给航天员造成了小麻烦的大伞，此时乖乖地躺了下来。主伞由一片片伞衣组成，伞衣支在茂密的牧草上，透过红白相间的伞衣间隙，能清清楚楚地看到踏实的土地——这是载人航天最渴望的落脚点；穿过伞衣的上方，能真真切切地看到正在降落的直升机——这是前来救援的祖国亲人。

飞船试验队在测量落点位置，我将数值拍了下来。一看便知，落点在理论瞄准点西偏南方向，偏差不大，算比较准。

现场处置

五架直升机降落后，搜救人员立刻奔向返回舱。

通信直升机滞留在空中，将着陆现场图像传出去。

返回舱落地后不到 10 分钟，另外两架医疗救护直升机也赶到了现场上空。

返回舱落地后不到 13 分钟，几百辆汽车不知从哪冒了出来，从四面八方围了过来，消防车、救援车、警车、摩托车、三轮车都有。武警、特警、公安人员立即将现场警戒起来，从空中望去，围得里三层外三层。

当搜救人员、医监医保人员、医疗救护人员急速跑到返回舱现场时，发现返回舱呈躺倒姿态，舱体有烧焦的气息，舱体底部仍冒着残留的烟雾，有些呛鼻。返回舱底部对着的方向有条长长的拖动痕迹，舱门对着大伞。透过舷窗，敲了敲舱体，明显看到三名航天员的手脚在动，医监医保人员的心放了下来。

8点20分，舱门从外面打开。但见张晓光头部垂直朝下，身体完全悬在空中，难以想象他在这种状态下是如何按动按钮的。聂海胜和王亚平尽管也是头部朝下，但身体稍有些倾斜，与垂直方向分别呈25度和45度。解束、松衣，航天员自己都不能做，全是地面医监医保人员在帮忙。从座椅上被放下来、移到合适的位置时，航天员开始重力再适应。

头晕、眩晕是航天员从太空失重条件下回到地球表面后最基本的反应。在太空中滞留越长，这种现象越明显，恢复时间越长。考虑到刚才落地时的多次撞击、叩击、倒立、拖拉，此时的难受是常人无法想

图为神舟十号航天员聂海胜出舱。

图为神舟十号航天员王亚平出舱。

图为神舟十号航天员张晓光出舱。

象的。擦汗、喝水，再擦汗，航天员的汗一身接着一身，刚擦掉，又渗了出来。人在虚弱时，估计都这样。载人航天处处充满着风险、艰难。好在航天员适应速度还算快。

8时31分，聂海胜向北京中心报告："北京，神舟十号报告，我们已顺利返回，感觉良好。"声音通过卫通，传至北京中心指挥控制大厅。大厅一片沸腾，许多人流下了热泪。

"航天员出舱"，9 时 31 分，聂海胜第一个出舱。所有的镜头齐刷刷地对准了他。就是他，领导着这个航天员团队，精确地把飞船对接到目标飞行器，顺利地完成了所有航天任务。此时他的状态已比落地时好了很多，微笑着向人们招手。

9 时 35 分，王亚平第二个出舱。她的笑容灿烂，她的身姿美丽。一个柔弱的女子，同样不畏艰险、出生入死，她的太空授课不知赢来多少掌声，她那迷人的声音不知激发了多少青少年的科技热情，她的家人不知会有怎样的牵挂。随着快门一次次按下，眼眶里的湿度达到了极致。

9 时 41 分，张晓光第三个出舱。承担太空授课拍摄图像、返回着陆切伞任务的他，尽管经过一个小时的重力适应，汗仍然在不停地渗出，头发就像刚刚沐浴过一样。经过太空洗礼的人，给祖国带来荣耀的人，是值得国人尊重的。

献花、献哈达、采访，都是这种尊重的体现和延续。

三名航天员手持鲜花，身披哈达，手牵手，向人民致敬，向祖国报到。

此时，太阳从云层中闪了出来，照亮了绿绿的草原，照亮了敦实的返回舱，照亮了鲜艳的大伞，照亮了回归祖国的骄子，在蓝天、白云衬托下，共同构成了一幅历史的画卷。

这是航天人的梦。

这是中华民族的梦。

这是祖国的梦。

回家

9 时 54 分，航天员被抬进医监医保直升机。

11 时 24 分，三名航天员被抬向三架直升机。

刚被抬进第二架医疗救护直升机的张晓光，见到我时竟喊着我的名字，开起了玩笑，"你亲自来了"，我握着他的手说："你都亲自回归祖国了，我能不亲自来接你吗?!"他的签名留在了我的帽子和参试证上。不珍贵是假的。

五架直升机起飞，掠过诞生奇迹的茫茫草原，跨过大青山，飞至毕克奇机场。三名航天员上了专机。

13 时 30 分，专机起飞，飞向祖国的心脏——北京。

图为本书作者和王亚平在回京的专机上。

就在专机起飞时，返回舱已处置完毕，吊至特种运输车，驶离降落现场。晚上 20 时，装至火车，23 时专列出发，27 日中午 12 时 50 分到达北京昌平火车站。

不久，大底、减速伞、引导伞等散落物都找到了。

梦在继续着！航天的事业在继续着！

感 言

神舟十号任务与以往载人航天飞行相比，有三个首次：一是首次执行应用性飞行，应用性飞行是相对于以验证技术为主要目的的试验性飞行而言的。前期主要以考核和验证技术为主，比如神舟八号、神舟九号是考核往返运输系统交会对接功能，而这次主要为天宫一号在轨运营提供人员和物资天地往返运输服务，技术状态基本固化，可以说，神舟飞船和运载火箭进入了应用性飞行阶段。二是迄今为止时间最长的载人飞行，神舟五号任务一人飞行 1 天，神舟六号任务两人飞行 5 天，神舟七号任务三人飞行 3 天，神舟九号任务三人飞行 13 天，为了进一步验证组合体航天员在轨驻留能力，我们在现有状态和现有资源条件下，尽力延长了航天员在轨飞行时间，实现了神舟十号任务三人飞行 15 天。三是试验项目属历次最多，神舟十号任务安排了在轨维修试验、载人环境监控、航天员健康保障技术研究、失重生理效应与防护技术研究、医学工效学要求与评价技术研究等相关技术试验近 40 项。

神舟十号载人交会对接，完成太空授课，航天员顺利返回，标志着我国顺利完成载人航天第二步任务第一阶段任务。

第 十 三 章

神舟十一号：建造我国首个真正意义上的空间实验室

2016 年 11 月 18 日 13 时 59 分，神舟十一号飞船返回舱在内蒙古中部预定区域成功着陆，执行飞行任务的航天员景海鹏、陈冬身体状态良好，天宫二号与神舟十一号载人飞行任务取得圆满成功。图为航天员景海鹏（右）、陈冬（左）在返回北京的专机上。

神舟十一号：航天员实现中期驻留（来源：央视网）

2016 年 9 月 15 日 22 时 04 分，改进型长征二号 F/T2 运载火箭从酒泉卫星发射中心载人航天发射场点火起飞，天宫二号空间实验室准确入轨。空间实验室入轨后，通过两次变轨进入自主飞行近圆轨道，在神舟十一号飞船预定发射日前，经调相控制和圆化控制进入对接轨道，等待与飞船对接。

2016 年 10 月 17 日 7 时 30 分，改进型长征二号 F 遥十一运载火箭从酒泉卫星发射中心载人航天发射场点火起飞，神舟十一号飞船准确入轨。经远距离导引、自主控制和对接段，10 月 19 日 3 时 30 分，神舟十一号飞船与天宫二号空间实验室成功实现对接。10 月 23 日 7 时 31 分，释放伴随卫星，对组合体进行观测成像，10 月 30 日 3 时 54 分，伴星近距离飞越观测组合体。11 月 18 日，神舟十一号飞船与天宫二号空间实验室分离，11 月 18 日 14 时 02 分，飞船返回舱安全着陆于四子王旗主着陆场。11 月 18 日，天宫二号空间实验室进入自主飞行轨道，转入在轨运营管理。天宫二号与神舟十一号载人飞行任务成功实现了稳定运行、健康驻留、安全返回的任务目标。

神舟十一号载人飞船与天宫二号空间实验室交会对接，完成航天员中期驻留，考核了面向长期飞行的乘员生活、健康和工作保障等相关技术。2016 年 9 月 15 日，天宫二号空间实验室在中国酒泉卫星发射中心由长征二号 F/T2 运载火箭发射成功，它是中国载人航天工程发射的第二个目标飞行器，是中国首个具备补加功能的载人航天科学实验空间实验室，载人航天事业进入应用发展新阶段。

舟宫如险存悬，陆海空网备全

天宫二号是继天宫一号后中国自主研发的第二个空间实验室，将用于进一步验证空间交会对接技术及进行一系列空间试验。天宫二号主要开展地球观测和空间地球系统科学、空间应用新技术、空间技术和航天

图为指挥员们在返回现场讨论出舱情况。

医学等领域的应用和试验，打造中国第一个真正意义上的空间实验室。

为了这次任务的测控支持，中继卫星系统在天上已布设三颗中继卫星。

2016年10月17日，神舟十一号飞船准确入轨，10月19日，与天宫二号完成自动交会对接，形成组合体，航天员景海鹏、陈冬进驻，从此开始了长期巡天历程。

2016年10月23日，天宫二号释放伴随卫星。

2016年11月17日，神舟十一号与天宫二号分离，完成快速变轨控制验证试验。

国人从电视看到的全是顺利，似乎没人考虑万一航天器出现故障该怎么办，如舱内突发火灾、舱体被天外流体击穿、舱压突然快速下降等。

工程从设计初期就研究确定了各种应急对策。发射前召开了神舟十一号返回搜救协调会，参加会议的有二十几个单位，每个单位都分担不同的应急搜救任务。上升段陆上从发射场到海岸线，应急搜救任务由酒泉发射场地区的副着陆场、当地战区直升机负责。入海后飞船可应急溅落海上，从黄海、关岛一直延伸至菲律宾东海，由交通运输部救捞局的打捞船负责搜救。运行段在国内陆上设置了应急救生区，各战区、地方政府都做好了相应准备。运行段在国外设置了多个应急救生区，相关领事馆都做好了准备，与相关国家的应急搜救力量也沟通协调完毕。正常返回准备了位于内蒙古中部四子王旗以北地区的主着陆场，以及位于酒泉发射场东部地区的、用于气象备份的副着陆场。返回中出现应急还准备了前弹道式返回着陆区和后弹道式返回着陆区。任务总指挥部指挥着全局，搜救室桌子上摆满了各个方向的协调电话，就是说，国内外都布下了陆海空网，不管航天员落在哪，均准备了各种应急搜救手段。

所以，国人的放心是有根据的。

西伯风云突变，水土兵将度关

11月4日，航天员在轨飞行已18天，突破了我国航天员在轨最长驻留时间，理应庆祝一下。但只要航天员没有返回落地，大家的心都是悬着的。

11月9日，计划进行主着陆场综合演练。中午报朱日和机场风大，直升机起飞不了，决定演练推迟两个小时。时间到了，风仍然呼啸不停，20m/s的风将埋在草中的沙扬起，能见度不足1公里，故演练取消。

此事一出，立刻引起任务指挥部高度重视，计划18日返回，万一执行任务那天，直升机起飞不了怎么办？是仍朝主着陆场落，还是朝副着陆场落？是提前返回，还是推迟返回？一下子，气象成了整个工程关注的焦点。

11月10日，在北京紧急进行气象会商。气象首席专家根据预报表示，西伯利亚有两个气象过程，将会影响主着陆场，13日和18日主着陆场风会很大，但对回收当天而言，预报时间太长，不确定性很大，准确率很低。这让大家不踏实起来。

11月11日，在北京召开返回最低条件研讨会。会上，各系统总师和专家纷纷发言，一致认为：只要主着陆场气象条件满足飞船返回条件就落主着陆场，直升机起飞不了就用地面车辆；如主着陆场气象条件不满足飞船返回条件，就当圈落副着陆场。

11月13日，我随载人航天工程副总师郑敏、载人航天工程办公室杨利伟、盛宇兵、郭东文、潘强等来到主着陆场四子王旗，与空地搜索人员、各回收试验队一起执行回收任务。主着陆场指挥部召开会议，研究搜救回收事项。

这次任务来了五架直升机。首次增加了无人机，有两型，已参加了三次综合演练，起飞五个架次，飞行六十余小时，排故三次。这次任务需要回收的科学样品有两个，一个是拟南芥，一个是生命样品。鉴于长征七号运载火箭首飞时携带的返回舱在降落过程中被风吹着跑，汽车追都追不上，飞船试验队制定了应急措施，即返回舱降落后万一航天员没有手动切伞而被伞拖跑时，就追上去砍伞绳。

当天，大庙风速 17~18m/s，朱日和机场风速 20m/s。

11月13日下午，郑敏、杨利伟带领盛宇兵和我，到航天员科研训练中心试验队看望大家。我们都住在一个宾馆，只是楼层不一样。航天员系统总师宏峰在楼道迎接。我们看了刚研制好的半躺式座椅，其好处是可以调节坐卧角度，方便航天员休息。座椅上放着一件衣服，长长的，中间有拉链，像个睡袋，我打开拉链摸了一下里面，真柔软，真暖和。杨利伟直接钻进去，替天上的两位航天员感受了一把，就在享受之时，突然感觉飘了起来，原来是姜国华、宏峰、刘建中和一名医监医保人员把座椅抬起来了，此时座椅变成了滑竿轿子，设计精巧。桌子上摆着出舱保障器材、生理信息采集设备、微生物采集设备等。另一侧桌子上摆着两套衣服，俯身一看，胸前印着名字——景海鹏、陈冬，区别是名字下方一个是三个五角星，一个是一个五角星，表明两个人的衔级。西墙玻璃镜子上面贴满了心电图电极，左面挂着一张图：动态心电血压监测操作步骤。看了这些医监医保设备，我感觉他们考虑得很细。我还注意到宏峰左眼内角布满了血丝，累的。

晚上，着陆场指挥部指挥长李权到杨利伟房间，汇报着陆场直升机布阵情况及次日演练方案。

14日，进行第九次综合演练。在大庙，我们都穿上了橘红色搜救服，穿着大皮靴。我进入大庙驻地大楼，发现右侧大房间里散坐着一些人，像是技术人员，地上布满了测试设备，有"宽带移动用户手持台"字样，这是本次任务新上的通信设备。各试验队排好了队，我从穿着蓝黄两色衣服的试验队中看到了空间应用系统总师赵光恒。演练顺利。

14 日晚上，杨利伟和我们到四子王旗烈士陵园散步时，发现月亮特别的大、特别的圆。一查，原来是农历十月十五。团圆的日子快到了，我们不久就能见到天上的航天员了。

15 日上午 9 时，郑敏、杨利伟到大庙 USB 测量站去视察，我和李权、盛宇兵、郭东文陪同，站长王栋介绍了着陆场站的情况。站址在大庙东北方向缓平丘陵高处，周围有雨水冲刷沟壑。活动 USB 站，直径不小，天线右侧还带着一个小"耳朵"，这是个引导天线，可以在更宽的视场范围内发现目标，然后再由主天线进行精确跟踪测量。气象观测天线、通信天线、活动方舱等都布在这。

随后，我们又开车到沃力格图察看光学测量设备点号。郑敏还专门到工作人员活动厨房看了一下。工作人员看见杨利伟了，喜悦之情溢于言表。

10 时 38 分，我们驱车到了神舟五号返回落点。这是杨利伟第一次故地重游，估计他的感受是独特的。众人均想与航天英雄杨利伟合影，因时机难得，故争先恐后。

11 时 35 分，我们返回大庙，直奔气象台站会商室。赵殿军正在与技术人员研究问题，其中有两位内蒙古自治区气象台来的专家。屏幕上显示着 15 日至 20 日 6 天的气象预报情况，总体看是瞬间多云，大都是西风或西南风，地面风速在 5~10m/s 区间，高空风速在 40~57m/s 区间，只是担心 18 日着陆场区可能出现气象过程。

16 日，盛宇兵、郭东文和我听取了晋东立（着陆场系统副总师）

等技术人员关于 4G 无线通信系统使用情况的汇报。4G 是在 8 月 12 日才确定在本次任务中使用的，才三个月，已完成研制、装机、调试并投入使用，主要用于空地高速数据传输，在指挥直升机、通信直升机、地面大庙各安装一台基站，其他直升机、地面车辆、移动人员配置 PAD 终端，构成互通链路。使用中一个很棘手的问题是电磁环境干扰，地面情况好些，空中受干扰厉害。事先已与内蒙古自治区相关部门开过两次电磁兼容协调会，要求任务期间关掉附近的民间基站、广播电视塔。

16 日，根据最新气象预报，原预测 18 日到来的气象过程推迟一天到达，18 日返回当天气温 0～10℃，地面风不大于 9m/s，真是天公作美。任务总指挥部决定，按计划返回主着陆场。

16 日下午 15 时，主着陆场指挥部召开回收任务布置会，回收战役的序幕徐徐拉开。

天体惜离再约，蒙旗阵布迎客

以往任务的运行轨道都是两天回归，载人航天器飞行高度都是约 340 公里，本次任务是三天回归，飞行高度是近 400 公里，这是为未来的空间站做准备的。轨道高了，返回航程就长了，返回制动点的位置就向西太平洋西南方向延伸了，位于南非的纳米比亚站需要开始观测的仰角就低了，故返回制动的任务增加了天上的中继卫星，双保险。

17 日中午时分，神舟十一号从天宫二号在南非上空开始分离。两名航天员坐在飞船上，挥手告别了空中温暖的天宫之家，这是相互陪伴了整整 30 天的地方，惜别之情隐隐闪动，"天宫，再见"，"咱们空间站见"。17 日晚上，独立飞行的飞船分两次进行轨道维持，使轨道瞄准主着陆场。

18 日凌晨，返回制动参数通过地面注入飞船。

18 日 9 时左右，两名航天员关闭返回舱舱门，坐在返回舱。

航天员刚关好舱门，位于四子王旗宾馆的着陆场指挥部突闻大青山以南的毕克奇机场全天有雾，从北京过来接航天员的专机无法降落。大青山以北、着陆场以东的朱日和机场，气象可以。气象真是捉弄人。紧急研究，决定专机飞朱日和。

指挥部内改变着专机机场，指挥部外却是热闹非凡。搜救回收队、飞船处置试验队、航天员医监医保队、航天员医疗救护队、有效载荷处置试验队正将各种处置工具放置在车上。

11 时 20 分，回收参试人员出发，奔赴大庙。

从早上到中午，天由灰渐晴，由无云渐见丝云，看来比预报的好些。路上，风车较平日转得快些，风不小。水平望去，灰色，像扬尘，但头顶却是晴朗。时不时见到水泡子，比往年多，已结冰。

此时的飞船轨道舱正在空中泄压。天上的轨道舱泄压完毕，我们的车辆也到达了大庙。大庙搜救回收队大院，地面搜救队、空中飞行员、各试验队已整队完毕，院内南边是个巨型停机坪，停放着八架直升机，机盖打开着，地勤人员在忙碌着。

中午，战前动员。庄严写在每个参试队员的脸上，这种严肃平日少见。多少人员因为紧张整夜失眠。

13 时 05 分，地面搜救分队出发。这次地面分了三个部分，一部分布于理论瞄准点以西，一部分布于瞄准点东南方向，目的是万一直升机起飞不了，地面也能尽快赶到现场，剩余的第三部分车辆是大队人马，布于返回舱散布范围以外。三辆装有信标接收机的搜索车在前，四辆特种车辆随后，再后面就是各试验队的车了。领头车早已消失在东北方，车尾尚在院内。阵势浩大。

图为地面搜救车辆。

进出返回舱散布范围的所有路口均有警察把守，范围内两百多户牧民都被告知注意事项，从四个市、盟调来近两百名特警维持秩序。

13时10分，五架直升机启动发动机，轰鸣声震耳，周围扬尘四起，不一会儿直升机相继起飞，飞赴四个待命空域。指挥机、通信机布在西南角，搜索机布在西北角，医监医保机布在东北角。奇怪的是，最后一架起飞的医疗救护机不是迎风起飞朝北拐弯，而是迎风起飞后朝南拐弯，绕一大圈，才朝东北飞去，这架直升机布在东南角。

与此同时，两架无人机也在"口袋"外上空盘旋，一架布在东南角，一架布在西北角，能够俯视下方的直升机。运八–C飞机携带伞兵也在"口袋"的南侧更高的空域巡航，以备出现应急时的大面积快速搜索。

至此，搜索回收布阵就绪。

调刹踏归炉炼，光电齐聚叠环

此时，位于太平洋上空的天链一号卫星一直跟踪着飞船，监视着飞船一举一动。

"发现目标"，布在南非半岛的纳米比亚站捕获跟踪到了飞船。

"飞船第一次调姿"，刚跟踪上，飞船就开始水平调姿。"真玄"。

"轨返分离"，此时轨道舱和船体分离。

"飞船第二次调姿"，飞船建立了返回制动的姿态。

"制动开始。"

上述制动是返回任务中最关键的环节，一旦发生意外，天上卫星和地面测站随时可以进行紧急控制。从获取的测轨及遥测数据分析判断，飞船制动正常。

飞船在逐渐降低着高度。飞船划过南非大陆，越过阿拉伯海，踏上南亚大陆，来到巴基斯坦卡拉奇上空。

"推返分离"，返回舱和推进舱在卡拉奇上空分离。

"和田发现目标"，返回舱进入祖国西南部上空，设在新疆和田的活动测控站捕获跟踪到了目标。一分钟后，返回舱将大底调整成朝前，在新疆塔克拉玛干沙漠东南部上空，做好了进入大气层的准备。

第一次落点预报、第二次落点预报由北京中心发出，与理论瞄准点很近。

13时38分，目标从和田站观测视野中消失。

突然，航天员背部感到有过载，说明返回舱有阻力，而且越来越大，证明返回舱已进入大气层。

进入大气层的角度是有讲究的，角度大了，会使阻力过大，航天员感到的过载过大，不适感会增加；角度小了，所受阻力过小，大气层可能会再次托起返回舱将其推出大气层，形成"打水漂"。专家设计的角度正好让飞船准确地进入大气层。

大气阻止着返回舱，气体与返回舱大底、舱壁剧烈地摩擦，渐渐出现黑障。

"发现目标"，目标刚从和田活动站消失，便被布在玉门关的光学设备捕获上了。

"看，这还有一个目标"，光学显示屏上，在刚发现的目标后面多出一个亮点，随之面积变大、变亮，像彗星，拖着一条长长的尾巴。首次参加任务的参试人员有些纳闷。其实这就是伴随返回舱一同进入大气层的推进舱，一与大气层摩擦，便迅速发热、解体，最后在燃烧中消失。在做好自己本职工作之后，推进舱默默地伴随在返回舱旁边，目送着并肩作战 33 天的兄弟。

"发现目标"，几乎同时，布在航线下的雷达捕获住了返回舱。之所以它能发现目标，完全是依靠等离子鞘的电波反射特性跟踪到的。不到一分钟，另一台反射式雷达也接力跟踪。黑障能阻挡电波，也能反射电波。坏事可以变好事，航天也处处体现着哲理。

返回舱外形像个秤砣。大底和舱壁都是用绝热材料制成的，蜂窝状设计，保护英雄。"火炉"中的两名航天员毫发未损。

布在发射场附近的雷达、光学设备相继跟踪，上述"蛇行"路径在屏幕上清清楚楚地体现了出来。

仙飘遂趋草场，雄鹰疾翔驰援

"发现目标"，布在出黑障前后的白云鄂博前置雷达站同样使用反射式雷达发现了黑障内的返回舱。此时的返回舱已下降到了五十几公里，从轨道看，返回舱是在依靠升力控制返回，已穿过河西走廊，跨越副着陆场、巴丹吉林沙漠，正在阴山山脉以北、中国蒙古国边界以南一条狭长的平坦地带上空奔向主着陆场。我们最担心的后弹道式返回没有出现。

两分钟后，布在沃力格图的大光学设备抓住了刚出黑障的返回舱。这些设备可以拍摄在太空飞行的天宫二号、国际空间站，让其拍摄几十公里高的返回舱应该能够胜任。但这次拍摄图像不甚清晰，可能云多使然，断又续。

几乎同时，布在大庙的 USB 设备也跟踪开始，说明返回舱已经钻出黑障。遥测信息表明，航天员一切正常。几条指令顺利发出，这些指令都是返回舱的关键动作，当然返回舱主要按自己的程控走，地面指令都是备份的。

测轨数据送往北京中心。

"发现 243 信标信号"，布在东南角的医疗救护直升机首先报告。就是起飞后任性地向南兜大圈子的那架。

"第三次落点预报"，数据一出，直升机指挥长仔细地看着。此时所有的直升机信标接收机都有了信号，一致性地都指向了一个方向。

怪，这个地方好像在预报落点的东边？而且朝东较多！

马上电话确认，然！

不容迟疑，空中指挥员立即发出命令："追！"

五架直升机立刻调整机头，呼啸着奔向信标机指引的方向——东方。

安落腾撞伞切，笑观磨难凯旋

首先发现目标的直升机本来就在东南角布设，故飞在最前面，驾驶员已将油门加到最大，机上所有的人员都紧张地朝外看着，恨不得望穿云层。

沃力格图的光学设备开始一致跟着返回舱，突然，信号消失了。原先准备的直升机摄像机由于距离远，无法拍摄。无人机由于速度跟不上，也无法拍摄。只能靠大口径光学设备，此时它却丢失了目标，也不知道怎么回事，时间一秒一秒地过去，怎能不让人着急！

突然，光学设备屏幕上出现了一个图像，返回舱！原来是云挡住了视线。真会捉弄人！刚抓住目标六秒，便看见主伞打开了。谢天谢地。行内人士明白，只要大伞一开，就不会出大事了。

"后备直升机起飞"，仍在大庙待命的三架直升机，发动机已轰鸣空转多时，听到这几个字，简直就像脱缰之马，旋即扑向目标。平常时速200公里就感觉很快了，今天时速都250公里了，还是感觉慢，恨不得大鹏展翅，瞬息即到。

搜救直升机在飞奔，搜救人员在焦急观察，各种测量设备在紧紧地盯着返回舱，此时的返回舱却在有条不紊地干着自己的事。大伞被一具大引导伞、一具小引导伞、一具减速伞连环拉出，这么多动作顺利完成，没让人操心。此时返回舱已下降至6公里高度。

大伞彻底打开后，在空中遮住了一大块面积，不急不忙地飘着，与之相比，吊在伞下面的返回舱骤然变成一个小点。这种慢慢悠悠的下降速度，似乎是在等待着飞奔而来的搜救直升机，等待着亲人。

13时54分，沃力格图大光学设备丢失目标。

13时55分，大庙光学设备丢失目标。

13时57分，大庙测控设备丢失目标。目标消失在地平线以下。

此时，没有了任何返回舱的图像和测量信息，只有它发出的243MHz信标信号。现在航天员安好吗？让人揪心！

"目视发现返回舱"，突然，从调度中传来声音，来自东南角那架直升机！14时06分！

惊喜、激动。说明返回舱落地后没几分钟就赶到了。漂亮！

从空中俯视，但见金色草原上盖着一具大伞，圆圆的，圆得有些不可思议，让人不联想到"圆满"二字都难。伞的红色白色与草色形成鲜明的对照，吸引着人们的目光。伞绳整齐地铺在地上，像马头琴的弦，为航天人奏响美妙的音乐。伞绳最终汇集成一个点，一根粗缆绳将人们的目光引向不远处的返回舱，躺着，完整。放心了！舱与伞中间恰有一条铁丝网穿越。但巧得很，铁丝网既没划着大伞，也没伤着返回舱，正像航天人，穿过无尽险滩，摘取苍穹果实。

再细看，落地时四个缓冲发动机已点火，吹出的土坑却离静止的返回舱足有三十几米，土坑与舱之间月牙痕迹依稀可见，拖痕却无，说明风吹伞提，三吨重的返回舱又被伞重新带起，斜着，大底再次落地，歪着砸向地面，侧着连续留痕两次，再被托起，循环五遍，留印十余处，可见伞被风一吹力量有多大。大自然让人敬畏。最后返回舱实在被拖得

图为直升机快速赶到返回舱降落现场。

311

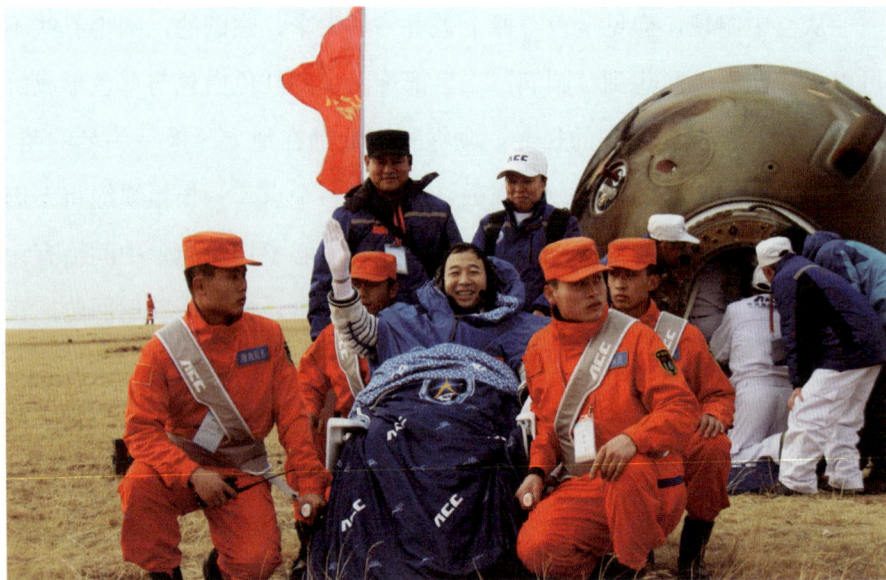

图为神舟十一号航天员景海鹏出舱。

图为神舟十一号航天员陈冬出舱。

不耐烦了，竟来了个前滚翻，大底冲向天，舱门冲地，结结实实地在地上盖了个印，以示来过。正要继续翻时，舱门又再次被伞拖起，大底甩向后方，侧拖……你能想象舱内的航天员会经受怎样的折磨，以"翻江倒海"形容毫不为过。刚脱离太空微重力，地球重力却用这种方式来迎接，就像回家遇见的久违的小狗，热情过度。

就在此时，航天员切伞了。历经种种磨难的航天员仍然清醒。之所以没有设计自动切伞，就是担心万一落在树上，缓冲发动机也能点火，如此时自动切伞，后果不堪设想。返回舱终于停了下来。失去牵引力的大伞，威风全无，像撒了气，缓缓越过铁丝网，满满地扣在斜坡上，盖住了金色草原。有些长势雄壮的植物本想透过伞片中的空隙偷看一下天外神客，不一会儿又被鼓动不停的伞片挡住了视线，伞也想多看一眼共患难的朋友。

景海鹏自行解开束缚带，移动至舱口，滑动开舱柄，舱门开了。草原新鲜空气瞬间窜了进来，这是地球的空气，整整33天没有感受过了，不由得深深地吸了一口，是否会醉氧，以后再问。进舱的气体温度10℃，航天员顿感凉爽了许多，毕竟是从严酷高温冲杀过来的啊！

此处离东边的苏尼特右旗不远，再看返回舱的南边，不远处便是一片风力发电厂，如果返回舱落在风车阵中，危险！

直升机在返回舱附近降落，搜救人员狂奔至舱前，却见舱门已被打开，高兴坏了，显然这是航天员所为！说明至少一名航天员好着呢！太棒了！那么，另外一位呢？搜救人员的心又提了起来。

医监医保人员赶紧爬进舱中，看见的景象令人兴奋，全员健康！

"北京，神舟十一号飞船顺利返回，01感觉良好。"通过无线电信号，传出了航天员景海鹏的声音，"02感觉良好"，陈冬补了一句。

顿时，北京中心掌声雷动，泪水挤满了很多人的眼眶，悬着的心终于放了下来。

风刚才还大着，待搜救人员到达时，风小了，小到温柔如丝。

"航天员可以出舱"，听到出舱二字，全部搜救人员瞬间安静了下来，长枪短炮各种镜头齐刷刷地对准舱门。14时33分！

"出来了"，是景海鹏。这是三次光临过太空的航天英雄，也是我国在宇宙中一次驻留时间最长的航天员。他的笑容让人感到他的身体状况很好。"海鹏，好样的"，杨利伟在旁边由衷地称赞着。

"看，又一个"，是陈冬。这是我国第三批航天员中的佼佼者，一上天就创造了我国航天记录，他的笑容灿烂，他的表情活泼。笑的背景是一张颜值极高的脸庞，要让多少年轻人迷倒，更让多少女孩倾心。

这次之所以落地后马上出舱，原因是航天员在太空时间太长，不宜在返回舱狭小的空间中进行重力适应，而是抬至医监医保直升机进行。

脱舱内压力服，擦头洗脸，换地面服装，喝盐水、营养液。医监医保人员边干活边注意，发现航天员精神着实良好。缓了一会儿，航天员突然想要吃的。羊肉萝卜汤首选，米粥跟上。吃腻罐头的俩人，回到家，简单食品都是美味无比，舌尖体会到了家乡味道，那种满足感像是吃了一顿大餐。

航天员在适应着重力，飞船试验队在处置着返回舱，随舱返回的科学实验样品也取了出来，现场交给了科学院试验队。

14时20分，首批地面特种车辆到达现场。大量的车辆出现。当地的牧民赶到现场。

14时35分，两名航天员分乘两架直升机，直赴朱日和机场。

17时50分，专机起飞，承载着宇宙归来的骄子、民族的英雄，向着首都北京飞去。两名航天员落地后第一次坐在了一起，手合高举，共庆成功。这珍贵的历史时刻随着快门声装进我的镜头。握手时，海鹏嘱咐老朋友："千万别忘了将照片给我。"平凡的要求来自不平凡的人，让人敬重的人！陈冬似乎不担心，因哥有了，他就有了。患难兄弟就是这么默契。

北京的夜晚灯光绚丽，今夜格外明亮，整座城市似乎都在翘盼着航天英雄的到来！

专机安然降落，天外游子凯旋而归，家人在等待着……

空间站工程也在太空等待着，空间站见！

天舟加注宫陨，二步圆满收官

2017年4月20日19时41分，天舟一号货运飞船在文昌发射场，由长征七号遥二运载火箭发射入轨。天舟一号是我国新研制的货运飞

图为天舟一号发射转运前工程总体人员集体合影（左起本书作者、肖建军、闫宗奎、季启明、王忠贵、王立成、林西强、逯耀峰）。

图为天舟一号发射入轨后本书作者在北京中心值班。

船，低轨运载能力为 6.5 吨。

4 月 22 日，天舟一号与天宫二号完成对接任务，形成组合体。

4 月 23 日早上 7 时许，天舟一号开始进行补加推进剂试验，持续 5 天；27 日，与天宫二号完成首次推进剂在轨补加试验工作。

6 月 19 日，天舟一号与天宫二号完成绕飞以及第二次交会对接试验工作。

9 月 12 日，天舟一号与天宫二号完成自主快速交会对接试验任务。

9 月 16 日，天舟一号进行第三次补加推进剂试验，进一步巩固了相关技术成果。

9 月 17 日 16 时 15 分，在经过近 5 个月的飞行后，天舟一号与天宫二号完成分离，继续开展离轨前的拓展应用和相关试验。

9 月 23 日，天舟一号受控主动离轨，坠落于南太平洋制定区域。

2019 年 7 月 16 日，天宫二号终止数据服务。

2019年7月19日，天宫二号受控离轨并再入大气层，少量残骸落入南太平洋预定安全海域。

天宫二号、神舟十一号、天舟一号三次飞行任务共同承担验证长期载人、燃料补加、空间科学与应用等空间站相关技术的重要使命，标志着我国顺利完成载人航天第二步第二阶段任务。这意味着，中国有能力建造自己的空间站了，可以开始迈向载人登月了，可以向更深的太空进军了……

感　言

天宫二号与神舟十一号载人飞行任务的圆满成功，对未来空间站轨道高度交会对接和返回技术、航天员中期驻留健康生活和工作保障技术、在轨维修技术、大型组合体姿轨控和环热控等控制管理技术进行了全面验证，同时开展了较大规模空间科学与应用实（试）验，取得了丰硕的创新性、前瞻性应用成果和丰富的飞行数据，是我国首个真正意义上的空间实验室，为圆满完成空间实验室任务创造了先决条件，为空间站建造和运营积累了宝贵经验。

天宫二号作为首个空间实验室，开展了5项航天器平台技术试验、16项航天医学实验、14项空间科学及应用实验和4项太空公益科普活动，典型应用成果有：一是国际上首次在空间开展了激光对原子冷却、操控等物理实验，国际上首次获得在轨冷原子钟Ramsey（原子微波干涉条纹）曲线，且与理论预期相符，每天的频率稳定度达到7.2×10^{-16}，属于世界上太空最高精度；二是通过多角度宽波段成像仪，获取了包括海岸带、洋面温度、云、陆地等光谱图像，光谱数据和图像很好；三是通过三维成像微波高度计，获取了包括中国大陆、东海、南海、太平洋、日本东部与南部、印尼、菲律宾、澳大利亚和南美大西洋等目标的海洋及陆地回波数据，通过数据处理，获得了高分辨率海面三维形态图像、陆地三维形态图像和海／陆二维形态图像，图像层次分明、质量良好；四是通过多波段紫外临边成像光谱仪，获得了地球临边大气连续光谱数据及环形大气测量数据，工作模式正常，图像和光谱数据正常；五是伽玛暴偏振探测实验结果表明，该仪器具有伽玛暴、太阳暴和脉冲星等方面的探测能力，伽玛暴定位精度、探测能区、偏振探测精度等指标均可达到国际领先水平；等等。可以说，空间实验室是当时我国在轨试验项目最多、门类最全、技术水平最高的载人航天器，取得了大量创新性、突破性、前瞻性的重要阶段性成果。

2017 年 4 月 20 日 19 时 41 分，天舟一号货运飞船由长征七号遥二运载火箭从文昌航天发射中心发射入轨，2017 年 4 月 22 日，与天宫二号空间实验室对接形成组合体，顺利完成两次推进剂补加试验、控制组合体试验、绕飞对接试验、三个月独立飞行试验、快速交会对接试验、第三次推进剂在轨补加等，9 月 17 日，组合体分离撤离，天舟一号受控离轨再入大气层，天宫二号转入长期独立飞行阶段，2019 年 7 月 19 日，天宫二号受控离轨落入南太平洋安全海域。

至此，中国载人航天完成了第二步全部任务，准备转入第三步，即空间站阶段。

第十四章

长征五号 B：成功发射新一代载人
飞船试验船

2020 年 5 月 8 日 13 时 49 分，我国新一代载人飞船试验船返回舱在东风着陆场预定区域成功着陆，试验取得圆满成功。图为新一代试验飞船返回舱落点现场。

新一代载人飞船试验船将有哪些功能（来源：央视网）

中国进入空间站阶段。发射空间站各舱段的运载火箭选择使用长征五号 B。火箭研制出来了，需要首飞进行验证。首飞搭载的载荷选了新一代载人飞船试验船（简称"试验船"）。新一代载人飞船是面向我国载人月球探测、空间站运营等任务需求而论证的具有国际先进水平的天地往返运输飞行器，具备高安全、高可靠、模块化、多任务、可重复使用等特点，可提高我国载人飞船的乘员人数和货物运输能力。该飞船准备用于中国未来的载人登月计划。

2020 年 5 月 5 日 18 时，长征五号 B 首发火箭发射成功。18 时 08 分，船箭分离，试验船进入近地点近 170 公里、远地点近 400 公里的椭圆轨道。5 月 8 日 13 时 49 分，试验船返回舱降落在东风地区。它的成功发射，正式拉开中国建造空间站序幕，为后续空间站核心舱、实验舱发射奠定了坚实基础。

新一代载人飞船，顾名思义，就是全新的天地往返交通工具。相比神舟飞船，新飞船可以飞得更远，不仅可送航天员往返离地球近 400 公里的中国空间站，还能完成 38 万公里外的载人登月甚至去更远的星球探险；相比天舟飞船，新飞船能够从近地空间站下行运输货物，有着"载人＋载物"的强大本领。同时，新飞船有着重复使用的优点，可以降低成本，解决的是如何更安全、更舒适、更智能、更经济地进入太空，开展更远的深空探测的难题，将大大提高我国载人天地往返运输能力。

长征五号 B 首飞

空间站是一种长期在轨运行、中期或长期载人工作生存的大型太空飞行器，它是人类在太空进行对地观测、天文观测、科学实验、微重力实验、材料加工等更理想的场所。空间站技术相对于飞船、空间实验室而言，更难的是航天员长期生存技术、航天器长寿命技术、大型航天器组装技术（如机械臂）、出舱维修技术（如维修巡天空间望远镜）、组合体控制技术等。

我国空间站由天和核心舱、问天实验舱、梦天实验舱组成，每个舱 20 多吨重，外加对接其上的两艘货运飞船、一艘载人飞船，可以形成 100 多吨的组合体。

要想实施空间站工程，除了需要研制空间站三个实验舱外，一个重要的前提条件，就是有合适的火箭。我们选择的火箭是我国目前运载能力最大的长征五号 B 火箭，它的近地轨道运载能力是 23 吨。长征五号 B 运载火箭是捆绑式一级半液体运载火箭，采用煤油、液氧和液氢推进剂。

中国空间站工程分两个阶段，第一阶段是空间站关键技术验证阶段，第二阶段是空间站建造阶段。第一阶段安排六次飞行任务，一次长征五号 B 运载火箭首飞，一次空间站核心舱飞行，两次货运飞船飞行，两次载人飞船飞行。第二阶段安排六次飞行任务，两次空间站实验舱飞行，两次货运飞船飞行，两次载人飞船飞行。

火箭研制出来了，需要首飞进行验证。首飞搭载的载荷选了新一代载人飞船试验船（简称"试验船"）。新一代载人飞船是面向我国载人月球探测、空间站运营等任务需求而论证的具有国际先进水平的天地往返运输飞行器，具备高安全、高可靠、模块化、多任务、可重复使用等特点，可提高我国载人飞船的乘员人数和货物运输能力。该飞船准备用于中国未来的载人登月计划。

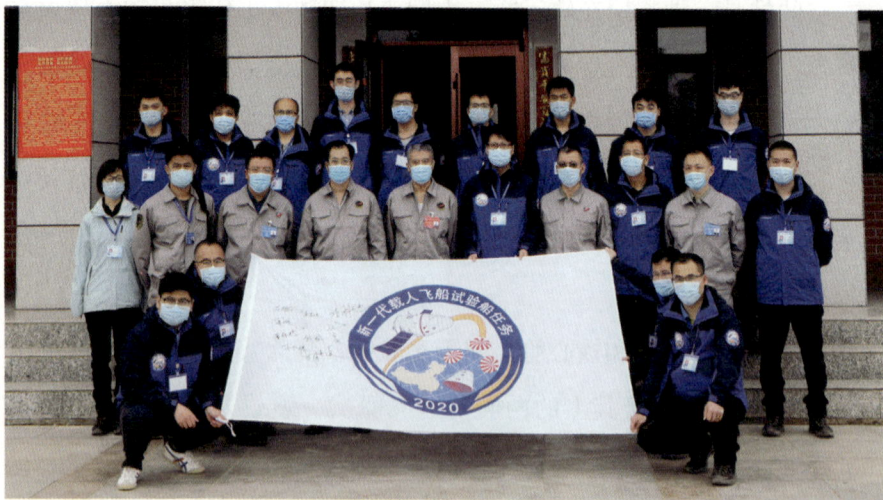

图为载人航天工程副总设计师刘晋（中间一排左五）率工程总体人员（中间一排右二宋金泽、左四本书作者、左三郝玉涛、左二仲作阳）与新一代试验飞船试验队全体成员合影。

2020 年 5 月 5 日 18 时，长征五号 B 首发火箭发射成功。此举向世人证明，中国具备向空间站阶段进军的运载条件了。

18 时 08 分，船箭分离，试验船进入近地点近 170 公里、远地点近 400 公里的椭圆轨道。

独立在轨飞行

试验船入轨后，开始独立飞行，计划飞行 3 天返回地面。

试验船进行自主导航，在第 4、8、11、14、17、24、27 圈分别进行了七次自主轨控，逐步进入约 330 公里 ×8000 公里的大椭圆轨道，同时调整轨道的近地点经过东风着陆场上空。这种大椭圆轨道的远地点特别高，如此设计，目的就是模拟从月球或深空返回地球的场景。

试验船飞 3 天就要返回了，那么有一个问题，就是试验飞船返回朝哪落？

考虑到未来使用该飞船要用于载人探月，而探月后的返回着陆场想选在东风地区，同时又考虑到本次发射的轨道倾角就是未来空间站要使用的轨道倾角，未来从空间站上返回的载人飞船也要从这个轨道面返回到东风地区，故本次选择的着陆场就是东风着陆场，以此提前考验着陆场及其搜救能力。

制动前，北京中心根据着陆场风场预报数据，计算并注入返回控制参数和返回程序。当时预报的风是西北风，8~10m/s，这样在计算时就要调整开伞点朝西北方向移动一些，以使降落时再被吹回来一点，即所谓的"风修正"。

5 月 8 日上午 11 时，飞船处于第 31 圈，在南大西洋向 8000 公里高的远地点"爬升"着。

此时，工程副总师刘晋、我、郝玉涛乘车到达地面搜索队集结点。

集结点东南方向，停着四架直升机。第一、二架是搜索机，左侧舱门外都有支架，搜索队员可索降至地面。第三、四架是通信机和指挥机，均安装光学吊舱、超短波电台、卫通天线等。

集结点西南方向，整齐排列着两列特种车辆。前一列有猛士越野搜索车、"动中通"通信车等，车上装着信标接收机（243MHz）、超短波电台、移动卫星通信天线等，个个像猎豹，卧在那。后面一列是特种车辆，有吊车、拖运车、抢修车、救援车、牵引车等。第一辆车极其特殊，长十六米多，由两节组成，前节像个装甲车，随车起重机吊臂最大可伸长至八米，吊重可达六吨，宽履占车宽约 76%；后节是拖车，可运货物。前后两节用铰接机构连接，后车左右可扭转 30 度。这就是威力巨大的"蟒式"拖吊车。此车四米宽沟壑抬脚便迈，一米半台阶直接碾压跨过，碗粗树木直接撞倒，急弯可蛇形滑过，见水过水，见沙漠拱沙漠。

集结点西侧，有两台设备，一台是雷达，一台是光学望远镜。此刻，光学望远镜正摘掉镜头盖，镜头随后摇向西方。

11 时 14 分，位于南美洲智利的圣地亚哥站捕获跟踪到了试验船，开始密切监视着即将登上回家之路的天外游子。过了 43 分钟，位于南非的纳米比亚站也跟踪到了飞船。至此，两个测控站和位于赤道上空的中继卫星同时监视着飞船。

试验船开始调姿 180 度，将船尾冲着运行前方，建立好返回制动姿态。

制动返回

12 时 15 分，试验船飞至南美乌拉圭东部南大西洋上空。

突然，飞船尾部喷出两个巨大的火焰，两台发动机同时点火，火焰拼命地阻挡着高速飞行的飞船，强行降低着飞行速度。制动后的轨道，其趋势会插入地球大气层，使飞船具备了再入的条件。

刚才的制动点恰好是轨道的远地点，从此处制动返回，目的就是让飞船站在最高处朝下扎，有点像高山滑雪，从顶峰朝下俯冲，山顶越高，滑到山底的速度越快，快到如同从月球返回地面时的再入速度，以此来检验飞船高速再入、防范剧烈摩擦、升力控制返回等能力。此处距落点地面航程约 16500 公里。

试验船划过非洲大陆中部，高度在下降，速度在增加。

12 时 46 分，试验船飞出了圣地亚哥测控覆盖范围。该站跟踪超过了一个半小时，这与跟踪神舟飞船（最大 7 分钟左右）形成了鲜明的对照。

测量数据传至北京中心，计算轨道，预报落点，结果迅速传至东风着陆场指挥部。

接力跟踪

12 时 49 分，着陆场指挥部根据预报着陆点，命令四架直升机起飞，奔赴自己的待命空域。

四架直升机布在一个矩形框的四个角上，此框位于东风发射场正东偏北，框的北边是历史古迹——"黑城"，东边是茫茫无际的巴丹吉林沙漠，南边是硬戈壁，西边是弱水河。框内西南部的硬戈壁，占 30%；而东北部的软戈壁、沙疙瘩地、红柳林地和半沼泽盐碱地，占 70%。前者车好走，直升机可降落，后者路难行，直升机降落难。

运八-C 运输机也从机场起飞，飞至框的南侧上空盘旋。

地面车辆，大小几十辆，分成六个小组，分别布在框四周的不同位置，蓄势待发。

至此，空中、地面搜索力量布置完毕，等待着见识过太空的游子。

13时22分，目标从纳米比亚站消失。该站跟踪也近一个半小时。

"发现目标！"位于中国最西边陲的喀什站捕获跟踪了还在国外上空的试验船。两分钟后，和田站也发现了目标。一分半钟后，新疆的一部雷达站也跟踪到了目标。

试验船在地球的吸引下，越飞越快，急速越过红海，快速穿过沙特阿拉伯，闪速掠过波斯湾，飞速跨过伊朗，向祖国靠近着。

试验船降至430公里高度时，俯仰调姿负90度，使得服务舱冲天，返回舱对地，两者分离。服务舱慢慢飘了上去，渐渐地离开了亲人，恋恋不舍。而返回舱重新调姿，建立配平攻角姿态。

返回舱跨进中国边境，从喀什南边、和田北面俯冲进来，在牧星人

图为试验船返回舱搜索寻找人员待命。

护佑下，投入祖国怀抱。

"发现目标!"

"发现目标!"

几乎同时，位于甘肃的两部雷达站相继捕获跟踪返回舱。欢迎队伍在壮大。

返回舱进入国内不到两分钟，便已跨过塔克拉玛干沙漠，在塔里木盆地东北角上空，急速下降至120公里高度，钻入大气层，速度接近第二宇宙速度。

120公里再入大气层？普通飞船再入大气层一般在100公里高度，出现黑障是在80公里高度，但这次试验船速度太快，120公里高度的稀薄大气层对它来讲就已经有感觉了，可见它后面的考验有多不容易。

返回舱在高速下降，大气在拼命阻挡，返回舱的大底和舱体在与大气激烈摩擦，摩擦产生巨大热量，返回舱需耐受的热流比神舟飞船返回舱大两到三倍，温度接近3000摄氏度。防热材料性能好、质量轻，自主研制，水平已超美国。

摩擦产生等离子体，瞬间甩向后方。此刻，灼热的大底像羽毛球球头，等离子体像羽毛，羽毛形成一个屏障，即"等离子鞘"，把返回舱严严实实地包围了起来，里面的电波发射不出来，外面的电波也进不去，这就是刚才谈到的黑障。

返回舱一旦进入黑障区，S波段应答式的跟踪立刻失效。

果然，13时37分，喀什、和田信号消失。

但三个雷达站继续跟踪着。之所以雷达信号没有丢失，原因是，雷达是靠反射信号跟踪的，再入前是靠返回舱舱体反射信号，再入后，"等离子鞘"实际上就是一个很好的反射体，所以雷达跟踪不受影响，甚至因为反射面积增大，反而可以跟得更好。

图为试验船返回舱穿越大气层。

制导新绝活

返回舱制导导航系统在控制着飞行轨迹，采用的方法是全新的——预测—校正升力式控制。这次是"落点制导"，即根据当下位置，不断计算最佳返程路线，实时修正，就像开飞机，要求你从广州某机场出发到达北京首都机场，不管路途中受到什么干扰，你都会及时调整，最终飞到首都机场。

新一代飞船返回舱与神舟飞船的钟型返回舱不同，采用流畅的倒锥型钝头体气动外形，空气升力更大，能在高速返回时依靠空气阻力减速，使飞船可以更加平稳、精准地落地。返回舱靠调姿变换升力方向，使返回舱智能地朝左飘、朝右飘，这样，返回航程会变长，航天员受到的过载会变小，感受更好；同时，控制航程可以控制纵向偏差与横向误差，最终控向目的地。返回舱如同一条优美的"火龙"，"蛇行"在塔里木盆地东部上空，跨过车尔臣河，奔向罗布泊。南面的阿尔金山脉、北边的天山山脉共同目睹了这一历程，但返回舱经受的高温对两侧雪山却没有丝毫的影响。

服务舱此时也扎入大气层，只是没有防热层，舱体与大气剧烈摩擦，不久就解体了，燃烧闪烁，消失殆尽。

约一分钟，返回舱便从 120 公里下降至 50 公里高度，速度大幅降低，摩擦已不剧烈，等离子鞘消失，黑障结束，返回舱从罗布泊上空大气层里钻了出来，S 波段信号重新发射出来。

"发现目标！"

"发现目标！"

13 时 37 分，东风发射场两台 USB 站几乎同时收到信号。

北京中心根据雷达和 USB 波段测量数据，计算预报落点。

这不就是瞄准点附近吗？

布在西北角的通信机收到了一组预报落点。这已是第二组预报。

我从搜索队员的手持 PAD 上看了一下数据，"哎，这不就是瞄准点附近吗？"

辽阔大地，平坦如镜，一眼望去，可看穿二十多公里，蓝天中挂着白云，云朵占比三成多。戈壁不时升起一股小"龙卷风"，轻柔地扭动着身姿，螺旋上升，像在风中跳舞，更像在欢迎天外来客。

13 时 40 分，返回舱在约 20 公里高度结束升力控制。

第三、第四组预报落点传至直升机，基本在一个地方。

怎么是三具伞?

返回舱降落至海拔 8 公里高度,回收程序启动。

"嘭",只听一声巨响,返回舱上方的一块防热舱盖弹了出去。

"嘭""嘭",两个圆筒射出两具减速伞,风钻了进去,伞由细变粗,渐渐完全张满。

"嘭",一声巨响,返回舱下降至 6 公里高度时,舱体下部主伞舱盖弹开,顺势拉出三具主伞。一旦拉出了主伞,主伞与舱盖中间的连接便切断,减速伞带着主伞舱盖飘走了。

每具主伞开始先处于"收口状",束缚绳围着主伞,不让它张得太开,让风阻渐渐增大,等风灌入得多了,切伞器切断束缚绳。

瞬间,风拼命朝大伞肚子里灌,灌得越多,伞张开得越大,最后每具伞大到 780 平方米,三具伞加起来的面积比五个篮球场面积还大。

伞衣红白相间,形成多个同心圆,甚是醒目、漂亮。

三个伞在各自的象限,互不干扰,相互衬托,协调配合,相得益彰。

大伞已张开,返回舱像一头凶猛怪兽,被剽悍猎手用勒缰控制住了,下降速度骤然降了下来。

神舟飞船引导伞原来拉出来的是一具减速伞和一具主伞,为什么这次拉出来的是两具减速伞和三具主伞呢?原来神舟飞船降落伞已是世界上最大降落伞了,试验船是个超级"大船",再靠一个大伞已不合适,再研制更大的伞也不划算,所以新返回舱在返回时采用了群伞气动减速,可将重约六吨的返回舱下降速度由近 200m/s 平稳减速至不到 10m/s。这样,即使是一具减速伞或一具主伞失效,也能保证舱体减速着陆,所以更安全。与国外在研的"猎户座""载人龙"和"星际航船"

图为新一代试验飞船返回舱乘伞降落过程。

飞船返回舱相比，我国在回收重量和开伞动压等关键技术方面已达到同等水平。

"咚"，一声巨响，主伞打开一分钟后，防热大底分离，近一吨重的圆圆大底，像是失控的飞碟，翻滚着，朝地面落去，被烧的一面，和没被烧的一面，交替着展现给大伞观看，似乎在说，我的任务已完成，现在看你的了。

像飞机拉线

"归零飞行"，指挥部发出了命令。

早已盘旋已久的四架直升机，此时，就像脱缰的野马，飞啸着，奔向预报落点。

驾驶员此时高度紧张，眼睛一眨不眨地盯着前方，生怕漏掉了什么。

坐在后舱的搜索队员，眼睛朝窗外扫描着，盼望着获取一些蛛丝马迹。

布在东北角的 1 号搜索机离落点较近，机长马林珍朝窗外巡视着。

突然，发现前方有一条直直的白烟，像飞机"拉线"，感觉就是返回舱，便加大马力，对准方向，扑了过去。

云不时出现，白烟不见了。

就在焦急之时，猛然看到云层中闪出红白伞，下面吊着一个小黑点。

"就是它"，机长驾驶着直升机，冲了过去。

返回舱吊挂方式由单点转换为双点吊挂，舱体由侧斜改为垂直。

抛大底后，返回舱底部露出六个缓冲气囊，开始充气，每个充完后，形成圆桶状，像法国盛放葡萄酒的圆木桶，六个均匀有序排列成一圈，总体看去像是一个圆形大气垫软沙发床。

布在西北角的通信机，也在搜索着。光学吊舱在操作手操控下，来回扫描着。

"看到了！"突然，光学吊舱操作手情不自禁地喊了一声，我赶紧起身，凑了过去，只见屏幕上的确有些伞影，在晃动着。PAD 屏幕显示，离返回舱 30 多公里。这么远都抓到了，好样的！

四架直升机扑向一个点，通信机最远，西南角指挥机 25 公里，东北角 1 号搜索机仅 17 公里，东南角 2 号搜索机 14 多公里。

异想天开

就在直升机归零飞行在路上时，乘伞下降的返回舱却意外地"发现"：正下方有辆车，旁边有俩小矮人，一个持摄像机对天拍照，一个护着一个天线。奇怪，他们怎么出现在这里？难道事先知道"我"从这降落？

原来，有领导大胆推测，越是中心，越是砸不着，决定派辆越野车，带着摄像机和便携式卫通站，提前埋伏在理论瞄准点，看是否能"撞大运"。没想到，就是这种"异想天开"，留下了一段珍贵的镜头，成就了一段难以忘怀的历史。

稳稳落地

镜头中，从下朝上看，返回舱在三个伞中间来回晃动，大伞渐降，返回舱渐大，眼看要落头顶时，一阵风，大伞飘向东侧，划出 115 米外，在一块低洼地，降落了。

图为新一代试验返回舱呈垂直落地状态。

刚一着地，六个气囊瞬间起作用，压扁，软着陆，撒气，像是用针穿破气球，瘪了。返回舱顺势下沉，但没挨着地，原来大气囊里还有小气囊，撑住了。返回舱稳稳地落在了祖国戈壁滩上。

时间定格在 13 时 49 分。

返回舱一落地，三具大伞立刻软了下来，伞绳弯曲，大伞顺风偏向东方，伞绳再次拉紧时，切伞器切断了伞绳。三具大伞顺势吹出六百多米，倒了下去，最后一具刚躺下，又被风再次吹起，好像是要再看一眼返回舱，确知其已安全时，才依依不舍地躺了下去。

返回舱根据落地姿态，智能选通天线网络，243MHz、406MHz 信标机天线弹出，发射信号。闪光灯在闪烁着。

四周的直升机收到信号飞了过来。

13 时 55 分，即落地后 6 分钟，通信机飞到现场上空。6 分钟，30

图为本书作者和全体直升机驾驶员合影。

公里，体现出了驾驶员的迫切心情。

此时，1 号和 2 号搜索机已到，围着返回舱在盘旋。

13 时 56 分，1 号机选择返回舱南侧下降，降至 40 米高时，悬停，一名队员顺绳索降，落地后发现地表较硬。机长也发现此情况，决定不再索降，而是直接落地。说时迟，那时快，机头冲着风头，尝试落了下去。同时，2 号机也在返回舱北侧直接降落。

只见尘土纷纷卷起，升入上空，被风一吹，飘向东方，直升机离地越近，尘埃越浓，远处一看，两个尘埃隧道，看不清直升机，看不见返回舱，只有尘埃飘远渐淡处，能隐约看见大伞。

场面极其壮观。

平时这种地貌，直升机不降；但实战，陆航驾驶员作风硬朗！

指挥机过来，降落，下人。着陆场现场最高指挥官张道昶到达现场。

搜索队员跑着冲向返回舱。

到达现场，围着转了一圈，舱体结构完好无损！

测量落点，"哇，这么准！"

地面搜索车队，从四面八方涌了过来。

空中搜索队员和地面分队会合，飞船试验队队员和搜救人员共同处置返回舱。

所有人员站在返回舱前，一条横幅放在前面，照相，标志着新一代飞船返回舱回收任务取得圆满成功。

准备了 60 多种飞船搜索回收应急预案，都没用上。好！

大家欢呼，大家跳跃，大家高兴，大家相互拥抱。

有人眼圈红了。

有人哭了。

感 言

此次飞行任务的成功，表明了两件事：一是此举向世人证明，中国具备向空间站阶段进军的运载条件了；二是中国已经开始为载人登月做技术准备了。

长征五号几经坎坷，终于研制成功，标志着中国运载火箭实现升级换代，是由航天大国向航天强国迈进的关键一步，使中国运载火箭低轨和高轨运载能力均跃升至世界第二。长征五号 B 运载火箭是专门为中国载人航天工程空间站建设而研制的一型运载火箭。本次任务的成功，吹响了中国向空间站阶段冲锋的号角。

新一代试验飞船的在轨运行及返回成功，标志着我国航天梦已伸向远方，已开始为祖先"嫦娥奔月"神话寻求现实的答案，不仅是飞船，对应的运载天梯也在寻求着现实的答案。这是中华民族腾飞的另一个标志，这也是载人航天首任总设计师王永志等老一代航天人的梦，我们在苦苦地等待着，我们在默默地奋斗着，我们在尽快地实现着！

第 十 五 章

神舟十二号：执行空间站阶段
首次载人飞行任务

2021年9月17日13时34分，神舟十二号载人飞船返回舱在东风着陆场预定区域成功着陆，中国载人航天空间站阶段首次载人飞行任务完美收官。图为执行飞行任务的航天员聂海胜（中）、刘伯明（右）、汤洪波（左）安全顺利出舱后挥手向大家致意。

神舟十二号载人飞行任务圆满成功（来源：央视网）

2020 年 5 月，长征五号 B 运载火箭首飞发射成功，为发射空间站各个舱段奠定了基础，吹响了中国空间站建设的号角。

2021 年 4 月 29 日 11 时 23 分，长征五号 B 遥二运载火箭运载空间站天和核心舱，在海南文昌航天发射场发射升空。

5 月 29 日 20 时 55 分，天舟二号货运飞船在海南文昌发射场成功发射。空间站天和核心舱迎来第一位"访客"。

6 月 17 日 15 时 54 分，神舟十二号载人飞船入轨后顺利完成入轨状态设置，聂海胜、刘伯明、汤洪波三名航天员从神舟十二号载人飞船进入天和核心舱。

9 月 17 日，神舟十二号航天员在核心舱驻留了三个月后，返回东风着陆场。空间站阶段首次载人飞行任务取得圆满成功。此次是东风着陆场首次执行载人飞船搜索回收任务。

神舟十二号载人飞行任务是空间站关键技术验证阶段第四次飞行任务，也是空间站阶段首次载人飞行任务。神舟十二号载人飞船于2021年6月17日从酒泉卫星发射中心发射升空，随后与天和核心舱对接形成组合体，三名航天员进驻核心舱，进行了为期三个月的驻留，在轨飞行期间进行了两次航天员出舱活动，开展了一系列空间科学实验和技术试验，在轨验证了航天员长期驻留、再生生保、空间物资补给、出舱活动、舱外操作、在轨维修等空间站建造和运营关键技术。2021年9月17日，神舟十二号载人飞船返回舱在东风着陆场成功着陆，空间站阶段首次载人飞行任务取得圆满成功，为后续空间站建造运营奠定了更加坚实的基础。

进入空间站关键技术验证阶段

2020年5月，长征五号B运载火箭首飞发射成功，为发射空间站各个舱段奠定了基础，吹响了中国空间站建设的号角。

2021年4月29日11时23分，长征五号B遥二运载火箭运载空间站天和核心舱，在海南文昌航天发射场发射升空。

5月29日20时55分，天舟二号货运飞船在海南文昌发射场成功发射。空间站天和核心舱迎来第一位"访客"。

6月17日15时54分，神舟十二号载人飞船入轨后顺利完成入轨状态设置，聂海胜、刘伯明、汤洪波三名航天员从神舟十二号载人飞船进入天和核心舱。

7月4日14时57分，刘伯明和汤洪波出舱，经过七个小时，圆满完成出舱活动任务，安全返回天和核心舱，标志着我国空间站阶段航天员首次出舱活动取得圆满成功。

天和全景摄像机a

图为神舟十二号航天员在空间站舱外影像。

9月16日，神舟十二号航天员在核心舱驻留了三个月，准备回家了。

分离—绕飞—逼近—撤离

"分离！"2021年9月16日上午8时58分，神舟十二号飞船，携带三名航天员，从空间站核心舱前向，离开核心舱和货运飞船组合体，向前方撤离。

撤到近20米时，飞船停下了，像是不惜离别，向核心舱招了招手，又继续撤离。第二个停泊点，第三个停泊点，第四个停泊点，几次停留回首，几次依依不舍。

10时40分，从第四个停泊点，开始绕飞，从组合体前上方、上方、后上方、后下方，一直绕到组合体正下方，也就是腹部下方，停下。

12时13分，飞船将姿态调整至径向，对接口从核心舱下方对准核心舱对接段开始逼近。到达几百米处，停下，观望，接着逼近，停，近距离观察组合体，发现均好，再次撤至腹下几百米，开始前向绕飞，最后进入正向几百米，停。三名航天员坐在返回舱，待了四个半小时。吃点，喝点，眯会，同时观察是否进展正常，因这都是飞船自动干活，不用航天员太操心。

图为本书作者（左六）与空间站总师杨宏（左七）、航天员系统副总师李莹辉（左八）等庆祝航天员出舱成功。

飞船撤离，为什么不马上离开，而是绕着组合体转，还从腹下逼近？原来，这是让神舟十二号先去探探路，看能否从径向对接，为神舟十三号做准备。

13时39分，神舟十二号飞船才开始真正的撤离，踏上返程之路。

搜救准备

9月17日上午9时20分，五架直升机从鼎新机场起飞。

此时，天空晴朗，几乎无云，风速 4m/s，温度 21.6℃，能见度 30 公里，东边远处有条起伏地貌，那是巴丹吉林沙漠西南角向西延伸的一条沙带，像条龙，近处似龙尾，远处龙头伸向沙漠腹地，可谓只见龙尾，不见龙头。

直升机编队沿弱水河朝北偏东飞去。航线以东，沙带以北，巴丹吉林主体沙漠以西，是片平坦如镜的硬戈壁，这是中国载人航天第一步和第二步副着陆场 A 区（杨利伟乘坐的神五就是从其上空飞过），尽管一次没用过，但它是航天员安全保障之一。

人们会好奇，以前神舟飞船都是落在四子王旗，这次直升机怎么在这飞呢？前面说过了，工程初期选择两个着陆场，主要是气象备份，现在情况变了，即空间站比较可靠安全，航天员返回时间灵活，气象备份的用途没了，只需一个着陆场即可，从长期搜救值守依托、兼顾正常和应急、易于场区管控分析，经权衡，空间站任务不用四子王旗着陆场了，着陆场选在东风地区。

飞行编队飞至东风镇。镇东偏南不远处，就是载人航天发射场，神舟一号至十二号飞船都是在那发射的。北飞，弱水河以东，沙漠以西，黑城古迹以南，发射场以北，便是工程第一步和第二步副着陆场 B 区。A 区和 B 区合起来称为原来的副着陆场，这次作为东风着陆场东区。编队沿西河飞行，航线西侧，出现一旧发射场，像古迹，这便是我国著名的东方红一号卫星发射场区。

9 时 52 分，航线下方出现一片汽车和帐篷，整齐壮观，旁边有五个黑框，是临时停机坪，直升机下降，补油，吃饭，待命。这是临时补给点，地面搜救车队和空中参试人员早已等在这里。这些空中、地面搜救人员，此前已进行过六次地面专项演练、两次空地协同演练、四次全系统综合演练，在沙漠深处、戈壁荒野，不知留下多少摸爬滚打的印迹，就是开舱这一简单动作，开舱工具都练废了好几个。

计划 10 时 54 分飞达，实际 9 时 52 分到达，提前一个多小时。起飞时，周建平总师说，他们真急呀。是啊，以前多少次任务，他们都是备份着陆场，就是准备了，也没用一次，二十几年了，不知得多憋屈，这次终于真正上场了，你说，他们怎么能不激动？

此处西北方向，便是东风着陆场西区，本次任务的返回瞄准点就在此区中心，有面小红旗早就插在那，随风柔柔地飘着，像是在等待着谁，而且已等了很久了。望眼欲穿，然也。

地面分队匆匆吃完饭，早早就出发了，指挥车、通信车、搜索车、医监医保车、医疗救护车、运输车、吊车，兵分三路，奔赴不同方向，最晚就位时间比计划提前一个多小时。一组布于瞄准点南偏东 21 公里处，二组布于瞄准点东 20 公里处，三组布于瞄准点北偏西 23 公里处，形成一个网兜，网口正好对准返回方向——西方。

此时，风向偏南风，风速减小至 3m/s，温度达到 27℃。

制动点改了？

"第一次调姿"，12 时 42 分，远在地球大西洋上空的飞船开始回家。天上中继卫星监视着飞船一举一动。

奇怪，此处位于南美洲和非洲大陆中间洋面上空，不像以前神舟飞船调姿位置在非洲西海岸附近，为什么？原来这次是从空间站出发，轨道高度近 400 公里，比以往高了，返回滑翔距离长了，另落点也从四子王旗西移至东风，自然制动点也得西移，再者就是轨道倾角略有调小，使得返回轨迹从原来的升轨过东风变成在拱点经过，也会让轨道西移。如此，原来为神舟飞船做测控支持的纳米比亚站就看不见调姿等动作了。

"轨返分离。"

"第二次调姿。"

"制动开机"，12 时 44 分，两台大发动机同时喷出火焰，像两条火龙，拼命顶着飞船，令其减速，然后四台小发动机点火，接续制动。推进舱外摄像头看不见制动喷火，而是冲着返回舱方向，但仍能观察到有小火苗不时在喷，难道出事了？不，是姿态发动机配合保持姿态稳定。

细心的人会发现，发动机工作时间较以往长了，从神舟一号至十一号，都是仅用大发动机，这次为了变轨精确、减小发动机后效影响，先让两台大发动机工作，留下小量变轨任务，交给四台小发动机变轨补足，既提高了变轨精度，又减少了过载，航天员舒适感也强了，为将来普通人上天后返回打下基础。

飞船干了这么多活，制动后期才进入纳米比亚站视线。当然，测量制动后的轨道，对计算返回弹道是重要的。中继卫星也在干活。这些测量数据传至北京中心。

"第一次落点预报。"不一会儿，北京中心发出信息。好多人看了很高兴，因觉得离瞄准点很近。我只是从中判断，制动是正常的，但不看预报落点的具体数据，因为飞船后面还要机动呢。

经减速，新形成的轨道已对准一万多公里以外的着陆场。

全程监测

"起飞"，制动就是命令，地面直升机再次升空，奔赴各自空域，紧张气氛骤升。指挥机布西南角、医监医保机布西北角，通信机布北偏西方向、1 号医疗救护机布东北角，2 号医疗救护机布东南角，距离瞄准点二十公里左右，张开一张大网，等待天外骄子。

此时，舱内三名航天员，表情自然，轻松自如，相互对话，似乎只是在从事一项简单的工作。举重若轻、泰然处之，然也。

飞船从加蓬上空进入南非。航线左侧、西非西岸便是几内亚，我国航天员发射升空时，该国总统还是孔戴，我国航天员返回时，该国已政变。区域政治形势在变化着。

滑翔航迹从非洲大陆中部穿过。在西海岸时轨道330多公里，到大陆中部轨道280多公里，你会发现，高度越低，速度反而越大，是的，这是地球引力所致，就像高台滑雪，越滑越快。

飞船姿态一直在调，原尾部只翘十几度，现已翘至近90度，尾冲天，推进舱外摄像头拍摄的图像已变成绚丽的地球，甚为壮观漂亮。苏丹和埃及交界东端，镜头出现蓝色，那是红海，计数，不到30秒，跨过。以这种方式周游世界，省钱、省时、省力。航线左侧便是"长赐"号海运船堵塞过的苏伊士运河，镜头里只能看见运河，但看不见堵塞的位置。飞过沙特阿拉伯、科威特，划过波斯湾伊朗阿巴丹上空，翻越札格罗斯山脉，在伊朗高原上空、里海南边掠过。

飞船降至140公里，推进舱护送返回舱的历史使命结束，推返分离，推进舱飘向上方，目送返回舱远去。航天员坐在舱内，闭目养神，他们在等待着关键时刻的到来。

返回舱飞越通向咸海的阿姆河上空，航线右侧便是阿富汗，神舟十二号飞船发射时，美军还驻扎这里，飞船返回时，美军已撤，塔利班执政。世界格局在变化着。

"发现目标"，祖国最西端的喀什站捕获到返回舱。这是亲人的第一次迎接。

返回舱受到感染，开始调配平攻角，大底冲向前方。

"发现目标",新疆和田站也开始跟踪。

返回舱跨过塔吉克斯坦与中国边界、乌孜别里山口,进入祖国怀抱。

高度在下降,已到 100 公里,速度在增加,已近 7900m/s,空气密度在增加,已对返回舱开始有阻力,过载在渐大,阻力对返回舱的升力也开始呈现,返回舱升力控制系统开始工作。返回舱偏至理想弹道左侧时,调姿造成升力改变,让返回舱朝右飘;偏至右侧时,调姿,让返回舱朝左飞;发现高度下降过快,便多利用一些升力,让返回舱飘远些;下降过慢,便少利用一些升力,让返回舱飞近些;从上空看去,像是一条天龙,紧紧绕着那条看不见的线,在左右慢盘,上下缓游,目的就是瞄准回家的路——那面小红旗。

"发现目标","发现目标",位于新疆的两台反射式雷达几乎同时捕获返回舱。

返回舱在下降,高度在降低,空气密度在增加,返回舱大底在与大气开始剧烈摩擦,返回舱进入黑障区。

此时喀什站、和田站丢失信号,但两台雷达没事,照样跟踪。测量数据传往北京中心。

"第二次落点预报。"

返回舱穿越塔里木盆地、跨过塔里木河,进入罗布泊上空,航线下方便是楼兰古城。

"发现目标","发现目标",甘肃的两台反射式雷达几乎同时捕获返回舱。此时高度已降至六十几公里。

"看,目标",高度降至五十几公里时,一部中波红外光学设备在正西方向,看见了一个亮点,黑白图像。

"发现目标",酒泉卫星发射中心附近的反射式雷达捕获返回舱。

没过两分钟，图像由一个亮点变成一个蝌蚪，尾巴长、直、尖，白天拍的图像，倒像是夜间出现的孤傲流星，独霸天下。

驰骋搜索

返回舱降至 39 公里，速度降至不到 2700m/s，等离子鞘消失，返回舱已出黑障，S 波段信号和 243MHz 信号发射出来。

"发现目标"，布于着陆区西区周围的三台测量设备，几乎同时跟踪到目标。

"有信号"，五架直升机信标接收机指针几乎同时开始转动，最后指向了一个方位。

返回舱降至 20 公里，速度降至近 380m/s，像是耗尽了能量，已不再拼命朝前冲，主要是朝下落，速度也大大降了下来。

返回舱降至 10 公里。

"弹伞舱盖"，只听"嘭"的一声，返回舱肩部喷出一个圆形盖，随即拉出一具引导伞，瞬间又拉出第二具引导伞，马上又拉出一具减速伞，减速伞张开。因为动作快，如眼神不好，根本来不及看清每个动作。从红外图像只能看见一个盖，拉出一串蛋，一个接一个，目不暇接。

"开主伞"，减速伞把大伞拉出，顺势脱离。主伞拉出时像针状橄榄球，伞收口，伞口用绳束缚着（担心瞬间进入太多空气把伞冲爆），再开一小口，填充空气越来越多，伞口越来越大。束缚绳一切断，大伞立刻像爆米花机开盖，"砰"，迅速膨胀开来，空气肆无忌惮地钻入，拼命阻挡着巨大的伞布，产生的阻力巨大，后坐力极强，航天员受震极猛，感觉极其难受。尽管不适，但航天员却喜欢，为什么？因为这说明主

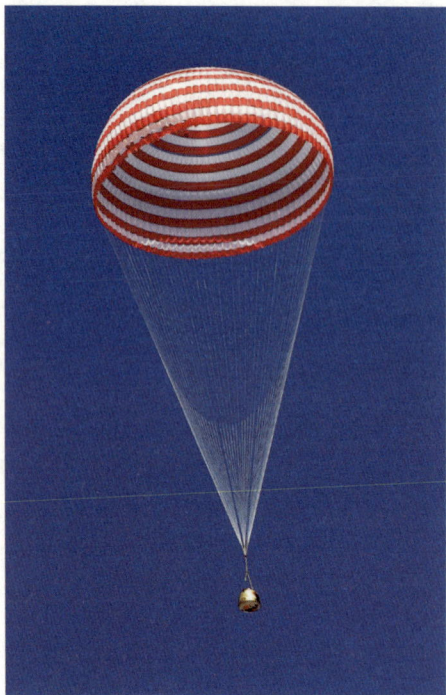

图为神舟十二号飞船返回舱乘伞下降。

伞打开了，说明可确保安全降落了，故喜欢这种"难受"。返回舱瞬间缓慢了下来，像是停在了空中，下降速度骤然降至10m/s以内。

这些画面全被一群摄像机拍下来了。为什么说一群？原来地面早就在瞄准点附近布下一个摄影机阵，以小红旗为中心，每隔4公里画一个圈，共画3圈，每圈布4台摄像机，共有12台，像天罗地网，按实际弹道，无人自动跟踪拍摄，不管返回舱朝哪落，只要不太离谱，总有一个抓住目标。这不，布在最里圈的几台摄像机全抓住目标了，且跟踪极其稳定。此时才注意到，伞是红白相间，全是同心圆。因不是水平看，几乎完全是朝天仰视，偶尔能越过舱体、透过伞绳看见伞的圆心，下降方式，感觉是朝脑袋上落。

"第三次落点预报。"13时23分。

布在四个角的直升机在盘旋着，紧盯着信标机指针，指挥机腹下悬吊摄像机跟踪到了目标，图像尚可。

"砰"，一声巨响，返回舱大底分离，像一个瓢一样飞了出去，弧线有些随机，但不失美感。

抛大底，就是命令，直升机终于可以归零飞行了。

"追"，一声令下，五架直升机同时扑向一个点。直升机的发动机在咆哮，搜救人员的心在澎湃。其实已飞得够快了，但还想更快。

打秋千

大伞在风中慢慢下降，返回舱在左右晃动，像个巨型钟摆，航天员坐在舱中，犹如打着秋千，不知滋味如何。

突然，返回舱一侧喷出一团白烟，沿伞绳向上飘去，云头是圆的，跟着的是一条直直的云柱，云头到达伞衣边缘时，一个巨大的、标准的高尔夫球杆呈现在人们眼前，杆足有100米长。云头渐变成一个拐杖，而把手一直缠绕在大伞的上方，迟迟不愿离去。云头上升到伞顶上方时，烟柱变成S状，与直直的伞绳组合成一幅巨大的音符图案，简直美翻了，难道这是准备在着陆场上空奏响一曲赞美祖国的华丽交响乐？转身再看指挥机拍摄的图像，那更是美妙，散漫的云团变成宇宙神秘星系，下方的伞和舱像是从宇宙深处造访地球的使者，不知谁能创作出这幅绝伦佳画？

试问这白烟是什么？是推进剂，升力控制系统就是使用它控制姿态，到20公里高度就停控了，还有剩余，但不能留在舱体内，须排空以防落地时给返回舱带来安全隐患。

此时，返回舱下降至离地约3公里，离之最近的直升机是指挥机，但距离也有近13公里，能赶在返回舱落点前到达上空吗？让人担心。想到这，驾驶员不由自主地加大了油门。

"第四次落点预报"。13时32分。

此时，返回舱已降至不到1公里。指挥机已接近至4公里多。两边在赛跑。

从北飞来的通信机也拍摄到大伞和返回舱。

欢迎回到地球

埋伏在小红旗周围最内圈的三个测量点，目视返回舱出现在地平面之上。那得多近啊。就在此时，指挥机、通信机都已飞到伞的斜上方，图像抓得妥妥的，大伞投射在戈壁的影子，与大伞同时移动交会到一个点。

"砰"，一声巨响，返回舱底部喷出巨大火焰，就像一个炸弹起爆，烟雾瞬间膨胀扩散，变幻出的图案恰好是中国版图，新疆、西藏、东北三省，无不神似，就连台湾都没落下，简直绝了！红白大伞，罩在版图上方，保护着这片神奇的土地。拍摄，定格！

灰白色烟雾越扩越大，伞随风偏向北方。此时，烟雾扩散成一只憨

图为工程总师与总体人员共庆成功（左起周亚强、本书作者、李英良、王忠贵、周建平、董能力、王震、刘轶辉、施梨）。

态可掬的小狗，头部钻入飘落中的伞里，伞成为世上绝无仅有的一顶艺术暖帽。伞渐渐随风落地，圆伞变成偏平滑翔伞，环形弧状，从另一侧望去，伞的形状像一个小女孩，头戴一顶红白相间的彩帽，躺在地上，伞绳像长长的睫毛，楚楚动人，伞梢被风吹颤，像眼睛在眨，她垂眼下望，努力通过烟雾缝隙再看一眼返回舱。

漫天的云雾，渐向伞的上方移去，身后终于露出返回舱真面目：舱体已倾倒，伞绳已切断，底部四台刚工作完的缓冲发动机迎向南方，风灌进喷管，悄悄耳语："刚才干得不错！"发动机没工夫听这些表扬，而是把目光投向四米外的地方：一个大坑，这是返回舱真正接触地球的第一现场。戈壁很硬，吹出的坑不像四子王旗那么深。一方水土，干一番事业。

回头再看返回舱，她落的地方太神奇：轴向，有 12 条车辙整齐并行排列，伞绳方向，有 6 条车迹通过，两组车辙的交叉点，恰是返回舱落点。开车的人仿佛未卜先知，用车印预示神舟十二号在这降落。

返回舱落地，指挥机也落地了，其他直升机陆续赶到。

第一个跑到舱门前的是飞船试验队队员，他手持探测仪，检测周围是否还有推进剂，无。

第二批跑到舱门跟前的是冯毅和李涛，两人熟练开舱。李涛是神舟一号至神舟十一号 11 次开舱之人。

舱门缓缓打开，见三名航天员安然无恙，这才放心："欢迎回到地球！"这是祖国亲人对他们的第一声招呼。

医监医保人员帮助航天员出舱。聂海胜出来了，看着尚好；汤洪波出来了，看着更加轻松。奇怪，刘伯明迟迟不出来？怎么回事？等了很久，还不出来，周围人有些着急了。其实，舱躺倒了，其座椅恰好在上方，保险带拽着他，人悬在空中，要想下来，真还得费点功夫，故出来较晚。本来人刚落地，血就朝下充，还得倒挂着，更难受。

地面人员实地测了落地位置，我一看："哇，这么准，简直就在理论瞄准点边上！"这可是从上万公里以外的地方返回的误差啊！

为什么误差这么小？以前从神舟一号到神舟十一号，再入返回控制方法均用标准弹道制导法，这次用的是飞船副总师胡军带领团队潜心研究的自主自适应预测再入返回制导技术，已成功应用于嫦娥舞娣返回器（嫦娥五号再入返回飞行试验器，绰号"舞娣"，是中国探月工程第三阶段的月球探测器嫦娥五号发射前用于技术工程试验的一颗探路星，返回器为神舟飞船的缩小版，主要承担绕月高速返回地球技术的试验验证任务，2014年10月24日由长征三号丙改进二型运载火箭发射升空，三日后绕月并返回地球）、新一代载人飞船试验船、嫦娥五号返回器（2020年11月24日，长征五号遥五运载火箭搭载嫦娥五号探测器发射并将其

图为神舟十二号航天员聂海胜出舱。

图为神舟十二号航天员刘伯明出舱。

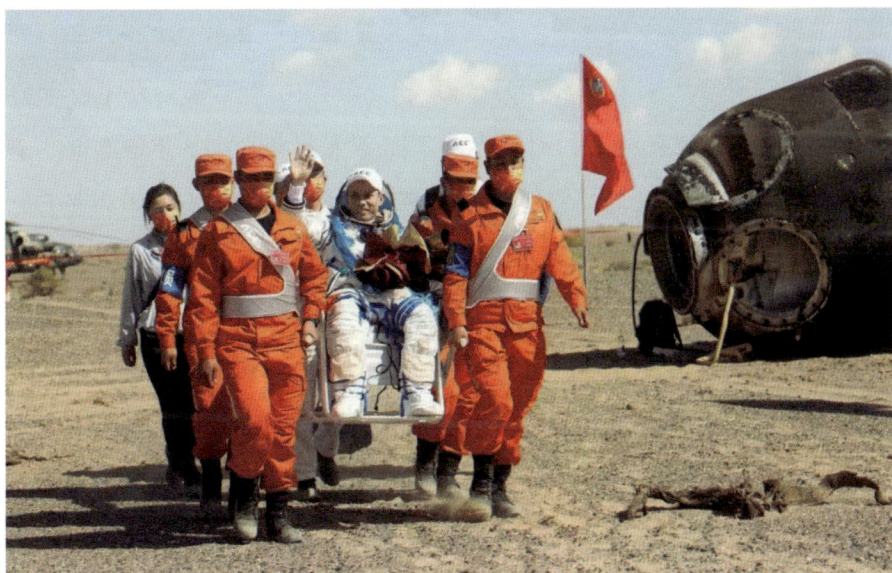

图为神舟十二号航天员汤洪波出舱。

送入预定轨道，12 月 17 日凌晨，嫦娥五号返回器携带月球样品着陆地球），经"二落三起"，终于被允许在神舟十二号上使用。实践证明，四战四捷。

航天员全出来了，在北京全程观看实况的载人航天工程首任总设计师王永志打电话给我："三名航天员一去就仨月，出舱两次，每次都长时间，都是有风险的，这次回来又经这么多磨难，真是不易，应向他们表示敬意和慰问！"答："一定传达到。"

三名航天员给祖国人民送来了珍贵的中秋礼物。

首任总设计师给航天员送去了真挚的祝福。

中国的航天就这样传承着。

中国在通向航天强国的路上坚毅地走着。

感 言

中国空间站意味着什么？意味着美、俄等 16 个国家齐力才能干的活，中国一个国家就能干，而且干成了！意味着中国从此开始建造一个国家太空实验室，以前只有美国、俄罗斯、欧洲等强国富洲才能干的事，现在我们也能干了！

在中国空间站空间应用任务关键技术评估评审会上，空间应用系统副总师钟红恩报告了当下已取得的应用成果，提到了神舟十三号飞船带回地面的空间无容器实验样品，证明该实验取得了重大突破。听到这里，视频参会的评审专家魏炳波院士感慨万千，眼泪不听使唤地掉了下来，他不无动情地说："我是在欧洲留学的，当年我在国外说中国也要搞空间材料科学，人家根本不信，我们这些留学生受尽了洋人的冷嘲热讽，更没有资格参加人家的空间实验。1992 年圣诞节我回到祖国，那时中国的载人航天工程才刚刚起步，在空间科学研究方面还几乎是个零。我投奔到顾逸东总师门下，开始了材料研究。经过30年的奋斗，中国有了自己的空间站，有了自己的科研团队，有了自己的空间材料实验系统，就像毛主席他老人家1949年在天安门城楼上说的：中国人民站起来了！无疑，我国航天人也站立起来了，我国空间科学取得了全面成功。我流泪了，我偷偷地擦掉，但控制不住啊！现已今非昔比！国外无容器悬浮实验在国际空间站搞了两年多才成功，而我国上去不久就成功了，实现了稳定悬浮！我在地面的实验室需要200多平方米才能干成，而以余建定为代表的科学家们在天上那么小的空间条件下就干成了，了不起啊，太不容易了！现在完整的实验结果表明：我们未来完全可以研究探索其他更有价值的材料，这是综合性突破，这是原始性创造，可以说我国在这个方面已开始引领了！这是中华民族的一个飞跃！"

这是同行专家对同行成果的评价！

这是一名院士对我国空间科学家发自肺腑的评价！

这是一名世界级材料专家对我国当下空间科学研究水平的评判！

这是载人航天在实现航天强国中一个踏实的脚印！

这是载人航天在实现祖国复兴中一个绚丽的礼花！

如果我们每一个领域都能做到这一点，试想，谁还敢再欺负我们。

2020年12月1日我询问该项目进展时，余建定研究员曾告诉我："感谢您对无容器装置的关心，我们会尽最大努力把这个项目做好，这是我们的使命。后期还有不少地面研究工作要做，空间项目的成功，需要依靠90%以上的地面工作。无容器的空间实验前期国内没有任何实验经验，而且经费较少，不到其他国家的42%，时间比其他国家的研制周期缩短一半，尽管在工程总体支持下，攻克了不少关键技术，但是空间站上未知的风险还是存在，还需要不断探索和攻克。希望能得到载人办的大力支持！"

多么朴实的科学家，他们就是在这么艰苦的环境和条件下，干载人航天的。

一年多过去了，他们取得了骄人的成果。

赞扬余建定的魏炳波院士还有另外的触动，他对我说："时间不饶人啊！刚刚开始在顾逸东院士指导下参加载人航天空间应用相关工作时，我是才29岁的青年，现在是马上要60岁的老头了！非常感谢您和顾总这些年的支持和帮助！"

30年过去了，载人航天领域屡克难关。

30年过去了，载人航天领域捷报频传。

首任总设计师王永志院士在神舟十三号飞船返回舱安全落地时，十分动情地说："中国载人航天工程三步走，从1992年到2022年，走了30年，实现了千年飞天梦，突破了交会对接技术，掌握了空间实验室和空间站技术，培养了一支航天队伍，结果还孕育出了一个载人航天精神。有一点我就感到特别欣慰，就是一直干到现在都30年了，我们一直是安全的，美国和苏联总共牺牲了22个航天员啊！"

是啊，30年前，中央决策实施载人飞船工程，其中一点就是看到了祖国航天未来发展需要人才，王永志等老一批航天前辈培养了一大批航天科技力量，铸就了载人航天的辉煌。30年后，祖国需要进一步强大，更需要新的航天人才。我们相信，载人航天一定会人才济济，中国的航天一定会对祖国强盛作出更大的贡献。

13次飞船返回，记录了中国载人航天工程奋斗30年辉煌历史中的一小部分，让这一小部分，折射出中国航天人奋斗的几个身影，映射出中国载人航天工程中鲜为人知的故事背后的精神——载人航天精神。

第 十 六 章

神舟十三号: 中国空间站关键技术验证
阶段画上圆满句号

2022年4月16日9时56分，神舟十三号载人飞船返回舱在东风着陆场成功着陆，神舟十三号载人飞行任务取得圆满成功。图为神舟十三号飞行乘组航天员（左起叶光富、翟志刚、王亚平）。

神舟十三号载人飞行任务圆满成功　三名航天员安全顺利出舱（来源：央视网）

　　神舟十三号载人飞船于 2021 年 10 月 16 日从酒泉卫星发射中心发射升空，随后与天和核心舱对接形成组合体，三名航天员进驻核心舱，进行了为期六个月的驻留，创造了中国航天员连续在轨飞行时长新纪录。航天员在轨飞行期间，先后进行了两次出舱活动，开展了手控遥操作交会对接、机械臂辅助舱段转位等多项科学技术实（试）验，验证了航天员长期驻留保障、再生生保、空间物资补给、出舱活动、舱外操作、在轨维修等关键技术。利用任务间隙，航天员还进行了两次"天宫课堂"太空授课以及一系列别具特色的科普教育和文化传播活动。

　　神舟十三号载人飞行任务的圆满成功，标志着空间站关键技术验证阶段任务圆满完成，中国空间站即将进入建造阶段。

九霄逐梦　神舟再问天

2021 年 10 月 16 日 0 时 23 分，长征二号 F 遥十三运载火箭从酒泉卫星发射中心起飞，成功将载有 3 名航天员的神舟十三号载人飞船送入预定轨道。

航天员进驻核心舱后，将按照天地同步作息制度进行工作生活，6个月后，搭乘飞船返回东风着陆场。

航天员——在轨飞行 6 个月，身心素质将接受更大挑战

不仅要在轨驻留长达 6 个月，还需同时管理天和舱、神舟十三号载人飞船、天舟二号、天舟三号形成的组合体，对神舟十三号飞行乘组来讲，无论是身心素质还是技术能力，都将经受更大挑战。

飞行时间大大延长、身处特殊环境、任务量增加等因素相互作用，将影响航天员的身心健康，心血管系统、肌肉和骨骼系统等失重生理效应更加凸显。

载人航天工程航天员系统总设计师、航天员科研训练中心研究员黄伟芬说："比如，航天员出现睡眠障碍、疲劳、感染、胃肠道病症及心血管功能调节等不适问题和应急医学问题的概率会增高。"此外，长时间工作生活在狭小、密闭、隔离、振动、噪声等复杂特殊环境中，航天员也可能面临睡眠状态变化、身心负荷过重等情况，心理状态甚至工作能力都会受到影响。

针对这些挑战要求，航天员系统在选拔训练，健康、工作、生活等驻留保障技术方面，进行了充分研究和准备。黄伟芬说："根据不同时期、不同个体的身心特点，我们着力强化了每月对航天员健康状态的定期全面评估，及时调整航天员失重防护锻炼、营养配餐、心理支

持等方案。"

值得一提的是，针对女航天员参加飞行任务，工程通过分析女航天员的身心特点和个体需求，重点从生活保障、健康保障等方面开展了针对性的设计，以确保女航天员长期飞行、健康生活、高效工作。

"在完成既定训练计划的基础上，我们还安排了'神十三'乘组与'神十二'乘组进行天地通话。'神十二'乘组返回后，两个乘组进行了充分交流，'神十二'乘组分享了在轨获取的经验和感受，特别是针对出舱活动交流了天地差异以及注意事项。"黄伟芬说，"神十三"乘组对此开展了相应训练，为提前进入状态、顺利执行任务打下基础。

发射——一年两连发，火箭"站立"时长创纪录

执行本次任务前，长征二号F遥十三运载火箭作为中国航天史上首枚集应急救援和发射任务于一身的火箭，刚刚结束了长达90天的应急值班"站岗"。实际上，从"起立就位"算起，再加上发射准备时间的话，这枚火箭足足"站"了5个多月，站立时长创中国火箭之最。

按照空间站关键技术验证及建造阶段任务安排，长征二号F运载火箭需要采取"发射1发、备份1发"即"滚动备份"发射模式。长征二号F遥十三火箭在遥十二火箭发射后作为备份进行应急救援值班，在神舟十三号任务中执行应急转正常任务的发射。

长征二号F火箭总体主任设计师常武权说："本次任务中，我们在保证可靠性的前提下，探索实施了两发火箭发射场流程的并行与优化，预计可以将发射准备时间缩短20%左右。另外，我们还为全新的测发流程进行了技术储备。"

一年完成两次载人发射，在中国载人航天工程的历史上尚属首次，而这还只是个开始。

常武权介绍，长征二号 F 火箭不仅在 2021 年、2022 年两年计划执行 4 次发射任务，未来几年，还将继续以每年两发的高频率执行发射任务，在我国空间站在轨建造、运营过程中担纲重任，可以说"今后一年两发会成为常态"。

高密度任务常态化执行也给酒泉卫星发射中心载人航天发射场带来了挑战。

酒泉卫星发射中心高级工程师贺鹏举说："按照'滚动备份'模式，在飞行任务执行之前，发射场要完成待命救援飞船和火箭的准备，具备待命发射状态。按照航天员在轨飞行六个月，我们需要执行两次载人飞行发射任务，意味着要完成四个轮次的飞船和火箭测试。"救援发射值班状态的火箭和飞船还需要长期保持技术状态，定期开展测试检查和性能维护。

贺鹏举说："在待命状态解除之后，我们必须立即进行技术状态转换，按照正式飞行任务状态开始全系统、全流程的全面检查，确保经过长期停放的飞船和火箭不带任何故障。"

飞船——采用自主快速交会对接，首次径向停靠空间站

神舟十三号作为空间站任务阶段的第二艘载人飞船，搭乘三名航天员进驻太空，继续完成空间站关键技术验证任务。

为适应空间站组合体不同构型及来访航天器不同停靠状态，实现与空间站前向、后向、径向交会对接和分离，中国航天科技集团五院神舟团队设计了新的交会路径和绕飞模式，增加了绕飞、快速交会对接、径向交会对接各项功能。

中国航天科技集团五院总体设计部飞船型号系统总体副主任设计师高旭说："载人飞船将采用自主快速交会对接的方式，首次径向停靠空

间站，即通过天和核心舱下方对接口与空间站进行交会并对接。虽然只是方向变了 90 度，但是对接的难度却大了不少。"

针对径向交会对接方式的特点，西安卫星测控中心科技人员继续采取基于地基与天基遥外测，以及北斗卫星定位数据的多元数据融合实时计算方法，以确保飞船自主快速交会对接的稳定可靠。

作为交会对接的"智慧眼"之一，中国电子科技集团激光雷达团队也为飞船的激光雷达增加了多目标识别、切换和绕飞功能，以确保交会对接的顺利完成。

神舟十三号载人飞船与空间站天和核心舱完成径向交会对接之后，停靠时间长达 6 个月，计划执行 180 天组合体长期驻留任务，这将是我国迄今为止时间最长的一次载人飞行。为适应空间站复杂构型和姿态带来的复杂外热流条件，满足超长"待机"要求，中国航天科技集团五院神舟团队对返回舱、推进发动机和贮箱等热控方案、船站并网供电方案进行了专项设计，使飞船具备了供电、热环境保障的适应性配套条件。

据悉，在神舟十三号成功发射的同时，神舟十四号也已经完成发射前的全部工作，进入应急发射待命状态。

（摘自《人民日报》2021 年 10 月 16 日）

飞天荣耀挥洒中国人的豪迈

神舟十二号返回地球一个月后，神舟十三号接续飞往中国人自己的空间站。2021 年 10 月 16 日凌晨 0 时 23 分，头顶大漠月色，3 名中国航天员翟志刚、王亚平和叶光富乘坐神舟十三号载人飞船驶向星海，开启为期半年之久的太空驻留。火箭托举飞船腾空而去，照亮天穹，这一刻，凝结了探索与勇气、创新与智慧的人类航天事业，无疑是星空下、地球上最为浪漫的。

飞天梦想的接力，将再次刷新中国空间站建造进度。神舟十三号载人飞行任务承上启下，意义特殊。作为空间站关键技术验证阶段第六次也是最后一次飞行任务，神舟十三号航天员在太空的半年"出差"和忙碌，将为空间站关键技术验证画上句号，为空间站建造阶段的开启打下基础。建造空间站、建成国家太空实验室，是实现我国载人航天工程"三步走"战略的重要目标，是建设科技强国、航天强国的重要引领性工程。在这个目标的牵引下，如今第十三艘神舟飞船飞向太空，航天员第八次飞出地球，次数递增的背后并不简单，体现的是中国人在登天阶梯上的不断攀高。

不断刷新的飞天足迹，彰显了中国航天在创新道路上一往无前的豪迈。2003 年 10 月 15 日，杨利伟乘坐神舟五号飞船绕地球飞行，中华民族千年飞天梦圆；18 年后的几乎同一天，3 名"神十三"航天员"太空出差"入住舒适的太空之家。18 年间，从"一人一天"，到"三人半年"，从太空出舱，到空间站舱外维修……包含神舟十三号在内的我国载人航天工程 8 次载人飞行，可以说次次都充满挑战，但也次次都是创新、次次都是跨越。

第一次飞往太空的"神十三"航天员叶光富期待着能从太空饱览祖国的大好河山；到了太空的航天员会"感觉"地球的引力变得微乎其微，祖国的引力却越来越重，凯旋的第一句话总是发自肺腑的"我为祖国感到骄傲"；神舟团队自豪地喊出"以国为重"……正是有千千万万的航天工作者心怀"国之大者"接续奋斗，刚刚走过第六十五个年头的中国航天事业，才能渡过难关、跨过艰险，铸就自立自强的奇迹，更令无数中国人对航天人衷心说上一句"你是我的荣耀"。新时代中国航天事业无数奋斗者、攀登者努力奔赴星辰大海，必将激励每一个中国人为自己的梦想奔跑。

人类探索太空的步伐永无止境。建造空间站，是中国航天事业的重要里程碑，将为人类和平利用太空作出开拓性贡献。中国自主建造的空间站以"天宫"命名，寄寓着中国人的豪迈志气和探索精神。航天员一次又一次在浩渺太空迈开脚步，中华民族追逐自己的飞天梦想勇往直前。

（摘自《人民日报》2021 年 10 月 16 日）

"神十三"这样回家

2022 年 4 月 16 日上午，神舟十三号载人飞船返回舱在东风着陆场成功着陆，神舟十三号载人飞船返回，首次采用快速返回模式，使得航天员能够更快更舒适地安全返回地面。为此，科技人员做了精心设计和保障。

返回所需时间由 11 个飞行圈次压缩至 5 个

神舟十三号载人飞船不仅是目前我国在轨驻留时间最长的飞船，也是返回速度最快的飞船。

据专家介绍，载人飞船返回技术是建设空间站的关键和必备技术，关乎任务成败和航天员生命安全。此次实施快速返回，是为了进一步提高返回任务执行效率，缩短地面飞控实施时间，提高航天员返回舒适度。

和神舟十二号载人飞船相比，此次快速返回并没有太多技术升级或改变，依然采用智能自适应预测制导方法。但中国航天科技集团五院技术人员通过对飞行任务事件进行合理裁剪和调整、压缩操作时间，将返回所需时间由以往的 11 个飞行圈次压缩至 5 个飞行圈次。

神舟十三号飞船从空间站撤离后，首先绕地球飞行 5 圈，每圈用时大概 1.5 小时。此前，神舟十二号载人飞船返回时绕飞地球 18 圈，历时一天多。

首次快速返回，对着陆场的搜救能力提出更高要求。东风着陆场位于东风航天城西北部，地处西北内陆戈壁深处，地域辽阔、人烟稀少，是航天器返回搜救的天然着陆场。但着陆场搜索区域达数万平方公里，又有戈壁、沙漠、盐碱地、水域等多种地形地貌，搜索难度大、横跨范围广。为此，神舟十三号搜救回收队伍早早投入演练，集结起搜救空中分队、地面分队、医监医保等各方面力量，并在搜救回收空中、地面分队中增加一批全新的智能化设备，保障搜救回收的高效率。

安全返回要控制好 3 个"度"

神舟十三号载人飞船返回地球可以说是过程复杂、惊心动魄，要依次经过轨返分离、推返分离、再入大气层、过黑障区、开降落伞、开着陆反推发动机等关键环节，返回过程还要经历严酷空间环境和轨道条件的考验。通过科技人员控制好 3 个"度"，神舟十三号飞船最终稳稳落地。

速度控制要恰到好处。神舟飞船在轨道上运行的速度大约为 7.8km/s，接近第一宇宙速度。如此快的速度下，要确保航天员的安全，就必须对返回地球后的最终着陆速度进行控制。为实现这一目标，中国航天科技集团五院技术人员在飞船研制阶段开展大量试验验证和数据判读，保证飞船在着陆过程中逐步降低速度，确保飞船顺利再入大气层。

之后，返回舱进入大气层后依靠空气动力产生的阻力和升力减速，运动至地面附近时打开降落伞，进一步降低速度，着陆瞬间则开启返回舱底部的着陆反推发动机，从而将落地速度降低到一定范围。

温度控制要适中。当返回舱进入大气层后，与空气发生剧烈摩擦，舱体表面局部温度可达上千摄氏度。为了确保舱内温度依然舒适，飞船控温的主要手段是依靠防热结构对舱内进行保护。中国航天科技集团五院科研人员在舱体表面设计了防热涂层，敷设有一层烧蚀材料，当温度达到一定程度时烧蚀材料升华脱落，带走大量热量，从而降低温度。

此外，神舟飞船返回对着陆精度要求极高，为使返回舱着陆在指定区域，必须对飞船着陆点的精度进行控制。中国航天科技集团五院技术人员通过对神舟十三号飞行过程中速度、角度和方向的精准控制，使其最终着陆在预定地点。

黑障区是飞船返回舱进入大气层后令人揪心的一段旅程。返回舱进入大气层时，与周围空气激烈摩擦，形成一个高温高压的电离气体层，这个气体层包裹在返回舱表面，隔绝了返回舱与地面测控站之间的通信联络，形成通信黑障区。一旦出现问题，会使返回舱偏离预定的着陆区域，延误对返回舱的及时搜索和救援，严重时还会危及飞行安全。

为解决黑障区的跟踪测量问题，中国航天科工集团二院科技人员使用自主研制的雷达，从神舟十三号飞船进入大气层就开始跟踪测量。

飞船经受住 10 个月稳定性考验，出色完成使命

神舟系列飞船是航天员实现天地往返的生命之舟，由中国航天科技集团五院抓总研制。作为中国空间站关键技术验证阶段发射的第二艘载人飞船，也是驻留太空时间最久的神舟飞船，在神舟十三号载人飞行任务中，实现了多个首次。

例如，由于空间站组合体有着不同构型，前来访问空间站的航天器和空间站对接时会有不同停靠状态。在 6 个月的太空驻留中，神舟十三号通过与空间站径向交会对接和分离，验证了不同交会对接状态的可靠性，径向交会对接技术是首次验证。

实际上，神舟十三号载人飞船也完成了首次执行应急救援发射待命的任务。为应对在轨停靠飞船无法返回的故障，空间站任务阶段首次建立了应急救援任务模式，采用"滚动待命"策略，即在前一发载人飞船发射时，后一发载人飞船在发射场待命，通过在轨停靠飞船和发射场待命飞船共同确保在轨航天员安全。也就是说，当神舟十二号发射升空时，神舟十三号就已在发射场待命，再从其发射到如今返回，其实已经受了长达 10 个月的稳定性考验。

（摘自《人民日报》2022 年 4 月 17 日）

更从容拥抱浩瀚太空

北京时间 2022 年 4 月 16 日上午，被称作"感觉良好"乘组的神舟十三号航天员翟志刚、王亚平、叶光富顺利结束"太空出差"，回到阔别半年之久的地球，为中国航天迄今最长一次太空载人飞行画上一个圆满句号。

183 天的太空之旅，从太空出舱，到首次在轨通过遥操作完成货运飞船与空间站对接，从中国女航天员首次太空漫步，到 3 名航天员创下中国航天员单次飞行任务太空驻留时间最长纪录，航天员们完成了一系列空间科学实验与技术验证，刷新了一个又一个中国航天纪录，为后续建造空间站奠定了坚实基础。中国空间站建设正按计划有序推进，"神十三"任务处于承上启下的关键节点，这次任务的圆满成功，标志着空间站建造关键技术至此已得到了全面验证，接力棒稳稳交给了空间站在轨组装与建造阶段，已见雏形的国家太空实验室即将正式建成。

航天员们能够在浩瀚太空"感觉良好"，源自航天人的创新自信、航天技术的创新突破。身穿自主研制的"飞天"舱外航天服，在风险极高又极为炫酷的太空出舱活动中伸展"我已出舱，感觉良好"的从容姿态；数倍于 5G 网速的太空宽带，支持航天员在 400 公里高度分享壮丽的宇宙美景，在"天宫课堂"流利开讲；原先靠航天员乘坐飞船"随身"携带物资，如今已有天舟货运飞船专程送来"太空快递"……自主创新铸就的航天科技进步，持续提升着中国人进出空间的能力，也助推着飞天梦想不断扬帆远航。

正如"太空教师"王亚平鼓励青少年们"用智慧和汗水打造自己的梦想飞船"，梦想的实现需要动力，也靠定力。2022 年是我国载人航天事业 30 年，经历锲而不舍地太空筑梦，载人航天工程"三步走"发展战略即将成为现实。30 年间，中国航天的跨越发展令世人惊叹，从逗留太空数天到入驻空间站半年，再到"太空家园"更宽敞、更舒适，经历过"飞船时代"的航天员们想必感受尤深。同时让人印象深刻的，是中国航天"一张蓝图绘到底"的长久执着，航天人一步一个脚印稳稳前行，直至推开空间站时代的大门，收获着为梦想而奋斗的丰厚回报。作为国家科技水平和科技能力的重要标志，中国航天自信自强的特质成就了自身在科技自立自强道路上的迈进，也为全社会创新创造提供着强大精神动力。

星空浩瀚无比，探索永无止境。建造空间站，是中国航天事业的重要里程碑，将为人类和平利用太空作出开拓性贡献。2022 年是空间站建造决战决胜之年，空间站在轨建造任务依然艰巨，建成在轨稳定运行的国家太空实验室挑战不小。努力攀登，矢志奋斗，航天员漫步太空的身影将更加自信从容，中国人将更好地探索、拥抱这深邃宇宙。

（摘自《人民日报》2022 年 4 月 17 日）

中国将在 2022 年完成空间站在轨建造

2022 年 4 月 16 日，神舟十三号航天员安全返回地面，神舟十三号载人飞行任务取得圆满成功。在 4 月 17 日国新办举行的新闻发布会上，中国载人航天工程办公室主任郝淳等介绍了中国空间站建造进展情况。

空间站建造和运营关键技术已全面突破

郝淳介绍，中国空间站建造分为关键技术验证和建造两个阶段实施，分别规划了 6 次飞行任务。其中，关键技术验证阶段主要任务目标是全面突破和掌握空间站建造和运营相关的关键技术。自 2020 年以来，先后成功实施了长征五号 B 运载火箭首飞，空间站天和核心舱，神舟十二号、神舟十三号载人飞船，天舟二号、天舟三号货运飞船共 6 次飞行任务，均取得圆满成功，完成了关键技术验证阶段的任务目标，为空间站建造阶段任务实施奠定了坚实基础。

在空间站关键技术验证阶段，包括航天员长期在轨驻留的生活和工作保障技术、再生式环境控制和生命保障技术、大型柔性电池翼可驱动机构技术、机械臂辅助舱段转位技术等一系列技术都得到了突破，为后续空间站的建设攻克了技术难关。同时完善了任务的组织指挥体系，建立了载人飞船应急发射机制和航天员应急返回搜救机制等，保证航天员在轨安全和空间站稳定运行；初步建立了有中国特色的载人航天运营管理体系；取得了高水平的空间科学研究成果和显著的综合效益。包括利用核心舱上的空间科学实验设施，开展了以无容器和高微重力实验为主要内容的科学实验，取得了一大批具有世界水平的成果。

我国已完全具备航天员长期飞行驻留保障能力

中国载人航天工程航天员系统总设计师、中国航天员科研训练中心研究员黄伟芬介绍，神舟十三号飞行乘组圆满完成了各项任务，创造了多项纪录。3名航天员在轨飞行期间身体和心理状态良好，协同配合默契、工作紧张有序、生活丰富多彩、任务完成出色，经受住了身心考验以及完成任务各方面的能力考验。进一步验证了我国航天员选拔训练技术的科学有效，同时也表明我国已完全具备了航天员长期飞行驻留保障能力，为后续任务奠定了基础，积累了更为丰富和宝贵的经验。

神舟十三号顺利返回后，目前在轨的是天和核心舱与天舟三号货运飞船组合体，状态正常，在轨各项运行参数稳定。

中国载人航天工程空间站系统总设计师、中国空间技术研究院研究员杨宏院士介绍，核心舱在轨运行将近一年时间里，顺利完成了与两艘载人飞船和两艘货运飞船的交会对接等一系列任务，功能性能优于设计。神舟十二号和神舟十三号两个乘组驻留期间，天和核心舱的再生生保系统为航天员提供了良好的载人环境，满足航天员在轨的物质代谢需求。大型柔性太阳电池翼及其电源技术，持续为核心舱及其组合体提供了能源，发电能力超出了设计预期，在出舱活动、交会对接、机械臂转位等能源需求较大的任务中提供了充足的能源供给。机械臂在整个关键技术验证阶段任务中发挥了重要的作用，完成了航天员出舱、转位货运飞船以及舱外状态巡检等多项关键任务。

北京航天飞行控制中心空间站任务总师孙军表示，通过空间站关键技术验证阶段的实践和技术积累，已掌握和初步验证了空间站组装建造阶段的核心关键飞控技术。同时，为稳妥应对空间安全风险，对空间站平台设备、航天员健康等状态进行全时监测，同时对空间环境、空间目标碰撞等情况加强监视预警，采取必要的规避措施。2022年2月以来，已向全世界公布空间站运行轨道，供世界各航天实体进行碰撞预警计算。

神舟十四号载人飞船将于 2022 年 6 月发射

郝淳表示，2022年是完成空间站建造的决战决胜之年，又恰逢中国载人航天工程立项实施30周年。建造中国空间站，建成国家太空实验室是实现载人航天工程"三步走"战略的重要目标，是建设航天强国、科技强国的重要标志。

随着空间站关键技术验证阶段的圆满完成，工程正式进入空间站建造阶段。

根据任务安排，今年将完成中国空间站的在轨建造，共计划实施6次飞行任务，分别是：5月发射天舟四号货运飞船；6月发射神舟十四号载人飞船，神舟十四号飞行乘组由3名航天员组成，将在轨驻留6个月；7月发射空间站问天实验舱；10月发射空间站梦天实验舱。空间站的3个舱段将形成"T"字基本构型，完成中国空间站的在轨建造；之后，还将实施天舟五号货运飞船和神舟十五号载人飞船发射任务。神舟十五号飞行乘组由3名航天员组成，这3名航天员在轨和神舟十四号的航天员完成轮换后，将在轨工作和生活6个月。

目前，空间站其他两个舱段——问天实验舱和梦天实验舱研制进展顺利。空间站建造完成后，两个实验舱将是航天员在轨主要的工作场所，在两个实验舱里都可开展密封舱内和密封舱外的空间科学实验和技术试验。

空间站完成在轨建造以后，将转入为期 10 年以上的应用与发展阶段。空间站建成后，初步计划是每年发射两艘载人飞船和两艘货运飞船。航天员要长期在轨驻留，开展空间科学实验和技术试验，并对空间站进行照料和维护。还将研制新一代载人运载火箭和新一代载人飞船。新一代载人飞船综合能力也将大幅提升，可搭载 7 名航天员，上行和下行载荷能力大幅度提高。同时，还考虑研发空间站的扩展舱段，为进一步支持在轨科学实验和为航天员的工作和生活创造更好的条件。

空间站这 10 年以上的应用与发展阶段，还将利用空间站舱内安排的科学实验柜和舱外大型载荷设施，开展更大规模的空间研究实验和新技术试验。特别是 2023 年计划发射我国首个大型空间巡天望远镜，开展广域巡天观测，在宇宙结构形成和演化、暗物质和暗能量、系外行星与太阳系天体等方面开展前沿科学研究。

郝淳表示，中国空间站计划实施的投资规模总体适中，一直保持着与国家经济社会发展总体水平相适应的节奏。载人航天工程走出了一条符合中国国情、投入较少、发展较快、成果较多、可持续的、富有中国特色的发展道路。中国载人航天的发展始终坚持和平利用、平等互利、共同发展的原则。未来，中国载人航天也将会从近地空间走向地月空间，进而迈向深空。在进行空间站研制建设的同时，也开展了载人月球探测关键技术攻关和方案深化论证。

（摘自《人民日报》2022 年 4 月 18 日）

后　记

今年是中国载人航天工程实施 30 周年，三十载岁月，载人航天全线工作者步履不停，不断刷新"中国高度"。载人航天是我们伟大祖国的荣耀，也是每一个航天追梦人的荣光。为了让人们记住 30 年里飞船返回和航天员搜救的历史，我将亲历的故事记录了下来，编著此书。

感谢王永志院士，是他鼓励我写成此书。他作为工程首任总设计师，一再跟我讲他最为关心的是上升段和返回段航天员的安全问题，要想尽一切办法确保这些飞行段航天员的安全，多次问我写没写上升段逃逸和应急救生技术、返回段应急和正常返回技术。听我说写了，他放心了。他在 90 岁高龄不方便阅读的情况下听读了书中很多细节，就是在医院住院治疗眼睛时还抽空听读感兴趣的内容。他认为此书是很好的科普书和科技史料。他感慨地说，中国载人航天 30 年，迄今为止，咱们的航天员一直是安全的，要求我们再接再厉，竭尽全力，保持下去。

感谢沈荣骏院士，此书创作过程中，他给予了我很大的支持并亲自写序。他是工程首任副总指挥，参与决策了工程第一步几乎所有的重大事项。他评价道，此书作为工程的一个缩影，彰显了中国航天人的情怀，再现了中国航天人实现飞天梦想和驻足太空的辉煌历史。

感谢周建平院士，他是工程总设计师，正值空间站建造阶段，十分繁忙，但仍抽出时间阅读此书。他在推荐词里写道，此书科普寓教于有趣的阅读之中，爱国寓教于真实的叙事之中，感动寓教于悲壮的奉献之中，让读者在潜移默化中知晓了载人航天许多鲜为人知的故事。

感谢杨利伟，他是中国首位航天员，也是工程副总设计师，本书第七章讲的就是他乘坐神舟五号进入太空并安全返回的故事，我和他还同时参加了几次后来的飞船返回任务。他深深感到，是祖国和人民用智慧的双手把航天员送上了太空，而这一次次的成功背后所呈现的是中国航天人的无私奉献与牺牲。他认为此书是中国载人航天返回史的一个鲜活记录。

感谢张柏楠，他是原载人飞船系统总设计师，现在是工程副总设计师、巡天空间望远镜平台总设计师，他对飞船了如指掌。初稿完成后，他花了大量的时间，进行了精细的研究，在两个层次共40个方面提出了富有建设性的意见和建议，书稿因此得以更准确、更完善。他总结道，此书既是一部飞船回收着陆生动的科普文献，也是从事回收和搜救工程师的专业教材和成败案例，是一本不可多得的好书。

感谢王忠贵、陈善广、周雁飞、刘晋、董能力，他们都是工程副总设计师。他们认真阅读了初稿，发现了一些不易查找的问题，指出了一些需要注意的技术细节，为书稿的完善贡献了力量。他们均认为，此书写得很好，有纪实意义和科普价值。

感谢邸乃庸先生，他是我的老主任，是他培养了我，是他安排我参加神舟一号至神舟六号飞船返回回收任务。他在阅读书稿后提出了很多宝贵的修改意见，并建议我增加苏联载人登月、选择着陆场要求等内容。

感谢冉隆燧先生，他是火箭控制专家，是我的同事。他花了大量时间阅读初稿，亲自用娟秀的笔体书写出饱含热情的评语：从"首次飞行试验"到"神舟十二飞行任务"，让人回首往事、记忆犹新；书中列举了苏美载人飞船很多成功和失败的事例，真是难能可贵！海上的应急救生、陆上的正常返回，记录翔实，连同行的领导或战友的故事都有记录，更是可敬可赞；专家王汉泉、副总师王壮讲课，内容完整，条理清楚；回收途中，惊险！紧急！动人！

感谢酒泉卫星发射中心、西安卫星测控中心、北京跟踪与通信技术研究所对书稿的审阅把关。

感谢中国载人航天工程办公室郝淳主任、林西强副主任、戴鹏、李英良、陈杰、郭东文等领导对本书出版给予的关爱和支持。

感谢人民出版社出版这部作品，给了我国载人航天工程一个宣传的窗口。感谢责任编辑陈百万在出版方面提供的鼎力帮助及所做的大量工作。

感谢中国科协将本书列入"2022 年科普中国创作出版扶持计划"，这会使本书能有更多的机会，更好地面向社会弘扬科学精神和科学家精神，激发青少年好奇心，促进全民科学素养提升。

此外，全书在编写过程中得到了很多人的帮助，无法一一列举，在此一并表示感谢。

在验证空间站关键技术后，我国正在进行空间站组装，建成我国第一个真正意义上的国家空间实验室，之后还要发射巡天空间望远镜，与空间站进行共轨飞行，依托空间站进行燃料补加或维修升级。随着我国综合实力的增强、航天技术的发展，西方发达国家开始争着与我们合作，很多外国科学家开始羡慕我国的科学家，因我们有了很好的太空科学实验平台，给科学家提供的机会越来越多，成果水平开始比外国的高，学术论文开始比外国的好，后面我们就可以从更高的层面考虑国际合作了。这就是变化，翻天覆地的变化。

同时我们将在空间站上专门留出资源和实验机会，为我国青少年提供舞台，让青少年自己创想实验项目，自己遥控科学实验，自己与国际上的同龄人进行竞赛，甚至与外国科学家进行比拼。通过这种方式，调动青少年学习科学的积极性，激发中华民族未来的潜能，使我国的载人航天事业后继有人，使我国的航天技术领先于他国之上，真正实现航天兴邦、科技强国。我期盼在空间站任务之后，看到中国更多的年轻人谱写出更加壮丽的诗篇，建立起更豪迈的志向，在现代航天人的基础上，去探索宇宙中更多的奥秘，去占领太空中更有意义的制高点。

中国在空间站工程之后，就可以考虑载人登月探测、载人深空探测了。

另外，中国在实现天地往返系统成熟可靠且成本大幅降低后，我们还可以为普通百姓敞开太空旅游大门，可以建造太空城堡，里面可以有工业、农业、商业和服务业，可以有酒店、体育场、剧院、电影院、游泳池、图书馆、娱乐设施等，让普通老百姓都有机会遨游苍穹，放眼宇宙，领略银河。

一切都可以畅想，一切都可以实现。

中国航天人现在可以实现航天大国，将来更可以实现航天强国。

梦想虽然遥远，但一代代航天人正在用汗水和智慧修建起人类飞天探梦之路。

王　朋

2022 年 7 月 19 日

责任编辑：陈百万

封面设计：林芝玉

责任校对：吕　飞

图书在版编目（CIP）数据

飞船返回记：中国载人飞船返回搜救的故事／王朋　著 . — 北京：
　人民出版社，2022.10
ISBN 978 - 7 - 01 - 024874 - 5

Ⅰ. ①飞…　Ⅱ. ①王…　Ⅲ. ①纪实文学－中国－当代　Ⅳ. ① I25

中国版本图书馆 CIP 数据核字（2022）第 113250 号

飞船返回记
FEICHUAN FANHUIJI
——中国载人飞船返回搜救的故事

王　朋　著

人民出版社 出版发行

（100706　北京市东城区隆福寺街 99 号）

北京盛通印刷股份有限公司印刷　新华书店经销

2022 年 10 月第 1 版　2022 年 10 月北京第 1 次印刷
开本：710 毫米 ×1000 毫米 1/16　印张：24.5
字数：302 千字

ISBN 978 - 7 - 01 - 024874 - 5　定价：86.00 元

邮购地址 100706　北京市东城区隆福寺街 99 号
人民东方图书销售中心　电话（010）65250042　65289539